AVENTURES

DE

RODERIK RANDOM.

TOME PREMIER.

AVENTURES

DE

RODERIK RANDOM,

Traduites de l'Anglois de Fielding.

Avec figures en Taille-Douce.

TOME PREMIER.

A LONDRES

Chez JEAN NOURSE, Libraire.

M. DCC. LXI.

1

PRÉFACE.

DE toutes les Critiques il n'en est pas de plus utile, de plus fage, de plus capable de faire impreſſion, que celle qu'on ſçait introduire ingénieuſement dans une Hiſtoire. Qu'un Philoſophe uniſſe aux principes de la Morale les agrémens de la narration ; qu'il ait ſoin de peindre avec art les différentes paſſions des hommes, les révolutions du cœur, & qu'il mette ſon héros dans des ſitua-

tions vraifemblables , naturelles & frappantes , il ne peut
manquer de remplir fon objet : s'il ne réuffit pas toujours
dans fon projet , il fait au
moins fur les cœurs corrom-
pus des impreffions qui tour-
nent à l'avantage de la vertu.
Un Lecteur s'attache malgré
lui à l'Hiftoire de quelqu'un
en faveur de qui l'on a fçu l'intéreffer ; il compâtit aux malheurs d'un honnête homme
que la fortune perfécute , &
s'indigne contre les auteurs
de fes calamités ; il plaint la
vertu qu'on outrage , & vou-
droit punir le vice qui l'op-
prime ; la mémoire & le cœur

fe nourriffent de fictions avan-
tageufes à l'humanité. Quelquefois le Lecteur fe recon-
noît dans les portraits qu'on
lui offre ; il rougit intérieurement de la reffemblance ; mais
comme il n'a d'autre témoin
de fa honte que lui-même ,
l'amour - propre n'eft plus é-
couté : pour n'avoir point à
rougir déformais devant les
autres , il travaille à fe corriger, il apprend à régler fes paffions, à prévoir & prévenir les
rifques aufquels elles l'expo-
fent en méditant fur les malheurs qu'elles ont caufés à
d'autres:enfin l'imagination,a-
gréablement occupée,fe rem-

plit plus volontiers des principes de la Morale, qui communément eſt ſéche & rebu-
tante lorſqu'on l'offre ſans
agrément Ce n'eſt pas aſſez
pour corriger les hommes, &
réformer les défauts de leurs
caracteres, d'en former une
eſpéce de catalogue; ils ne ſe
perſuaderont pas aiſément
qu'ils ſoient vicieux, ſi par
des exemples évidens on ne
leur prouve pas qu'ils le ſont
en effet. Peignez un homme
avec des vices ou des vertus;
faites-en réſulter le bien ou le
mal qui lui arrivent; condui-
ſez-le par degrés de l'indigence
à la félicité, ſon bonheur ou ſes

infortunes donneront tou-
jours lieu à de folides réflexions.

Les Romans doivent fans
doute leur origine à la vanité,
à l'ignorance & à la fuperfti-
tion. Quand dans les premiers
fiécles un homme s'étoit rendu fameux par fa fageffe ou
par fa valeur, fes amis ou fes
créatures tiroient parti de fa
réputation & de fon mérite,
même après fa mort. Les vertus apparamment étoient fi
rares dans ces tems, que le
vulgaire fe laiffoit aifément
perfuader qu'un grand homme avoit en lui-même quelque chofe de furnaturel & de

divin. Les honnêtes gens &
les Héros devinrent donc pour
les fots des objets dignes d'a-
doration : on tranfmit de poftérités en poftérités des pané-
gyriques tiffus d'impoftures,
defquelles d'ingénieux politi-
ques, ou pour mieux dire,
d'habiles fourbes, avoient été
les auteurs. Tel eft fans doute
le principe de la Mithologie :
on confacra par des Autels &
des Temples la mémoire des
premiers Héros de l'Univers;
& le Paganifme nâquit d'une
collection de faits merveilleux & romanefques; les Scien-
ces, les beaux Arts, & furtout
la Poéfie, prêterent des agré-

mens aux Histoires : celle ci fixa davantage l'attention des auditeurs ; l'harmonie lui prêta ses charmes ; on entendoit chanter avec plaisir les Vers composés en faveur des gens illustres ; on s'en ornoit plus facilement la mémoire ; c'est ainsi que la Tragédie & l'Epopée prirent naissance. Les progrès du goût les ont perfectionnées l'une & l'autre. La Poësie dans les premiers siécles étoit seule l'organe de la gloire & du tems ; on ne connoissoit pas l'Histoire en Prose, on l'eût même méprisée : c'est la raison pour laquelle nous n'avons des Anciens au-

cune Histoire en Prose, aucun Roman dans un tems où
la Poësie étoit portée chez eux
au dégré le plus sublime ; à
moins que l'on ne veuille donner ce nom à la Cyropédie de
Xénophon.

L'irruption des Barbares en
Europe l'ayant plongée depuis dans les ténébres de l'i-
gnorance la plus crasse, quelques personnes abusant de la
confiance que l'on avoit en
elles, se crurent en droit à
leur tour de fabriquer nombre d'Histoires fabuleuses. Les
Auteurs des Romans, qui
parurent pour lors, imite-
rent leurs hyperboles & leurs

exagérations extravagantes.
Des Ecrivains ſans force, ſans
eſprit, ſans ſtile, & ſans génie étoufferent ſous un amas
de fictions ridicules la mémoire des Poetes anciens; ils
étonnerent leurs Lecteurs im-
béciles par des productions
monſtrueuſes & ſans vraiſem-
blance, ſans s'embarraſſer de
rien faire pour le cœur ou
pour l'eſprit; ils employerent
le ſecours des Dieux, des Diables, des Enchanteurs, & des
Sorciers; ce n'étoit pas la vertu ni la conduite de leurs Héros qui triomphoient des ob-
ſtacles qui s'oppoſoient aux
progrès de leur gloire; ils les

gratifioient d'une force furna-
turelle qui les rendoit invincibles , & de l'appui de quelqu'Enchanteur ou de quelque
Fée qui opéroient toujours
fort à propos des miracles en
leur faveur. Ces abſurdités
avoient cependant des parti-
ſans outrés , des admirateurs
ſans nombre, & preſque tout
le monde étoit imbu d'un goût
inſenſé pour les Romans de
Chevalerie , lorſque l'ingénieux Cervantes les attaqua
avec tant de ſuccès , & par
une admirable Parodie de ces
mauvais Ouvrages, les fit voir
dans leur vrai point de vûe ,
en dégoûta les gens ſenſés, &

donna à fon tour l'idée d'une autre forme de Romans, auffi utiles pour les mœurs qu'amu-fans pour l'efprit, en ce qu'il y peignit habilement les divers accidens qui fe fuccédent dans le cours de notre vie.

Cette méthode a été adop-tée par tous les Auteurs de Romans qui lui ont fuccédé ; mais perfonne jufqu'à préfent ne s'en eft mieux acquitté que M. le Sage, furtout dans les Aventures de *Gilblas de San-tillanne.* Avec combien d'ef-prit & de fagacité n'y peint-il pas les caprices de la fortune & les miferes de la vie ? Je l'ai pris pour modéle ; j'ai dirigé mon plan fur le fien, en me réfervant néanmoins la liberté de ne le pas imiter fervilement dans l'exécution : mon fcrupule eft fondé fur les réflexions fuivantes.

Le récit des Aventures de Gilblas eft fait d'un ton fi gai, que quelque malheureux qu'il foit, il ne laiffe pas de faire rire ; il paffe, felon moi, trop rapidement d'une fituation à l'autre ; on n'a pas plus le tems de compâtir à fon infortune, que de s'intéreffer à fon bonheur. Des contraftes qui fe fuccédent fi rapidement dans une Hiftoire, choquent la vraifemblance ; ils ont peut-

être empêché l'Auteur de réuſſir dans ſon projet ; c'eſt-à-di-
re, que le Lecteur a ſi peu de
tems à réfléchir ſur les Aventures de Gilblas, qu'il ne s'ap-
perçoit pas que le but de l'Hiſ-
torien étoit de l'inſtruire plutôt que de l'amuſer. Je me
ſuis, quant à moi, propoſé
de donner l'hiſtoire d'un homme diſtingué par un mérite
commun à tous les honnêtes
gens, lequel eſſuye tous les
malheurs attachés ordinairement à l'état d'un orphelin,
qu'aucuns amis ne ſont aſſez
généreux pour protéger contre l'avarice, l'envie, la malignité des autres hommes.

Pour intéresser davantage les honnêtes gens en sa faveur, j'ai cru devoir lui donner une naissance illustre ; ce qui me fera peut-être reprocher de l'avoir engagé dans des scénes basses & triviales ; mais pour peu qu'on y réfléchisse, on sentira qu'il n'est pas naturel qu'il soit le héros de grandes aventures dans l'état auquel il est réduit. D'ailleurs, les passions des gens du commun, qui ne sont point masquées en partie par l'hypocrite politesse, m'ont paru plus aisées à peindre ; les caracteres se montrent tels qu'ils sont parmi eux ; ils n'ont pas l'art dangereux de déguiſer la nature, ainſi je crois pouvoir me diſpenſer d'en dire davantage pour ma juſtification ; l'exemple des plus grands Ecrivains en ce genre me juſtifie.

Je dois en même tems avertir le Lecteur que ces Aventures ne peuvent manquer de lui être naturelles, puiſqu'elles ſont véritables ; mais pour éviter les perſonnalités, j'ai cru les devoir déguiſer par des circonſtances de pure imagination.

Je n'ai pas été fort ſcrupuleux, non plus ſur le choix des termes que j'ai mis dans la bouche de mes perſonnages ; mais j'ai craint de faire tort à la nature en la voulant corriger. Les expreſſions groſ-fieres de quelques-uns d'eux ne doit pas choquer la délica-teſſe du Lecteur , puiſqu'elles peignent les mouvemens de leurs ames bien mieux qu'un langage plus décent , mais en même tems moins expreſſif,

AVENTURES

AVENTURES

DE

RODERIK RANDOM.

CHAPITRE PREMIER.

Naissance de Roderik Random ;
quels étoient ses Parens.

JE suis né dans une Province de l'Ecosse, & dans la maison de mon grand-pere, qui remplissoit une Charge de Judicature très-distinguée. C'étoit un vieillard aussi riche qu'il étoit avare & entêté ; on le craignoit beaucoup plus qu'on ne l'aimoit, & quoiqu'on ne l'estimât pas, on le respectoit par nécessité.

Tome I.   A

Dans fa jeuneffe il s'étoit fait eftimer dans l'état militaire , qu'il avoit quitté depuis pour celui de Jurifconfulte & de Juge , dont il exerçoit les fonctions de façon à faire trembler tous les malheureux qui étoient foumis à fa Jurifprudence. L'indigence étoit à fes yeux un motif légitime de réprobation ; il étoit au contraire l'homme du monde le plus doux & le plus indulgent à l'afpect d'une bourfe bien pleine de guinées. Mon pere qui étoit fon dernier fils , étant devenu amoureux d'une jeune parente qui demeuroit chez mon intégre ayeul , en qualité de gouvernante , l'époufa fecrettement ; & je fuis l'unique fruit de leur union imprudente.

Un fonge avoit tellement allarmé ma mere pendant fa groffeffe, qu'elle voulut abfolument confulter en conféquence un Hermite qui vivoit fur une montagne voifine, & qui s'étoit acquis une grande réputation à dire la bonne-aventure. Mon pere qui n'avoit pas plus de confiance aux Devins qu'il n'eft convenable à un homme fenfé d'en avoir, voulut accompagner ma mere dans son pellerinage ; & pour engager le clair-voyant Solitaire à donner au rêve de sa femme une interprétation favorable, il lui fit, avant de le consulter, un petit présent ; mais sa précaution ne lui réussit pas : ma mere fit le récit de son rêve, & lui dit, » qu'elle avoit cru accoucher d'une » balle de paulme ; que le Diable lui » servoit de Sage-femme, & qu'avec » une raquette il avoit lancé cette » balle dans les airs avec tant de vio- » lence, qu'elle étoit disparue à ses » yeux. Qu'elle pleuroit encore amé- » rement la perte de sa progéniture, » lorsqu'elle l'avoit vû retourner à » elle avec la même rapidité qu'elle » s'en étoit éloignée ; que la terre s'é- » toit émûe sous elle, & tout-à-coup « avoit produit à ses yeux un arbre » chargé de fleurs, dont l'odeur l'a- » voit affectée si vivement, qu'elle » s'étoit réveillée sur le champ. Notre Prophéte, après un instant de ré- flexion, répondit d'un ton emphati- que : » Que leur premier enfant se-

A ij

» roit un grand voyageur ; qu'il fe-
» roit expofé à bien des traverfes &
» des dangers ; qu'enfin il reviendroit
» dans fon pays natal , qu'il y vivroit
» avec autant d'aifance que de répu-
» tation & d'honneur. Malgré l'effron-
terie de l'Arufpice , je doute bien fort
qu'il fût perfuadé que l'événement
juft fieroit l'horofcope dont il lui
plût de me gratifier.

Quelques-uns de ces gens officieux ,
plus occupés ordinairement de la conduite & des affaires d'autrui que de ce
qui les concerne eux-mêmes , averti-
rent mon grand-pere des privautés
qu'ils avoient remarquées entre fon
fils & fa gouvernante. Cette nouvelle
allarma le vieux Juge , qui , pour en
prévenir les fuites , prit fur le champ
la réfolution de marier mon pere. Il
lui en parla deux ou trois jours après,
& lui dit : » Qu'il étoit tems pour
» lui de s'établir , qu'il lui avoit trou-
» vé un parti convenable , & qu'il n'i-
» maginoit pas qu'il eût aucune raifon
» plaufible de ne pas accepter fa pro-
» pofition même avec joye. Mon

pere voyant qu'il n'étoit plus possible
de lui cacher son engagement, se
jetta à ses genoux, lui demanda mille
pardons d'avoir osé, sans son aveu,
satisfaire son inclination : il ajouta qu'il
» n'avoit manqué à ce devoir, que
» parce qu'il étoit persuadé qu'il au-
» roit opposé des obstacles invincibles
» à son bonheur. Il s'étendit ensuite
sur le mérite, la qualité, les sentimens & les charmes de son épouse,
qui réparoient sans doute la médiocrité de sa fortune, sur laquelle l'a-
mour lui avoit fait fermer les yeux.
Le vieillard qui sçavoit grimacer la
gravité, quelqu'émotion qu'il sentît,
demanda froidement à mon pere ce
qu'il prétendoit faire pour se soutenir
son épouse & lui ; mon pere lui répondit : » Qu'il comptoit trop sur sa
» bonté paternelle pour avoir aucune
» inquiétude à ce sujet ; que sa fem-
» me & lui feroient l'impossible pour
» en être toujours jugés dignes, qu'il
» osoit se flatter qu'un bon pere, tel
» que lui, partageroit également ses
» bontés entre tous les membres de

» fa famílle , & qu'en conféquence il
» auroit toujours affez de bien pour
» vivre heureux & content , la fi-
» tuation de fes freres & fœurs étant
» très-avantageufe par les dots qu'il
» avoit eu la bonté de leur répartir
» lorfqu'il les avoit mariés. Vos fre-
» res & vos fœurs , répondit mon
» grand-pere d'un ton de Légiflateur,
» n'ont pas dédaigné de me confulter
» lorfqu'ils ont voulu fe marier , &
» fans doute vous ne l'euffiez pas fait
» vous-même , fi vous n'aviez pas eu
» pardevers vous des reffources pour
» vous mettre à couvert de mon ref-
» fentiment. Jouiffez-en, Monfieur,
» & pour vous épargner mes repro-
» ches , qui vous ennuyeroient, vous
» aurez la bonté de fortir tout-à-l'heu-
» re de ma maifon, vous & votre fem-
» me, pour n'y mettre jamais le pied ;
» j'aurai foin de vous adreffer à votre
» nouveau domicile un mémoire de
» la dépenfe que j'ai faite pour votre
» éducation : vous êtes, continua-t-
» il, d'un ton goguenard , & plein de
» fiel , un jeune homme fort aima-

» ble , très-poli , très-docile ; il n'eſt
» pas douteux que vous réuſſirez. A-
» dieu , je ſuis votre valet , & vous
» ſouhaite toute la ſatisfaction que
» vous méritez. Après ce tendre
compliment l'équitable vieillard quitta bruſquement mon pere , qu'il laiſſa
dans un accablement que l'on peut
mieux imaginer que décrire : il lui fallut cependant prendre ſon parti ſans
balancer ; il ſçavoit que les réſolutions
de ſon pere étoient plus immuables
que les loix des Medes & des Perſes.
Il ſe retira donc dans une ferme avec
ſa chere compagne , qui étoit inconſolable d'avoir cauſé ſon malheur ; ils
ſubſiſtoient dans ce réduit affreux, dans
une ſituation déplorable & bien peu
conforme à leur condition , par les
ſoins d'un vieux domeſtique qui ché-
riſſoit mon pere. Tant de maux à la
fois ne purent l'engager à faire de
nouvelles démarches pour fléchir un
vieillard opiniâtre & dénaturé.

La groſſeſſe de ma mere étoit cependant fort avancée : elle prévoyoit
à combien d'incommodités & d'acci-

dens elle seroit exposée, si elle accou-
choit dans un endroit dépourvû des
moindres aisances : elle prit donc, à
l'insçu de son époux, le parti de se dé-
guiser pour s'introduire dans la maison
de mon grand-pere, se flattant que
son état & ses larmes l'attendriroient,
d'autant plus que sa faute, si c'en étoit
une, étoit irréparable. Elle se déguisa
si bien en effet, qu'elle ne fut reconnue
d'aucun des domestiques : on l'annonça comme une femme qui venoit porter plainte contre son mari sur cer-
tains cas secrets. Mon grand-pere
étoit chargé du jugement de ces sortes de procès, & ma mere conséquemment fut introduite. Dès qu'elle fut
en sa présence, elle se jetta à ses pieds,
& lui demanda pardon de la façon du
monde la plus touchante ; elle lui fit
envisager le péril qui la menaçoit aussi-
bien que l'enfant qu'elle portoit dans
son sein , & qu'elle étoit sur le point
de mettre au jour. Mon grand-pere
lui répondit, avec un faux air de com-
passion, » qu'il étoit bien fâché que
» l'indiscrétion de son fils & la sienne
l'eussent

» l'euffent porté à faire un vœu qui lui
» ôtoit la liberté de la fecourir ; que
» puifqu'il avoit déja fait part à fon
» mari de fes réfolutions à ce fujet, il
» la prioit de ne lui point faire effuyer
» déformais fes importunités chagri-
» nantes. ,, Cette réception cruelle fit
tant d'impreffion fur ma mere, qu'elle reffentit fur le champ les premieres
douleurs de l'accouchement ; & fans
une vieille fervante, que fon état pé-
nétra de compaffion, & qui la fecou-
rut au hazard de déplaire à mon grand-
pere, elle & fon enfant fuffent péris
fur la place fans avoir pû émouvoir ce
barbare.

Cette pauvre femme ayant conduit
ma mere dans un galletas avec beaucoup de peine, elle y accoucha de
moi tout auffitôt. Mon pere l'ayant
appris vola au fecours de fa malheureufe époufe, auprès de laquelle il
trouva moyen de s'introduire fecrettement : il l'accabla de marques de
tendreffe ; & partageoit fes larmes &
fes careffes entre elle & moi : l'afpect
cruel de l'état où nous étions tous

Tome I. B

deux lui perçoit le cœur ; il ne lui restoit aucune reſſource pour nous mettre à couvert l'un & l'autre des incommodités les plus inſupportables auf-
quelles nous étions expoſés dans un
grenier ouvert de toutes parts aux injures du tems. On ne s'imaginera pas
que mon grand-pere ignorât ce qui
ſe paſſoit dans ſa maiſon ; il affecta cependant d'être fort étonné lorſqu'un
de mes couſins , dont il s'étoit promis
de faire ſon héritier , vint lui en parler en compagnie. Sa dureté lui ayant
attiré quelques repréſentations de la
part des honnêtes gens qui y étoient
préſens , il en fut outré de dépit ; &
trois jours après les couches de ma
mere, il la fit mettre dehors de ſa maiſon, en l'accablant de reproches & d'injures , & chaſſa la ſervante qui l'avoit
ſecourue.

La triſte ſituation de ma mere , le
chagrin, la diſette & la miſere la firent tomber en langueur , & la mi-
rent en peu de tems au tombeau.
Mon pere ne peut la venger de la barbarie du ſien , que par des impréca-

tions ; la douleur de cette perte lui fit
perdre la raison pendant quelque tems.
Plusieurs personnes émûes de pitié me
porterent à mon grand-pere, qui parut
enfin, ou feignit d'être attendri de
l'histoire malheureuse de son fils & de
sa brû : il me fit porter en nourrice,
& consentit à recevoir mon pere dans
sa maison, où quelque tems après, son
esprit rentra dans sa situation naturelle. Soit que mon grand-pere fût touché effectivement des malheurs de son
fils, ou, ce qui est plus probable, qu'il
craignît qu'il ne fissent tort à saréputa-
tion, il en marqua un repentir qui pa-
roissoit sincere ; mais une mélancolie
affreuse avoit succédé au délire de ce
fils infortuné, qui disparut quelque
tems après, & dont on ne put avoir
de nouvelles, ce qui fit soupçonner
pendant long-tems qu'il s'étoit fait périr lui-même de désespoir. On verra
dans la suite de cette histoire comment je fus moi-même instruit des
particularités de ma naissance.

B ij

CHAPITRE II.

Education de Roderik Random. Ses parens le prennent en aversion. On obséde son grand-pere, il ne peut en approcher. Il se venge des mauvais traitemens de son Maître d'Ecole. Son cousin, héritier du Vieillard, le fait poursuivre par ses chiens de chasse. Roderik casse les dents du Précepteur de son cousin.

QUELQUES personnes soupçonnerent mes oncles d'avoir eu part à la disparition de mon pere, & de s'être assurés par sa mort la succession des biens qui devoient lui revenir, après le décès de mon grand-pere. Cette conjecture étoit fondée sur ce qu'aucun d'eux ne lui avoit prêté le moindre secours dans le tems de sa disgrace, & qu'ils avoient au contraire tout fait pour aigrir le reſſentiment de ſon pere contre lui. Cependant des gens ſenſés , & moins prévenus rejetterent cette opinion , préſumant que leur fureur ſe ſeroit étendue juſque ſur moi, s'ils euſſent été capables d'un attentat auſſi noir, puiſque mon exiſtence étoit un obſtacle invincible à leurs prétentions. Je grandiſſois cependant ; ma reſſemblance avec mon pere m'avoit acquis l'affection de tous nos Fermiers & Domeſtiques , qui le chériſſoient encore en moi ; mais quelques ſoins qu'ils ſe donnaſſent , ils ne pouvoient me ſouſtraire à la mauvaiſe volonté de mes couſins : chaque jour j'étois la victime de leur inimitié, de leur malice, & de leur jalouſie. Plus je marquois d'heureuſes diſpoſitions , plus ils en concevoient d'averſion contre moi ; ils obſédoient tellement mon grand-pere , que je ne le voyois plus que par hazard. Sa maiſon m'étoit interdite à la Ville ; & comme il m'avoit rélégué à la Campagne, ſans s'embarraſſer de ce qui me concernoit, je ne l'approchois que lorſqu'il venoit

B iij

donner quelques ordres à ſes Fermiers.
„ Sois bon garçon, me diſoit-il, d'un
„ ton à me faire mourir de peur, &
„ & j'aurai ſoin de toi. „ Les careſſes
dont il m'honoroit, en me diſant
cela, reſſembloient ſi fort à des coups
de poings ſur les oreilles, que je m'é-
loignois de lui ſoigneuſement, toutes
les fois qu'il paroiſſoit diſpoſé à m'en
faire quelques-unes. Quelque tems après
on m'envoya à l'école dans un Village ſujet à la juriſdiction de mon grand-
pere ; mais comme il ne donnoit rien
pour ma penſion, ni pour mon entretien, j'étois dans un état affreux.
Le Maître d'école, qui ne me ſouffroit chez lui *gratis*, que parce qu'il
craignoit le reſſentiment de mon
grand-pere, ſe crut diſpenſé de ſe donner beaucoup de ſoin pour m'inſtruire. Malgré ſa négligence cependant,
j'avois de l'émulation, & je faiſois des
progrès rapides dans le latin. Comme
le Maître refuſoit ſouvent de répondre à mes queſtions, & de ſeconder mes
diſpoſitions, je crus devoir en inſtruire mon grand-pere : je lui écrivis à ce

sujet plusieurs Lettres très-pressantes; mais il en résulta tout le contraire de ce que j'avois imaginé : il fit venir le Maître d'école, qu'il réprimenda beaucoup, & à qui il reprocha avec colere les soins qu'il s'étoit donné pour mon éducation : ajoutant, ,, que je lui ,, aurois obligation de la potence , & ,, qu'avec les dispositions que je mar- ,, quois, je ne manquerois pas d'abu- ,, ser de mon talent dans l'écriture ; ,, qu'assurément je serois quelque jour ,, un fripon & un faussaire , que j'en ,, serois puni ; mais que mon sang re- ,, tomberoit sur lui. ,,

,, Ce pédant, qui ne craignoit rien tant que le courroux de son Juge, l'assura que ma capacité étoit le fruit de mon propre génie, & de mon application ; qu'il lui protestoit qu'il n'avoit jamais contribué en rien à mon sçavoir faire ; mais que pour prévenir les suites qui pourroient résulter de mes talens acquis, il espéroit, avec l'aide de Dieu, m'empêcher d'y joindre de nouvelles connoissances, en me privant de l'usage de mes doigts. Effecti-

B iv

vement ce scrupuleux pédagogue s'ac-
quitta de ce qu'il avoit promis avec
la plus grande exactitude ; car sur le
prétexte que j'avois écrit des Lettres
impertinentes à mon grand-pere, il
fit percer une petite planche de cinq
trous, au travers desquels il me fit passer tous les doigts de la main droite,
& me la lia avec une ficelle au poignet, de façon que je ne pouvois plus
écrire. Je recouvrai cependant peu-à-
près la liberté de ma pauvre main, par
un accident qui m'arriva dans une querelle que j'eus avec un autre Ecolier,
comme il me railloit sur mon état
malheureux, & sur ma pénitence. Je
fus si courroucé de ses propos inju-
rieux, que d'un seul coup de ma me-
notte, je le jettai tout étendu par terre. Je me trouvai pour lors dans un
état cruel : mes camarades d'écoles qui
le laisserent par terre, baigné dans
son sang, coururent avertir le Maître
de ce qui venoit d'arriver. J'en fus puni si cruellement, que quand je vivrois
autant que Mathusalem, je n'oublie-
rai pas la rigueur du supplice que j'é-

prouvai, non plus que l'antipatie &
l'horreur que j'en conçus contre le pédant qui me le fit fouffrir. Mon extérieur indigent m'expofoit au mépris de
tous ceux qui me rencontroient ; mon
amour propre, & les fentimens éle-
vés que m'infpiroit une naiffance
que, par malheur pour moi, on ne
m'avoit pas laiffé ignorer, me rendoient extrêmement fenfible aux af-
fronts qu'on me faifoit effuyer tous les
jours : ce qui me fuggera mille fâcheufes aventures, qui m'accoutumerent
de bonheur à l'adverfité ; de façon que
je faifois voir un courage & une réfolution fort au-deffus de mon âge.

J'étois fouvent maltraité pour des
fautes que je n'avois pas commifes; tous
les traits d'efpieglerie qui fe commet-
toient dans le Village, & dont on igno-
roît l'auteur, m'étoient attribués ;
c'étoit toujours moi qui avoit volé les
fruits des Jardins, tué le Chats du
voifinage, ou dérobé des fucreries
dans les boutiques des Confifeurs. Un
bredouilleur de Charpentier fembla
avoir acquis exprès l'aifance du lan-

gage, & l'éloquence de Démofthênes,
pour perfuader à mon pédant que j'a-
vois tiré un coup de piftolet dans fa
fenêtre, quoique mon Hôteffe, & toute fa famille fuffent témoins, & pro-
teftaffent que j'étois couché & endor-
mi, lorfqu'on l'avoit infulté de la forte. Je fus un jour vigoureufement fuf-
tigé, parce qu'en paffant la riviere,
le bateau dans lequel j'étois, étoit prefque coulé à fond, par l'imprudence du
Battellier. Je le fus de même une feconde fois, pour m'être fait une boffe
à la tête contre une muraille, en
fuyant une charette qui étoit prête à
m'écrafer; & une troifiéme pour avoir
été mordu par le chien d'un Boulanger. En un mot j'étois puni d'un malheur qui m'arrivoit, comme des fautes les plus graves que j'euffe pû commettre. On me châtioit, fous prétexte
d'étourderie, d'accidens qui euffent
pû arriver à l'homme du monde le
moins diftrait, tout comme à moi.

Cette conduite à mon égard, loin
de me rendre plus fouple, me faifoit
comparer mon fort à celui d'un Efcla-

ve, & me rendoit plus indocile. Plus
j'avançois en âge, plus ma raison se
développoit, & plus je trouvois le
joug auquel j'étois assujetti, barbare &
tyrannique. Comme j'avois reçu en
cachette les instructions d'un honnête
homme, qui s'intéressoit pour moi,
parce qu'il avoit accompagné mon
pere dans ses voyages, & que les caprices de la fortune l'avoient réduit à
la qualité de Sous-Maître chez mon
pédant, j'avois par ses soins généreux
fait des progrès si rapides dans les Hu-
manités, dans l'Ecriture, & dans l'A-
ritméthique, qu'avant l'âge de douze
ans, j'étois, malgré les soins de mon
maître, regardé comme le meilleur
Ecolier de sa Classe. Mes talens, de la
force & de l'agilité, réunis à un certain air de supériorité que je sçavois
me donner, me faisoient presque res-
pecter de mes Camarades ; j'avois acquis sur leur esprit un ascendant qui me
fit former une espéce de conspiration
contre mon pédant. Je me mis pour ce-
li à la tête d'une ligue de trente Ecoliers,
dont la plûpart étoient de mon âge.

Je pris cependant la précaution de les
éprouver, avant que de rien entreprendre, pour fçavoir fi je pouvois
compter fur eux dans l'exécution de
mon grand projet. J'attaquai donc à
leur tête une troupe d'apprentifs vigoureux, qui s'étoient emparés, pour
jouer aux quilles, d'un champ qu'on
nous avoit abandonné pour nous divertir. J'eus le chagrin de voir mettre
ma troupe en déroute : un de mes
Camarades eut la jambe caffée, d'un
coup de boule qu'un de nos ennemis
lança contre lui par derriere. Cette
défaite ne nous empêcha pas cependant de nous efcarmoucher à coups de
pierre ; je reçus même dans ces combats plufieurs bleffures dont je porte
encore les marques. Nous réitérions
fi fouvent néanmoins nos attaques,
malgré nos défavantages, que nos ennemis fe lafferent enfin de les foutenir, & ne parurent plus fur le champ
de bataille, dont nous reftâmes pai-
fibles poffeffeurs par leur retraite.

J'aurois peine à raconter tous les
exploits que nous fîmes pendant notre

confédération ; notre petite armée
faisoit trembler tout le Village. Lorsque la désunion se mettoit dans ma
troupe : j'adoptois les intérêts de l'un
ou de l'autre parti , & l'honneur de
ma protection, une fois acquise à l'un
des deux , la faction opposée rentroit
sur le champ dans son devoir.

Je profitois de tous mes congés
pour aller rendre visite à mon grand-
pere ; mais ordinairement on m'in-
terdisoit tout accès auprès de lui : mes
cousines qui l'obsédoient , malgré la
division & la jalousie qui régnoient
entre elles , se réunissoient cependant
à mon approche, comme contre leur
ennemi commun. Celui de mes cou-
sins que mon grand-pere avoit dési-
gné pour être son héritier, bornoit ses
talens & ses occupations à la chasse du
Renard : * c'étoit au reste l'unique chose à laquelle il fût propre ; & malgré
les soins & les dépenses de mon grand-
pere pour son éducation, il n'en étoit
pas moins un sot. Pour ne rien per-

* Cette Chasse est de toutes la plus à la mode
en Angleterre.

dre de la fucceffion du vieux Juge, il
s'étoit muni, par avancement d'hoirie,
de toute la mauvaife volonté qu'il pré-
fumoit fans doute que mon tendre
ayeul lui légueroit par Teftament contre moi : de forte que du plus loin qu'il
m'apperçevoit, il détachoit fes chiens
de chaffe, & les mettoit à mes trouffes, jufqu'à ce que pour me mettre à
couvert de leurs pourfuites, j'euffe
trouvé quelque afile.

Son Précepteur, qui prévoyoit fans
doute la fortune future de cet impertinent Chaffeur, & qui vouloit mériter pour l'avenir les bonnes graces
de fon Eléve, en flattant fes inclina-
tions, l'encourageoit lui-même à ces
indignités. Je fus fi choqué de la façon
d'agir de ce coquin, qu'un jour que
pour faire fa cour à mon coufin, il
avoit lâché fes chiens contre moi, &
qu'il couroit lui-même après eux pour
les animer davantage, je pris le parti
de me réfugier dans une chaumiere,
où j'étois fûr de trouver de l'appui, &
de dedans la maifon je lui lançai une
pierre avec tant de violence & d'adref-

se, que je lui fendis la tête jusqu'au crâne ; je lui caffai les dents, & le rendis pour jamais incapable de remplir les fonctions de Clerc dans la Paroiffe.

CHAPITRE III.

Arrivée de Monfieur Tom-Bouling, Oncle maternel de Roderik. Quel étoit cet Oncle, fon portrait, fa générofité en faveur de fon Neveu. Vifite qu'ils rendent enfemble au Juge. Ils font l'un & l'autre attaqués par les chiens de chaffe du Neveu. Combat fanglant entr'eux & l'Oncle de Roderik. Converfation de celui-ci avec le Juge.

LE feul oncle que j'euffe du côté de ma mere, qui, parce qu'il étoit Lieutenant d'un Vaiffeau de guerre, s'étoit abfenté depuis long-tems, revint dans ce tems - là dans le pays.

Ayant appris la mort déplorable de ma mere, & l'état malheureux auquel j'étois réduit, il en fut si touché, qu'il vint me voir; & malgré la médiocrité de sa fortune, il me donna tout ce dont j'avois besoin, & m'habilla très-proprement, en comparaison de la façon dont je l'avois été jusqu'alors: il prit en même tems la résolution de rendre visite à mon grand-pere, & de l'engager à me donner quelques choses pour me faire subsister plus aisément à l'avenir; mais il ignoroit combien d'obstacles s'opposoient au succès de son entreprise. Mon oncle étoit un de ces bons Marins, qui loin de pouvoir juger du caractere d'un homme en particulier, jugent de tous par le leur propre : quoique né en Ecosse, il ne connoissoit point du tout les mœurs de l'Europe, & croyoit tous les hommes aussi francs & aussi désintéressés que ceux de son Equipage. Il étoit d'un taille avantageuse, & robuste, quoiqu'il fût, ainsi que tous les Marins, assez mal sur ses jambes; son teint étoit extrêmement hâlé. Il portoit

toit une camifolle de flanelle rayée,
fous un gros habit à la Matelotte,
qui avoit été rapiécé groffiérement
en différens endroits par un Tailleur
du Vaiffeau. Il avoit outre cela de
grandes culottes rouges, tachées de
goudron, de gros bas gris, & de larges boucles d'argent, qui couvroient
la moitié de fes fouliers ; fon chapeau
bordé d'argent avoit une forme poin-
tue qui paffoit les bords d'un demi pied,
& fous lequel il portoit un petite perruque fort noire, qui n'avoit qu'une
feule boucle tout autour ; fa chemife
étoit de toile rayée, il portoit au col
un mouchoir de foye ; un fabre énorme, monté fur une vieille garde de
cuivre, & foutenu par un vieux cein-
turon brodé, lui pendoit jufques fur
le genou gauche : il tenoit dans fa
main droite un grand bâton de chêne,
qui lui fervoit de canne. Ce fut
dans cet équipage qu'il me conduifit
chez mon grand-pere. Quant à moi,
je me rengorgeois fous l'habit qu'il
m'avoit donné ; je ne m'étois jamais
vû fi bien mis.

Tome I.   **C**

Mais en arrivant chez mon grand-
pere, nous fûmes d'abord accueillis par
César & *Mélampe*, qui furent détachés
contre nous par mon bienveillant
coufin , du plus loin qu'il nous eut
apperçûs. J'étois prêt à me fauver à
leur approche ; mais mon Oncle
m'ayant pris d'une main , porta de
l'autre un coup de bâton fi vigoureux
au hargneux *César*, qu'il l'étendit par
terre ; & s'étant apperçû que *Mélampe* alloit le mordre par derriere, il tira
fon fabre , fit volte-face , & d'un feul
coup lui fit fauter la tête. Mon brave
coufin accourut avec trois Domeftiques armés de fourches au fecours de
fes chiens, qu'il trouva étendus fur le
champ de bataille. Quoique ce fpec-
tacle le mît en fureur, il eut cependant
la prudence de ne pas approcher mon
oncle de trop près ; mais il chargea
ceux qui l'accompagnoient de le faire ,
& leur ordonna , en l'accablant de
reproches & d'imprécations de venger
fur lui la perte de ce qu'il avoit de plus
cher au monde. Mon oncle alors s'a-
vança vers les défenfeurs de la meute

infortunée d'un air si déterminé, qu'ils jugerent à propos de prendre le parti de la retraite. Il joignit cependant mon cousin, & l'arrêtant par la main, il lui dit d'un ton de franchise. ,, Ecou-
,, tez, l'ami, vos chiens sont venus
,, sur moi, sans que je les aye insultés ;
,, ce que j'en ai fait, n'étoit que pour
,, m'empêcher d'être mordu par ces
,, matins-là : en conscience, frere,
,, vous avez tort de vous fâcher, ce
,, n'est pas ma faute. ,,

Soit que mon cousin crût que mon oncle en lui parlant si raisonnablement, eût peur de lui, ou que le chagrin d'avoir perdu ses chiens, lui eût fait naître l'envie de se battre, il se jetta sur une fourche, qu'il arracha des mains d'un de ceux qui l'accompagnoient, & parut vouloir se jetter sur mon oncle, qui se mettant en garde de son coté, continua sa capitulation dans ces termes : ,, Double bâtard, dit-il, si tu
,, avance, je te mets en hachis, &
,, t'apprendrai si c'est ainsi que l'on
,, doit recevoir un honnête homme. ,,
Il fit alors le moulinet avec tant de

force & d'agilité, que mon prudent
coufin arrêta tout court : il regarda
derriere lui ; & voyant que ceux qui
l'accompagnoient s'étoient retirés, il
jugea à propos de rentrer auffi dans
la maifon, & d'abandonner le champ
de bataille à mon oncle. Il avoit foigneufement fermé la porte, & vint
lui parler ainfi par la fenêtre : ,, Que
,, veut donc ici ce coquin , c'eft
,, fans doute quelque frippon de Ma-
,, telot qui a déferté ; vas, vas, fcélé-
,, rat, tu peux compter que je te ferai
,, pendre ! puiffe avec toi toute ta
,, maudite parenté parer le gibet de
,, la Ville ; elle ne vaut pas toute en-
,, femble un feul des chiens que tu m'as
,, tués ; entends-tu ? gueux que tu ès.,,
,, Paix, bavard, répondit mon oncle,
,, autrement je vous repafferai le pour-
,, point ; j'époufterai, continua-t'il en
,, montrant fon bâton, votre vefte
,, galonnée avec cette houffine. ,, Mon
oncle en difant cela remit fon fabre
dans fon foureau.

Cette querelle cependant mit toute
la maifon en rumeur : une de mes

couſines étoit accourue au bruit , & demanda par la fenêtre ce que c'étoit. ,, Ce que c'eſt , pas grand choſe, ma ,, belle enfant ! Je veux parler à votre ,, grand-pere , cet étourdi-là s'y op- ,, poſe, je ne ſçais pas pourquoi , voi- ,, là tout, ma grande fille ! ,, Ma cou- ſine , ſans nous répondre que par un coup d'œil mépriſant , alla ſans doute raconter ce qui ce paſſoit au vieux Juge , & nous fûmes quelques minu- tes après admis à ſon audience. Mon couſin & mes couſines formoient de part & d'autre une haye ; nous paſſâ- mes au milieu , & l'on nous honora des deux côtés de regards très-ſignifi- catifs : mon oncle, après deux ou trois bruſques révérences , entâma ainſi la converſation.

,, Bon jour, vieux Papa , ſerviteur, ,, eh bien, comment vous en va , cette ,, ſanté hem ? .. Vous ne me connoiſ- ,, ſez pas ; mais vous me connoîtrez ,, bien-tôt , je m'appelle *Thom-Bou-* ,, *ling* : voilà votre petit-fils, vous fai- ,, tes comme ſi vous ne le connoiſ- ,, ſiez pas non plus ; eſt-ce parce qu'il

„ a un habit neuf ? Sçavez-vous bien
„ qu'il eſt mon neveu, cet enfant-là ;
„ parbleu je l'ai trouvé dans un équi-
„ page qui vous faiſoit bien de l'hon-
„ neur, ſes guenilles cingloient à tous
„ vents : approches-toi, petit nigaud,
ajouta mon oncle, en s'adreſſant à
moi, qui me tenois éloigné par timi-
dité, „ viens baiſer ton grand-pere,
„ pourquoi recules-tu ? J'obéis à mon
oncle : mon grand-pere qui étoit attaqué de la goutte, s'excuſa ſur ſon
indiſpoſition, de ce qu'il ne ſe levoit
point devant mon oncle, & répondit
à ſa franchiſe avec cette froideur &
cette gravité qui le caractériſoit, &
lui dit d'un ton flegmatique & judiciai-
re, qu'il étoit très-flatté de ſa viſite,
& le pria de s'aſſeoir.

„ Tenez point de façon, repartit
„ mon oncle, j'aime à être debout ;
„ Or çà, parlons raiſon, vieux com-
„ me vous êtes, vous devez en avoir
„ quant à moi, je n'ai pas beſoin de
„ vous, je ne vous demande rien ;
„ mais pour peu que vous ayez de
„ conſcience & de naturel, vous de-

,, vez donner quelque chofe à ce pe-
,, tit garçon-là, que vous avez traité
,, jufqu'à prefent comme un chien de
,, bafle-cour ; pourquoi mon neveu
,, eft-il plus négligé que ce grand flan-
,, drin-là, continua mon oncle, en
,, montrant mon coufin & mes cou-
,, fines, n'eft-il pas votre petit-fils, auffi
,, bien que toute cette graine-là ? il eft, ce
,, me femble, mieux tourné que ce be-
,, nêt-ci : allons, vieux Patron, la main
,, fur le cœur, ne vous embarquez pas
,, fans bifcuit ; il faut avoir une paco-
,, tille de bonnes œuvres pour le voya-
,, ge que vous allez bien-tôt faire ; fon-
,, gez que vous courez rifque de faire
,, capot, fi vous ne réparez le tort que
,, vous lui avez fait ; fi fa mere eft
,, morte, & fi fon pere eft perdu,
,, vous fçavez bien que c'eft votre
,, faute, ainfi la moindre chofe que
,, vous puiffiez faire, c'eft de faire
,, pour lui ce que vous faites pour les
,, autres. ,,

Mes coufines étoient trop interef-
fées dans la propofition de mon oncle, pour fe contenir plus long-tems,

leurs langues se déchaînèrent toutes
en même tems contre mon Protecteur,
qui s'écria en se bouchant les oreilles que
tous les diables de l'enfer étoient à ses
trousses. „ Coquin, maraut , fripon,
„ impertinent , lui crièrent-elles, il te
„ siéd bien de prescrire ici des regles
„ de conduite; on a pris de ton neveu
„ cent fois plus de soin qu'il ne mérite;
„ vraiement il eût été bien juste , est-
„ ce pas , que notre grand-papa , ne
„ mît aucun différence entre un fils
„ libertin & volontaire, & des enfans
„ respectueux , qui n'ont jamais rien
„ fait sans son aveu?,,

Cette réplique généreuse fut suivie
d'un torrent d'invectives , qui n'eussent, sans doute, cessé que par notre retraite , si mon grand-pere n'eût
imposé silence : il reprocha à mon
oncle son peu de politesse ; qu'il
lui passoit cependant , disoit-il, eu
égard à son état, dans lequel on ne se
piquoit pas de sçavoir vivre ; il ajouta
qu'il avoit toujours eu soin de moi,
qu'il m'avoit envoyé à l'école dès mon
plus bas âge ; jusqu'à présent , quoi
qu'on

qu'on l'eut informé que je n'y faisois aucun progrès, & qu'on reconnut en moi les penchans les plus dangereux ; que cela pouvoit se prouver clairement par ce que j'avois fait à quelques-uns de mes camarades, & sur-tout au Précepteur de mon cousin; que cependant pour m'éprouver & voir à quoi j'étois propre ; il vouloit bien faire un dernier effort, & consentoit à me mettre en apprentissage chez quelque artisan, à condition que je changerois de conduite.

Mon oncle fut indigné de cette proposition : il répondit nettement à mon grand-pere,,, que s'il m'avoit envoyé ,, à l'école, il sçavoit très-bien qu'il ne ,, lui en avoit jamais rien coûté ni ,, pour ma nourriture, ni pour mon ,, entretien ; qu'il n'étoit pas étonné ,, conséquemment que je n'eusse pas ,, fait de grands progrès : je n'en juge ,, pas par moi - même , ajouta-t-il, ,, mais je sçais cependant , à n'en ,, point douter, que mon neveu, malgré votre malin vouloir est le meilleur écolier du pays.,,

Tome I.   D

Mon oncle alors pour foutenir la vérité de ce qu'il avançoit , tira fa bourfe & défia toute la compagnie de parier le contraire. ,, Il n'eft pas fi ,, méchant que vous le dites , conti- ,, nuat-il ; mais quand cela feroit, à ,, qui s'en prendre qu'à vous-même , ,, qui l'avez laiffé rouler comme un ,, bâtiment fans agrêts; quant à votre ,, Chapelain , il eût mieux fait de lui ,, mettre la cervelle au vent , que de ,, lui caffer la mâchoire ; je jure par ,, mon ame, que s'il me tombe fous ,, les mains , il n'en fera pas quit- ,, te à fi bon marché. Grand merci de ,, votre offre de mettre mon neveu ., en apprentiffage , vous voulez ap- ,, paramment en faire un Savetier ? * ,, J'aimerois mieux moi, qu'il fût pen- ,, du, que d'accepter une pareille pro- ,, pofition : viens - t-en, mon pauvre ,, Rorik, * viens, il n'y a rien à gagner

* L'Anglois porte le mot de Tailleur , parce que c'eft de toutes les Profeffions la plus mé- prifée en Angleterre.

* Diminutif de Roderik, comme en françois l'on dit Charlot, ou Colin.

„ avec ce ladre-là ; mais va confole-toi
„ mon garçon , tant que j'aurai un
„ Scheling dans mon gouffet , tu peux
„ compter fur la moitié. Adieu , vieux
„ cancre, vous allez bien-tôt crever ,
„ Dieu merci ; mais vous êtes damné
„ comme un chien, comptez fur ma
„ parole. „

Mon oncle fortit : je le fuivis pour
retourner avec lui au village d'où nous
étions fortis ; & pendant toute la route
je l'entendis *maugréer* contre le grand-
pere & fa poftérité, qu'il honoroit d'é-
pithes maritimes , dont l'énergie ex-
primoit admirablement ce qu'il pen-
foit fur le compte de l'un & de l'autre

CHAPITRE IV.

Le Juge tombe malade. Il fait son
testament. Monsieur Thom-Bou-
ling lui rend une seconde visite. Le
Juge meurt. Ouverture du testa-
ment. Preuves singulieres du cha-
grin de ses nieces. Oraison funébre
du défunt par l'oncle de Roderik.

QUELQUE tems après notre visite,
nous apprîmes que mon grand-
pere étoit tombé dans une langueur
qui le consumoit depuis trois jours,
qu'il sentoit qu'il étoit proche de sa
fin, & qu'il avoit en conséquence envoyé chercher son Notaire pour rédi-
ger son testament. On vint nous dire
de sa part, que comme il sentoit bien
qu'il n'avoit pas encore long-tems à
vivre, il vouloit avant de mourir avoir
la satisfaction d'embrasser toute sa famille & voir tous ses parens, sans exception. Mon oncle apprit cette nou-

velle avec un plaifir qu'il ne put cacher.
Pour fatisfaire aux dernieres volontés
du vieillard, il partit fur le champ, &
m'emmena avec lui pour recevoir fa
bénédiction. „ Nous le tenons enfin,
„ ce vieux Corfaire, me difoit-il, che-
„ min faifant, tu vois mon pauvre Ro-
„ derik, ajouta-t-il, tu vois ce que c'eft
„ que de parler raifon aux gens.„ Nous
arrivâmes en difcourant ainfi chez mon
grand-pere; nous trouvâmes l'appartement remplit d'une legion de parens, &
nous approchâmes de fon lit, mais il
étoit prêt d'expirer. Deux de mes coufines lui foutenoient la tête; elles pleu-
roient l'une & l'autre du mieux qu'il leur
étoit poffible; mais on s'appercevoit
malgré elles, qu'elles avoient quelques
peine à réuffir : elles effuyoient de
tems en tems le vifage du moribond,
qu'elles baifoient avec de grandes démonftrations de douleur.

Mon oncle s'approcha cependant
du malade & lui parla ainfi: „ Bon foir,
„ Patron, eh bien faut-il vous cha-
„ griner, n'eft-il pas tems de partir,
„ comment cela va-t-il ? fi vous avez

D iij

,, l'ame nette, Dieu en aura pitié. ,,
Mon grand-pere tourna vers nous des
yeux languiſſans, qui ne marquoient
pas qu'il fût content du dialogue de
M. Bouling ; qu'il ne laiſſa pas de lui
continuer ainſi ſes exhortations mor-
tuaires.

,, Eh bien ? voilà votre pauvre Ro-
,, rik, qui vient vous voir avant que
,, vous mouriez, ſi vous voulez être
,, ſauvé, penſez à lui, au cas que vous
,, vous ne l'ayez pas encore fait : vous
,, avez été grand pécheur, j'en con-
,, viens ; mais il eſt encore tems de ré-
,, parer vos fautes ; repentez-vous en
,, & faites - lui le plus de bien que
,, vous pourrez pendant le peu de tems
,, qui vous reſte à vivre ; ni le ciel, ni
,, les hommes ne vous en demandent
,, pas davantage ; avant qu'il ſoit peu,
,, les vers vont vous ronger ; & ſi vous
,, n'êtes pas converti depuis que je
,, vous ai vû, vous pouvez compter
,, que.... ,, Mon oncle alloit, ſans
doute lui dire, qu'il iroit à tous les diables, lorſqu'il fut interrompu par un
Miniſtre qui étoit préſent, & qui fut

apparemment scandalisé, ainsi que toute la compagnie, de voir un Laïc em-
pieter si cavalierement sur son minis-
tere. On nous obligea l'un & l'autre de
passer dans une chambre voisine, où
quelques minutes après nous fumes ins-
truits de la mort de mon grand-pere,
par un *concerto* lamentable de pleurs
& de gémiffemens, exécuté presqu'au
naturel par mes coufines : mon coufin
qui n'avoit pas autant de talent qu'elles, s'étoit retiré dans un cabinet, fous
prétexte de se livrer à fa douleur avec
plus de liberté; mais ce charivari l'ayant
averti d'un évenement qu'il attendoit
depuis long-tems avec impatience, il
parut dans la falle, & demanda d'un
ton moitié chagrin & moitié inquiet,
s'il étoit bien vrai que fon grand-pere
fût mort ? S'il eft mort repartit mon
oncle : ,, ô parbleu, je vous réponds
,, qu'il eft auffi - bien trépaffé qu'une
,, Merluche : Dieu me damne, cela ne
,, pouvoit pas lui manquer d'arriver; car
,, j'ai rêvé cette nuit que j'étois fur le
,, Gaillard de mon vaiffeau, & que delà
,, j'ai vû une nuée de corbeaux s'élan-

„ cer fur le cadavre du défunt ; mais
„ le diable qui s'étoit perché fur notre
„ beaupré , fous la forme d'un Ours,
„ dont le poil étoit bleu , s'eſt em-
„ paré du défunt & l'a emporté avec
„ fes griffes dans le fond de la mer.
„ Malheureux que vous êtes, s'écria le
„ Miniſtre, tout bouillant de zele &
„ de colere , impie , ofez-vous bien
„ penfer que l'ame d'un fi digne hom-
„ me , foit devenue la proye du
„ diable ? „

Il s'éleva dans l'inſtant un murmu-
re général dans l'appartement ; & mon
oncle que le Miniſtre pendant fa brufque apoſtrophe , avoit fait réculer d'un
bout de la chambre à l'autre , fut obligé de fe mettre en défenfe : il enfonça
fon chapeau jufques fur fon fourcil ,
jura fur fa tête , que fi quelqu'un étoit
affez hardi pour tenter de le faire fortir de l'appartement, fans lui avoir auparavant prouvé qu'il en avoit le droit,
il lui couperoit les oreilles. „ Point de
„ manigance, ajouta-t-il, votre vieux
„ Feffe-Matthieu a peut-être eu affez
„ de confcience pour laiffer du bien

,, à mon neveu, en ce cas Dieu veuille
,, avoir son ame ; c'est tout ce que j'ai
,, envie de sçavoir, voyons ce testa-
,, ment, & je pars, car vous m'en-
,, nuiés tous. ,,

Comme la menace de mon oncle
avoit fait impression, & qu'on voyoit
bien à sa mine qu'il étoit homme à tenir parole, un des Exécuteurs testa-
mentaires, pour éviter le bruit, protesta à M. *Bouling*, qu'on me rendroit
toute la justice possible, & qu'après
les obseques du défunt, on indique-
roit un jour pour examiner ses papiers
en présence de toute la famille ; que
jusqu'à ce jour tous les coffres, ar-
moires & cabinets de la maison reste-
rôlent sous le scelé, qu'on apposa sur
le champ, en notre présence. On voulut en même tems donner des ordres
pour le deuil de tous les parens ; mais
mon oncle ne voulut pas souffrir que
je le portasse avant de sçavoir si mon
grand-pere m'avoit assez bien traité
pour honorer ainsi sa mémoire. Les
opinions étoient extrêmement parta-
gées sur le contenu de son testament :

les uns préfumoient que tous les biens
en fond, qui confiftoient en fept cens
livres fterlings de rente, échoieroient
à mon coufin, qu'il avoit toujours défigné pour fon héritier, & que les immeubles, l'argent comptant & les
dettes paffives qui devoient rentrer
dans fa fucceffion, & dont chacune
étoit une ufure des plus criminelles,
feroient également partagés entre mes
coufines & moi. Quelques honnêtes
gens croyoient, que pour réparer fes
injuftices, il m'auroit laiffé tout fon
bien, à l'exception de deux ou trois
cens livres fterlings de rente qu'il auroit legué à fes petites-filles, lefquelles
étoient au nombre de cinq, & dont
les peres & meres avoient reçu des
dots affez confidérables.

Le moment décifif arriva enfin ; le
teftament fut ouvert: rien n'eut été plus
amufant pour des Spectateurs défin-
téreffés, que les regards avides des hé-
ritieres ; l'altération de leur vifage pei-
gnoit exactement l'inquiétude de leur
efprit ; mais on auroit peine à exprimer l'étonnement & le chagrin dont

elles furent frappées, quand le Notaire eut lu à haute & intelligible voix
que mon aimable cousin étoit l'héritier unique & légataire universel de
tous les biens du défunt , tant meubles qu'immeubles.

Mon oncle , qui avoit écouté avec
beaucoup d'attention, frappa le plancher de son talon avec tant de force,
& prononça d'un ton si terrible un le
diable l'emporte, qu'il fit frémir toute
l'assemblée. L'aînée de mes cousines ,
qui avoit toujours été extrêmement
officieuse & prévenante auprès de mon
grand-pere , demanda d'un ton lamentable, s'il étoit bien vrai qu'il ne fût
point du tout question d'elle dans le
testament , on lui répondit que rien
n'étoit plus certain. Cet Arrêt accablant la fit tomber en foiblesse.

Les autres dont les espérances n'é-
toient pas apparamment si bien fon-
dées , supporterent leur malheur avec
un peu plus de résolution ; mais elles
ne laisserent pas de barbouiller la mémoire du défunt de plusieurs qualifi-
cations scandaleuses & diffamantes.

Leur douleur en ce moment paroiſſoit beaucoup plus ſincere & plus naturelle ; & n'avoit point du tout l'air de celle qu'elles avoient fait paroître dans l'inſtant de la mort de mon grand-pere. Mon oncle accompagnoit leurs imprécations des juremens les mieux conditionnés : „ Tu n'as donc rien à eſ-
„ pérer, mon pauvre garçon, me dit-
„ il, en trépignant de rage; ce vieux
„ chien avoit le diable au corps, je
„ te défends de prier Dieu pour lui,
„ car il eſt damné comme Belzébuth. „

Le Miniſtre étoit toujours préſent, ayant été le Directeur ſprituel du défunt, avoit été élu Exécuteur teſtamentaire, ſous prétexte de charité, il avoit ſçu tirer auſſi ſa cotte part du vivant du bon homme, avoit-il auſſi pour ſa mémoire une vénération ſans égale : les apoſtrophes de mon oncle le ſcandaliſerent une ſeconde fois. „ Miférable hérétique que vous
„ êtes, lui dit-il, ne voulez-vous pas
„ ceſſer d'inquiéter par vos malédic-
„ tions l'ame d'un bon Chrétien qui
„ vous demande des prieres. „ Le Paſ-

teur s'imagnoit que tout le monde feroit comme la premiere fois dans fon
parti ; mais il fut d'abord détrompé,
car mes coufines l'accuferent d'avoir,
par de mauvais confeils, empêché
leur grand-pere de fuivre fa bonne
volonté à leur égard, étant perfuadées
qu'il ne les auroit pas ainfi desheri-
tées, fi fes avis hypocrites ne l'euffent
déterminé ; elles joignirent à ce reproche une kyrielle d'invectives, qui
contraignit le Prédicateur de prendre
la fuite.

Cette fcéne mit le digne Légataire
de la meilleure humeur du monde.,, Si
,, vous n'euffiez pas tué mes chiens, dit-
,, il à mon oncle, je les aurois mis aux
,, trouffes de cette bête noire.,, M. *Bou-*
ling qui n'étoit pas difpofé à goûter
cette impertinente faillie, lui tourna le
dos, en lui difant ; ,, Que vous & vos
,, chiens aillent aux diable, fuffiez-vous
,, tous trois au fond de l'enfer avec
,, votre vieux damné : allons Rorik,
,, dit-il en s'adreffant à moi, virons de
,, bord & nous partîmes. ,,

CHAITRE V.

*Roderik est maltraité par son Pédant.
Son oncle l'aide à s'en venger, &
lui fait quitter le Village, & le
fait entrer dans l'Université.*

NOus prîmes le chemin de notre
Village. Pendant un heure de
chemin, mon oncle ne me dit pas un
mot ; je l'entendois marmoter entre
ses dents, je remarquois de tems-en-
tems sur son visage des mouvemens
d'indignation, qui lui faisoient oublier
que nous étions ensemble. Il marchoit
si vîte dans ces momens de distraction,
que je ne pouvois le suivre : quand il
s'en appercevoit, il s'arrêtoit tout
court pour m'attendre. » Allons donc,
» me disoit-il, d'un ton fâché, petit
» paresseux, à quoi t'amuse-tu ? Il me
prenoit alors par la main, & me faisoit troter à toutes jambes sans y prendre garde. Après une couple d'heures

de réflexion, il reprit sa belle humeur
» Allons, mon garçon, me dit-il,
» confoles-toi, ton vieux coquin de
» grand-pere grille à préfent comme
» un pourceau ; ainfi point de cha-
» grin, mon enfant, tu me fuivras
» fur mer ; tiens avec du cœur, & une
» bonne paire de culotte on peut aller,
» partout le monde. Allons, gai tou-
» jours, gai comme dit la chanfon. »

Quoique ce projet ne s'accordât
point du tout avec mon inclination,
je crus cependant devoir lui cacher
dans cet inftant l'éloignement que je
me fentois pour le parti de la mer. J'a-
vois à ménager en mon oncle le feul
homme qui me voulut du bien. Il ju-
geoit du goût d'autrui, par le fien propre, & s'imaginoit ne pouvoir rien me
propofer de plus agréable & de plus
avantageux que la Navigation. Heureufement pour moi, notre Sous-maître, à qui comme je l'ai déja dit, j'a-
vois l'obligation de fçavoir quelque
chofe, combattit fa réfolution, & le
fit changer de fentiment. Il affura mon
oncle que c'étoit me faire un tort in-

fini, que de ne pas profiter des heu-
reufes difpofitions que je marquois
pour les fciences, ajoutant qu'elles
feroient immanquablement ma fortune, fi j'étois cultivé. Monfieur *Bouling*, qui comme on l'a vû, étoit
l'homme du monde le plus généreux,
quoiqu'il ne fût pas riche, prit fans
balancer le parti de m'envoyer dans
quelque Univerfité. Il m'affigna une
penfion, pour me faire fubfifter hon-
nêtement, dans une petite Ville fi-
tuée à quelques milles de notre Village, & dont l'Univerfité étoit en réputation.

Mais quelques jours avant notre
départ, le maître d'école du Village,
qui ne craignoit plus mon grand-pere,
m'accabla d'invectives les plus atroces,
vomiffant cent injures contre le défunt, à qui il fouhaitoit charitable-
ment la damnation éternelle, en réparation du tort qu'il lui avoit fait, en ne
le payant d'aucun des foins qu'il s'étoit
donnés pour moi. Les indignés propos de cet infolent Pédagogue, qui
devoit fa fortune & fon établiffement

à mon grand-pere, me déterminerent à me venger. Je complotai avec quelques-uns de mes camarades, & confultai avec eux fur les moyens d'y réuffir. Je les trouvai tous prêts à feconder mon deffein, qui devoit s'éxécuter de cette façon, la veille de mon départ pour l'Univerfité : voici comme il étoit conçû.

Je devois profitèr du moment auquel le Sous-maître fortiroit comme à fon ordinaire, pour fatisfaire à fes befoins ; je devois enfuite fermer la porte en dedans, afin qu'il ne pût venir au fecours du pédant, & pour fignal de l'attaque, je devois cracher au vifage du profcrit. Les plus grands & les plus forts des Ecoliers promirent de me prêter main-forte, pour le lier fur un banc, couché fur le ventre, & fon maigre poftérieur étoit défigné la victime expiatrice de tous les maux qu'il m'avoit fait fouffrir.

Nous étions trois principaux chefs de la confpiration ; & c'étoit par nous que devoit commencer l'attaque : nous étions fûrs d'ailleurs d'être fecondés par

Tome I.　　　　　　　E

la plus grande parti des Ecoliers. J'é-
tois le premier des Conjurés, comme
auteur de la conspiration. Les deux autres chefs étoient le fils unique d'un riche Gentilhomme du voisinage, nommé *Gavvky*, que le pédant n'avoit
jamais osé maltraiter ; & l'auttre qui
se nommoit *Huges Strap*, & que le
pédant avoit toujours ménagé, parce
que son pere, qui étoit Cordonnier
du Village, l'avoit toujours gratuite-
ment fourni de chaussure. J'avois une
fois sauvé la vie an premier, en me
jettant à la nage, & l'empêchant de se
noyer. Je l'avois quelquefois préservé
des bastonnades ausquelles son insolence
l'exposoit de rems en tems ; j'avois mis
aussi quelquefois son derriere à couvert
de la flagellation, en lui faisant ses devoirs : de sorte que tant de motifs m'as-
suroient de son attachement à mes intérêts. Quant à *Strap*, ma confiance
en lui étoit fondée sur notre amitié
réciproque, & la conformité de nos
caractères. J'avois reçu, quant à moi,
mille services désintéressés de sa part,
qui me le rendoient extrêmement cher.

Comme ces deux champions avoient pris leurs mesures pour quitter l'école dès le lendemain de l'éxécution du projet, je ne doutai point de leur bonne volonté. Le premier avoit reçû ordre de son pere de revenir chez lui ; & l'autre devoit entrer en apprentissa-ge chez un Barbier, dans une Ville située aux environs.

Mon oncle, qui avoit été instruit de la façon dont j'avois été maltraité par ce pédant, m'ayant paru dans la résolution de l'en faire repentir, je crus devoir lui communiquer notre projet, qu'il rejetta, par la difficulté dont il le croyoit dans l'exécution. „ Ne t'y fie pas, me dit-il, en mâ-„ chant du tabac, & relevant sa culot-„ te, c'est vous exposer trop tous les „ trois ; cet âne bâté ne manquera „ pas de braire de toutes ses forces ; „ on viendra sans doute à son secours, „ & vous en serez les dupes. Mort „ de ma vie, que n'est-il à portée de „ mon Navire, je ferois ensorte de „ l'y attirer, & je le ferois ensuite „ étriller comme il faut, par quatre

,, ou cinq bons vivans de l'Equipage !
,, Parbleu, je lui apprendrois fi le
,, poignet d'un Marin vaut bien celui-
,, d'un donneur de férules. ,,

Après bien des réflexions pour &
contre, comme tout autre moyen de
vengeance nous manquoit, mon oncle enfin adopta le projet, & voulut
nous aider à l'exécuter. Il partit donc
fur le champ, pour acheter des cordes
dont nous avions befoin pour en venir
à bout. On juge bien du plaifir que
nous fît l'affurance de fa protection.
Il nous avoit ordonné avant de nous
quitter, de tenir nos chevaux, & notre équipage tout prêts pour partir
auffitôt l'affaire faite. Nous obéîmes
ponctuellement.

Enfin l'heure arriva, nous l'atten-
dions avec impatience : le Sous-maître
fortit comme à fon ordinaire ; & mon
oncle qui étoit aux aguets, faifit cet inftant pour entrer. Ayant fermé la porte
fur lui aux verroux, le Sous-maître refta dans la cour, & mon oncle vint
empoigner le Maître par le colet. Le
pédant fe mit alors à crier de toute

la force qu'on l'affaffinoit ; jamais *Sten-
tor* ne fe fit mieux entendre : je trem-
blois qu'il n'échappât à mon oncle. Je
courus cependant à lui, & fautai fur
fon poftérieur, que je mis fur le champ
en évidence. *Strap* le prit par une
jambe & le fit tomber ; *Gavvky*, qui
jufqu'alors s'étoit contenté d'obferver
l'action, fortit de fa place, en criant
victoire, & vint nous aider à lier
le pédant à un poteau.

Le Sous-maître cependant étoit
accouru au bruit ; il frapppoit, menaçoit & fupplioit tour - à - tour pour
qu'on lui ouvrît la porte. Mon oncle
ayant mis le pédant hors d'état de
nous échapper, nous chargea du foin
de le dépouiller, & vint lui-même parler au Sous - maître, & lui dit qu'il
» eût à ne plus faire de bruit, s'il ne vou-
» loit partager la difgrace du Magifter.
» Croyez - moi, ajouta - t'il, fi vous
» êtes prudent, demeurez en repos ;
» vous fçavez comme ce cuiftre a mal-
» traité mon neveu, vous ne trouve-
» rez donc pas mauvais que je l'en faf-
» fe repentir.

Mon oncle après cela, referma la porte au nés du Sous-maîrre, qui se remit à
frapper de plus belle, de façon que
Monsieur *Bouling* craignant que ce
tapage n'excitât enfin la curiosité
des voisins, vint lui rouvrir la porte. Dès qu'il fut entré, il la referma avec beaucoup de précaution,
& s'adressant à lui : » Ecoutez, Mon-
« sieur *Sintaxe*, je vous crois honnête
» homme, j'ai même du respect pour
» vous ; mais il est bon & prudent que
» nous vous mettions hors d'état de
» vous opposer à notre entreprise. » En
disant cela, il tira de sa poche quelques
bouts de corde. Monsieur *Sintaxe*, à
cette aspect, se mit à pleurer comme
un enfant, protestant à mon oncle
qu'il ne m'avoit jamais fait aucun mauvais traitement, qu'il s'étoit au contraire prêté de tout son cœur à mon
avancement, qu'il falloit que je fusse
bien ingrat pour lui attirer une pareille avanie.

» Je sçais bien, dit mon oncle,
» que mon neveu vous a de grandes
» obligations ; aussi ne veux-je vous

» faire aucun mal , tout au contraire ;
» mais vous faites tant de bruit , que
» vous pourriez attirer des témoins , &
» nous n'en avons que faire ; ainsi trou-
» vez bon que je vous attache à votre
» pupître , jusqu'à ce que notre opé-
» ration soit achevée , je pense qu'elle
» vous divertira ; mais surtout point
» de résistance , car je vous mettrois
» en la place du patient. » Monsieur
Sintaxe fut donc obligé de consentir
à tout.

Mon oncle alors s'adressant au Magister , que nous avions si bien garotté,
qu'il ne pouvoit remuer , lui fit une
sémonce des plus graves : & commença ensuite l'exécution. Le pauvre susti-
gé nous accabloit d'imprécations grec-
ques & latines , que mon oncle n'entendoit pas ; aussi ne l'empêcherent-
t'elles pas d'aller son train , & de l'étriller , conjointement avec nous, pendant
un grand quart-d'heure.

Enfin le supplice cessa , & mon oncle adressa ces paroles consolantes au
patient. » Il est bon de sçavoir ce
» qu'on fait , Monsieur le Magister ,

» on doit réfléchir sur la conséquence
» de ses actions ; vous donniez cruel-
» lement le fouet à vos Ecoliers, sans
» vous imaginer que cela fit beaucoup
» de mal, remerciez-moi, vous voilà
» sorti d'erreur. Pour peu que vous
» soyez reconnoissant, vous vous res-
» souviendrez de moi tout le tems de
» votre vie ; je vous ai sans doute ins-
» piré plus d'humanité, que vous n'en
» avez eu jusqu'à présent. C'est une
« qualité qu'il est bon d'avoir, & je
« suis charmé que vous m'en ayez l'o-
» bligation. Allons, continua - t'il,
» mes enfans, en s'adressant aux Eco-
» liers, venez vous en au cabaret pro-
» chain, que Rorik vous régale, pour
» vous dire adieu. »

Tous mes camarades acceptèrent
la proposition, & sortirent. Mon oncle pria pour lors Monsieur Sintaxe de
nous accompagner ; mais celui-ci le
refusa avec un air de mépris, en lui
disant brusquement qu'il n'étoit pas un
ivrogne. Nous n'en serons pas moins
bons amis, malgré votre air fâché,
lui dit mon oncle ; vous êtes un bon
Diable,

Diable, à ce qui me paroît ; & si jamais je suis Capitaine de Vaisseau, foi de Lieutenant, je vous ferai, si vous vous voulez, Maître d'École de mon équipage.

Mon oncle sortit ensuite, tira la porte sur lui, & laissa Monsieur Sintaxe auprès du pédant, pour le consoler & le panser. Il nous conduisit au Village, les autres Ecoliers & moi, & nous régala dans une Auberge. Nous nous quittâmes enfin, après bien des témoignages, & des marques de regret de part & d'autre. J'arrivai le lendemain à la Ville où je devois demeurer. Mon oncle avoit pourvû généralement à tous mes besoins. Il me mit en pension chez une parente de ma mere, dont le mari étoit Apoticaire. Il partit quelques jours après, & nous nous séparâmes l'un de l'autre en versant un torrent de larmes, qu'une tendresse véritable nous arrachoit réciproquement.

Tome I. F

CHAPITRE VI.

Roderik fait de grands progrès dans ses études. Il se fait beaucoup de connoissances. Ses Cousines cherchent à renouer avec lui. Il rejette leur amitié. Moyen qu'elles employent pour s'en venger. Il arrive une affaire malheureuse à M. Bouling. Elle influe sur la fortune de Roderik, qui se trouve dénué de tout secours. Mauvaise conduite de Gavki à son égard. Vengeance de Roderik.

COmme je commençois à réflé-chir, je sentis parfaitement que comme mes espérances n'étoienr fon-dées que sur les bontés d'un seul hom-me exposé sans cesse à des dangers qui pouvoient m'en priver, que d'ail-leurs tous ceux dont j'aurois eu droit d'attendre quelque secours, étoient mes ennemis déclarés, il étoit né-

ceſſaire que je me miſſe abſolument
en état de me faire un ſort par moi-
même. Je m'attachai donc à mes études avec une application extrême, & je
le fis avec tant de ſuccès, qu'en moins
de trois ans je ſçavois non-ſeulement
le Grec & le Latin, mais j'étois encore très-avancé dans l'étude des Ma-
thématiques & de la Philoſophie. Je
m'appliquai par préférence à la Morale & à la Phyſique. Je me diſtinguai
même dans la Littérature, & donnai
au Public quelques piéces de Vers de
ma façon, qui me firent aſſez d'honneur. Je joignois à pluſieurs talens
agréables une taille parfaite, avec une
figure aſſez aimable. J'acquis la connoiſſance des perſonnes les plus diſ-
tinguées de la ville ; je remarquai
que pluſieurs Dames me voyoient
avec plaiſir ; ce qui flattoit beaucoup
mon penchant à l'amour & à la vanité ; je triomphai même des ſcrupules
de quelques-unes par la complaiſance
que j'eus de faire quelques couplets
impertinens & ſatyriques contre pluſieurs de celles qui leur diſputoient

ma conquête. Deux de mes coufines
demeuroient dans la ville avec leur
mere, dont le mari leur avoit partagé
fon bien par fon teftament, de forte
que fi elles n'étoient pas les plus belles femmes du lieu, elles étoient au
moins les plus riches partis qu'on pût
y trouver. Leur maifon étoit conféquemment le rendez-vous de prefque
tous les petits Maîtres, & tous les
Beaux de la ville: comme elles m'a-
voient extrêmement méprifé pendant
mon enfance, malgré leur richeffe,
je leur rendois parfaitement le change;
l'état de ma réputation parmi les Dames flattoit tellement leur vanité,
qu'elles ne dédaignerent pas de me faire des avances, & me firent prier de
leur faire vifite. On conçoit aifément
qu'outre que ma complaifance leur
auroit fait une efpéce d'honneur, elles envifageoient encore le plaifir
qu'elles auroient à fe venger des femmes plus jolies qu'elles par l'abus de
mes talens, peut-être auffi craignoient-
elles les fuites de mon reffentiment
qu'elles fentoient bien n'avoir que

trop méritées. De mon côté je fus charmé de trouver une occasion de me venger d'elles : non-seulement je refusai de les voir, mais de tems en tems je leur décochois quelques Epigrammes. Se trouvoient-elles dans un cercle de femmes en faveur desquelles on intéressât ma Muse, elles étoient les seules dont je négligeois de parler, ce qui choqua tellement leurs amour-propre, qu'elles formerent la résolution de m'en punir du mieux qu'il leur seroit possible.

Elles engagerent donc un jeune Ecolier à faire des Vers contre moi, par lesquels il me reprochoit l'état malheureux dans lequel on m'avoit élevé, aussi bien que les disgraces de ma naissance; je ripostai si vigoureusement, & je prouvai si bien qu'elles devoient elles-mêmes rougir de mon malheur, qu'elles n'oserent plus m'attaquer sur cet article. Comme elles n'avoient pas réussi dans ces premieres tentatives, elles prirent la résolution de s'en dédommager cruellement par un autre. Elles persuaderent à un jeune Gentil-

homme que j'avois attaqué la réputation de sa maîtresse par des Vers dif-
famans, & sçûrent lui inspirer tant de
haine contre moi, qu'il resolut de me
faire payer de la vie l'insulte prétendue
que j'avois fait à sa Belle. Il m'atten-
dit un soir qu'il faisoit fort obscur,
avec deux autres bretteurs de ses amis,
qui, après m'avoir assassiné, devoient l'aider à me jetter dans la riviere; mais ayant eu avis de ce dessein,
je m'en revins chez moi par un autre
chemin. L'impatience de ne me point
voir arriver, les ayant conduits sous mes
fenêtres pour s'éclaircir si je n'étois
pas rentré, j'en avertis l'apprentif de
la maison, & nous les saluâmes conjointement avec nos pots-de-chambre,
dont nous leur jettâmes tout le contenu sur les oreilles, de sorte qu'ils s'en
retournerent chez eux bien & dûe-
ment aspergés & parfumés. Cette
aventure fut publiée le lendemain, &
fit rire si fort à leur dépens, qu'ils furent contraints de se bannir de la ville.

Ces mauvais succès n'empêcherent
pas cependant mes cousines de con-

tinuer à me fufciter des fcénes defa-
gréables , leur dépit & leur malice s'en-
venimoient à mefure que je venois à
bout de les confondre ; je ne voyois
d'ailleurs aucune reffource pour me
mettre à couvert de leur mauvaife volonté ; je fçavois trop bien que , de
même que les perfonnes qui font le
plus conftamment ingrates , font celles qu'on a le plus conftamment obli-
gées , de même les ennemis les plus
implacables qu'on puiffe jamais a-
voir , font ceux qui nous ont fait le
plus de tort. Mes bonnes coufines
eurent enfin recours à un ftratagême
qui leur réuffit ; elles féduifirent un de
mes amis en qui j'avois une confiance
aveugle , & à qui je n'avois jamais
caché aucune de mes intrigues amou-
reufes ; dès que fon indifcrétion l'eut
mis au fait , elles publierent des véri-
tés , dont elles aggraverent le fcanda-
le par des circonftances qui n'avoient
jamais fubfifté que dans leur imagination. Toutes les femmes dont j'avois
été bien traité me défendirent leur
maifon ; celles qui avoient été dans la

difpofition d'en faire autant les imite-
rent, & je me trouvai bientôt privé
de toutes mes connoiffances. Je n'é-
tois pas encore venu à bout de découvrir l'auteur de cette trahifon, &
je penfois trop bien de mon ami pour
ofer concevoir le moindre foupçon
contre lui : j'étois tout occupé de ma
juftification, lorfqu'un foir en rentrant
chez moi je trouvai mon Hôteffe plongée dans une rêverie qui me caufa
beaucoup d'inquiétude, je lui en demandai le fujet : elle me répondit
froidement que fon mari venoit de
recevoir une lettre de M. Bouling,
mon oncle, à qui il étoit arrivé une
affaire très-malheureufe, ce qu'elle
avoit toujours craint, & lui avoit
mille fois prédit, prévoyant à combien d'accidens fon caractere brufque
l'expoferoit : elle ajoûta, que malgré
la difgrace de mon oncle elle n'en étoit
pas moins difpofée à me rendre fervice, ce qu'elle me prouveroit dans
l'inftant même, fi le Ciel l'eût mife en
état de le faire ; mais qu'ayant une famille à foutenir, il n'étoit pas jufte

qu'elle difpofât du bien de fes enfans en
faveur d'un Etranger, que je fçavois
bien que *charité bien ordonnée com-
mençe par foi-même*, qu'elle me
confeilloit en amie de me mettre en
apprentiffage chez quelque Tifferant,
ou quelque Cordonnier, plutôt que de
m'amufer à des études frivoles qui ne
me conduiroient à rien. J'écoutois fes
avis charitables fans y rien répondre ;
elle me préfenta deux lettres, que je
reçus en tremblant ; la première, qui
étoit adreffée à Monfieur *Potion*, étoit
conçûe en ces termes :

MONSIEUR,

» Celle-ci eft pous vous informer
» que j'ai été obligé de quitter le vaif-
» feau que je montois pour avoir tué
» mon Capitaine, ce que j'ai cepen-
» dant fait en brave homme fur la
» pointe du Cap *Tiberoon*, dans l'Ifle
» *Hifpaniola*. Notre combat s'eft fait
» au piftolet ; il m'a tiré le premier
» fans me toucher, j'ai été plus heu-
» reux ou plus adroit, il a reçu mon

» coup au travers du corps ; je suis,
» Dieu merci, en bonne santé dans cet-
» te Isle, qui est habitée par des Fran-
» çois dont j'ai tout lieu de me louer ,
» quoique je n'entende pas leur lan-
» gage. J'espere obtenir bientôt ma
» grace par le moyen de mes amis ;
» je leur ai envoyé un Mémoire con-
» cernant cette affaire pour le présen-
» ter à la Cour ; je me flatte que Sa
» Majesté ne voudra pas qu'un de ses
» fidels sujets soit long-tems privé de
» son Service, & qu'on fasse contre
» lui aucune procédure deshonorante.
» Mes complimens à votre femme.
» Je suis toujours votre fidel ami &
» serviteur. THOMAS BOULING.

L'autre Lettre qui m'étoit adressée
contenoit ce qui suit :

CHER RORIK,

» Ne sois point en peine de mon
» affaire, continue de bien étudier ,
» mon enfant, je n'ai point d'argent
« à t'envoyer quant à présent ; mais je

» suis convaincu que Monsieur Po-
» tion voudra bien pourvoir à tes
» besoins , & qu'en conséquence de
» l'amitié qu'il m'a toujours témoi-
» gnée , il ne te laissera manquer de
» rien jusqu'à ce que je sois en état de
» reconnoître toutes les bontés qu'il
» aura eues pour toi. Je n'ai rien de
» plus à t'apprendre ; ne t'afflige point
» sur tout , & sois persuadé que je se-
» rai toujours tout à toi ton oncle.

THOMAS BOULING.

Cette Lettre, aussi-bien que l'autre,
étoit datée du Port-Louis , dans l'Isle
Hispaniola. M. Potion entra lorsque
je les tenois encore l'une, & l'autre à
la main ; je lui communiquai la mienne ; mais l'ayant lûe , il me dit en se-
couant l'oreille : je considere infiniment M. Bouling , & ce seroit absolument me faire tort que d'en douter ;
je suis persuadé que s'il étoit jamais en
état de me satisfaire il le feroit avec
toute l'exactitude possible ; mais je
suis fâché de vous dire que les tems
sont si durs , que je ne puis absolument

vous rendre le service qu'il exige de
moi ; l'argent est si rare que je ne puis
en arracher, je crois, Dieu me pardonne, qu'on l'enterre ; il y a cependant un mois que je vous nourris sans
qu'il soit question d'argent entre nous,
Dieu sçait si j'en aurai jamais un denier ; je vous l'avoue, j'étois déterminé, quoiqu'avec peine, à vous
donner congé, tant pour cette raison
que parce que j'ai besoin de vôtre
chambre pour un apprentif qui doit
m'arriver incessamment de la campagne, ainsi vous me ferez plaisir de
vous chercher un logement dans la
semaine.

Je fus si choqué de ce discours, que
sans penser à ce peu de ressource que
j'avois, je lui dis avec indignation,
que bien loin de lui vouloir être à
charge je mourois plutôt de faim que
de lui avoir obligation d'un seul re-
pas, & que je le méprisois trop pour
rester un instant de plus dans sa maison ; je lui payai sur le champ tout
ce que je lui devois, & je sortis de
chez lui dans un accablement & un

défefpoir que je ne puis exprimer ; je
ne fçavois où donner de la tête , il ne
me reftoit plus qu'une feule guinée dans
ma bourfe ; cependant quand mes
premiers tranfports furent calmés, j'allai louer une petite chambre garnie fur
le pied d'un fcheling & demi par femaine ; je fus obligé de payer d'avance , l'Hôteffe ne voulant pas me recevoir fans cette condition ; j'envoyai
chercher mes hardes chez l'Apoticaire,
& je les y fis tranfporter ; je me cou-
chai fans boire ni manger , & paffai
fans dormir la plus cruelle de toutes
les nuits ; je me levai pour aller rendre
vifite à un homme très à fon aife avec
lequel j'avois fait connoiffance , & qui
m'avoit fait mille offres de fervice dans
un tems où je n'en avois aucun befoin.

Dès qu'il me vit il me fit l'accueil
le plus obligeant , & m'embraffa comme fi j'euffe été la perfonne qu'il eût
le plus aimé. Il voulut avant tout que
nous déjeûnaffions enfemble: j'augurai
de fes careffes qu'il accepteroit généreufement la propofition que je venois

de lui faire dans mes malheurs ; je lui
contai en déjeûnant les raisons qui
m'obligeoient à lui rendre visite, j'eus
encore assez de bonne foi pour attri-
buer à son bon cœur l'air chagrin &
déconcerté que je lui voyois pendant
mon récit ; mais il ne me laissa pas
long-tems dans l'erreur ; car lui
ayant aussi raconté la scéne qui s'étoit
passée entre l'Apoticaire & moi, il
fronça le soucil & me répondit d'un
ton févere : Comment donc, Monsieur,
ne sentez-vous pas le tort que vous
avez eu de traiter avec tant de hauteur
un homme qui vous parloit si raisonnablement ? Ce langage me fit tomber
de mon haut ; je lui répondis avec un
peu de hauteur que j'étois surpris d'un
procédé si lâche & si contraire à l'humanité. L'aigreur de ma replique four-
nit à cet insolent personnage un prétexte spécieux pour me congédier & me
défendre sa maison ; j'y souscrivis volontiers, en lui protestant que si je
l'eusse connu du caractere dont il étoit,
il n'auroit jamais été dans le cas de
me faire un pareil compliment.

J'étois en chemin pour retourner chez moi lorsque je rencontrai Gavki, mon ancien camarade d'Ecole, que son pere avoit envoyé à la ville pour y faire ses exercices & se former dans le monde. Comme depuis son arrivée nous vivions ensemble avec toute l'affection & l'intimité de deux anciens amis, je l'informai sans scrupule de l'état où je me trouvois, & le priai instamment de me prêter quelqu'argent pour m'aider à subsister. Il tira de sa poche cinq ou six schelings avec quelque monnoye, & m'assura que c'étoit tout ce qu'il possédoit pour vivre quatre ou cinq jours, ayant perdu la veille la plus grande partie de son argent au billard. Quoique cela pût être, l'air froid avec lequel il me donna cette excuse, & le peu de part qu'il parut prendre à mon malheur, me fit douter de sa sincérité : je lui tournai brusquement le dos sans lui répondre ; mais ayant appris deux ou trois jours après que c'étoit lui qui avoit aidé mes cousines à répandre les bruits désavantageux qui m'avoient

privé de mes connoiffances , & les
avoit inftruites de la trifte fituation
où j'étois réduit , ce qui les faifoit
triompher à mes dépens, je réfolus
d'en tirer vengeance. Je lui envoyai
donc un cartel , par lequel je lui indi-
quois l'heure & le lieu où je prétendois le punir de fa perfidie. Il accepta
ce défi pour le lendemain. Je me
tranfportai fur le lieu ; j'avoue cependant qu'en y allant je fentis beaucoup
d'émotion , & que je fouffrois intérieurement tous les combats que l'on
éprouve aux approches d'une premiere affaire ; mais le defir de me venger , la honte de me retracter , & l'efpoir de la victoire l'emporterent fur
mes craintes. J'étois arrivé au rendez-vous une heure avant le moment
indiqué ; j'attendis vainement le refte
de la journée , mon ennemi ne parut
point. J'avoue encore au Lecteur que
je ne fus pas fâché de ce qu'il m'avoit
manqué de parole ; j'oubliois ma fituation préfente, pour ne penfer plus qu'à
tirer parti de la démarche que j'avois
faite , en publiant partout la lâcheté
de

de mon adversaire. Quoiqu'il ne me restât plus qu'un bord d'argent à vendre, dont le prix suffisoit à peine pour payer le loyer de ma chambre, je ne laissai pas que d'en sacrifier une partie pour faire insérer cette affaire dans les nouvelles publiques.

CHAPITRE VII.

Roderik est obligé d'entrer en qualité de garçon chez Mr. Crab, Apoticaire envieux de Mr. Potion. Portrait de cet homme, & son caractere. Roderik lui devient nécessaire. Un accident oblige Mr. Crab à donner de l'argent à Roderik, qui part pour Londres.

LA dépense que j'avois faite pour satisfaite mon ressentiment & ma vanité, me jetta deux jours après dans un embarras extrême. Mon Hôtesse me pressoit sans relâche, & me faisoit payer par ses importunités la

Tome I. G

fottife que j'avois faite. Je courois toute
la Ville, fans projet & fans efpoir de
reffource ; tous ceux qui m'avoient
flatté de leur amitié, tournoient les
yeux à mon afpect, & me fuyoient
comme un peftiféré.

Enfin j'érois réduit au défefpoir,
lorfqu'un matin l'on vint me dire qu'u-
ne perfonne m'attendoit dans un Caffé ; j'y courus fur le champ, j'y trouvai un homme près d'une table, qui
buvoit feul du *Pop-in*. Il me dit en
me prenant la main, que c'étoit lui
qui m'avoit envoyé chercher, qu'il
fe nommoit *An'el-Crab* & qu'il étoit
Apoticaire & Chirurgien de la Ville.
Avant de rendre compte au Lecteur
de fon deffein, je crois devoir lui faire
le portrait de cet homme, & donner
quelqu'idée de fon caractère.

Il paroiffoit âgé d'environ cinquante ans, de la taille de cinq pieds,
à peu près ; mais fon ventre en avoit
au moins dix de circonférence ; fon vifage étoit comme une pleine lune, fon
tein ardent & plombé, & fon nés
copieux & rouge comme une beterave,

ombrageoit une bouche des plus
étendues, deux petits yeux gris &
louches, se cachoient sous deux gros
sourcis fort épais. Il haïssoit mortelle-
ment l'Apoticaire Potion, qui, quoique plus jeune que lui, faisoit infiniment mieux ses affaires. Comme ce
dernier avoit entrepris avec succès un
malade que Mr. Crab n'avoit pû
guérir, celui-ci ne pouvoit le regarder de bon œil. Quelques amis com-
muns avoient cependant tenté de les
racommoder : ils y auroient peut-être
réussi ; mais leurs femmes s'étant ren-
contrées dans une nôce, s'injurierent
respectivement ; elles en vinrent même aux voyes de fait avec un achar-
nement qui fit désespérer les média-
teurs de pouvoir jamais rétablir la paix
entre les deux partis.

La crise étoit dans sa fermentation
la plus vive, lorsque M. Crab m'envoya
chercher. Il me reçut aussi poliment
que je le pouvois attendre d'un homme
de son caractère. Après m'avoir fait
asseoir à côté de lui, il me demanda
pourquoi j'avois quitté son Confrere

Potion. Je lui racontai mon hiftoire.
» Voilà un grand faquin, me dit-il,
» cela ne m'étonne pas de fa part ;
» c'eft un cagot qui a l'ame noire com-
» me Barrabas. S'il fait mieux fes affai-
» res qu'un autre, c'eft qu'il fçait bien
» mieux faire le patelin qu'aucun au-
» tre. Vraiment, vraiment, tous ces
» cafards, font de bons hipocrites :
» c'eft un crâffeux d'ailleurs & un vi-
» lain.

Mr. Crab fut interrompu dans cet
endroit par un yvrogne qui venoit
d'entrer, & qui s'étoit affis à côté de
lui. » Vous avez raifon, mon Compere,
» dit-il, c'eft un ladre qui refufe chaque
» jour de boire bouteille avec fes amis ;
» vive moi, je fuis un bon vivant, je
» bois avec tous ceux qui en ont envie.
» je n'ai vû Potion gris qu'une feule
» fois en ma vie, encore n'étoit-ce
» pas à fes dépens, puifque nous dî-
» nions enfemble chez un Miniftre.
» Perfonne au monde n'a le vin fi dé-
» vot que ce bigot-là : il nous récita
» les deux tiers de l'Office *ex tempore* ».

Après ce panégyrique, Crab reprit

la parole, & s'adreffant à moi, » j'ai en-
» tendu parler de vous comme d'un
» honnête garçon, me dit-il, je veux
» faire quelque chofe pour vous ; en-
» voyez chercher vos hardes & faites-
» les porter chez moi, j'ai donné les
» ordres pour que vous foyez bien re-
» çu. » Comme mon amour propre
me faifoit encore héfiter d'accepter la
propofition de Mr. Crab : » Quoi
» donc, me dit-il, d'un ton brufque,
» vous balancez, allez au Diable, fi
» cela ne vous convient pas ; vous
» mocquez-vous de moi ? » Je lui répondis avec foumiffion, que loin d'ê-
tre infenfible à fes offres, je lui en étois
au contraire fort obligé ; mais que je le
priois de me dire fur quel pied il prétendoit que je demeuraffe chez lui.
» Sur quel pied, répliqua-t'il, parbleu
» la queftion eft belle & bonne ! vous
» faut-il un Valet-de-chambre avec
» un équipage ? Non, mon cher
» Monfieur, lui répartis-je, il s'en
» faut bien que je penfe de la forte ;
» la feule grace que je vous demande,
» c'eft de me recevoir en qualité de

„ Garçon de Boutique ; je fuis en état
„ de vous en tenir lieu. Je fçai un peu
„ de Pharmacie, & j'ai peut-être mê-
„ me autant d'acquit en cette art, que
„ Mr. Potion. Je me fuis d'ailleurs
„ quelque tems appliqué à la Chirur-
„ gie, pour ma propre fatisfaction.
„ Oh ! voilà de nos grands Docteurs,
„ s'écria Mr. Crab, en élevant les bras,
„ & ouvrant une bouche d'un demi
„ pied de diamettre, il a peut-être lû
„ deux ou trois livres de Chirurgie, &
„ croit déja tout fçavoir. Vous ima-
„ ginez-vous être au fait du mouve-
„ ment des mufcles ? & connoître le
„ mécanifme des nerfs dans le cerveau?
„ avec le.... je voudrois bien vous y
„ voir. Vous êtes en état, n'eft-ce
„ pas, de faire une faignée, de don-
„ ner proprement un cliftere, d'ap-
„ pliquer une emplâtre, & de com-
„ pofer une potion ? „ J'affurai Mr.
Crab que j'étois en état de faire parfaitement toutes ces opérations. Dieu
le veuille, me dit-il, en fecouant la tête d'un air incrédule ; fi cela eft, on
peut tirer de vous quelques fervices :

en confidération de tous ces talens, je confens de vous recevoir chez moi par charité ; les profits de ma boutique vous tiendront lieu de gages.

Ma fituation ne me permettoit pas de balancer ; j'acceptai la propofition. Ce marché conclu, nous fortîmes du Caffé, & je le fuivis dans fa maifon. Mon amour-propre fouffroit infiniment de l'état où je me voyois réduit : nous arrivâmes à la maifon de Mr. Crab ; on établit mon domicile dans un grenier ; quoique ce logement ne fût pas abfolument de mon goût, je bénif-fois cependant le Ciel de me l'avoir pro-curé. Je fus inftalé dans la boutique, & je connus quelques jours après les mo-tifs qui avoient engagés Mr. Crab à me prévenir : fa générofité apparente à cet égard, étoit une critique tacite de la dureté de Potion, & la comparaifon fur cet article lui faifoit beaucoup d'honneur parmi fes connoiffances. Son garçon d'ailleurs étoit mort de-puis peu des fuites de fa brutalité, & il avoit abfolument befoin de quelqu'un qui fût au fait de fa profeffion, pour le remplacer.

Mr. Crab étoit l'homme du monde le plus brutal & le plus emporté ; sa femme essuyoit tous les jours mille duretés de sa part. Il étoit attaché si fort à ses opinions, qu'il se brouilloit avec ses meilleurs amis , lorsqu'ils osoient le contredire ; & quand une fois il prenoit querelle avec quelqu'un , il étoit impossible de l'appaiser , sur tout lorsqu'on prenoit vis-à-vis de lui le parti de la soumission & de la dou-ceur. Quand une fois je connus son caractere , je sentis bien que pour gagner quelque chose sur lui , il falloit prendre un ton ferme & déterminé.

Un jour donc, que pour une cause très-légere, il me traitoit d'ignorant, & de Gredin, je lui répondis fiérement que je n'étois pas un ignorant, puisque je m'acquittois de mon devoir avec assez de capacité pour le défier lui-même de mieux faire. Que quoique j'eusse un fort mauvais habit, il n'ignoroit pas que je n'étois pas non plus un Gredin, & que je vallois mieux que lui , par la naissance, & par les sentimens. Mr. Crab irrité du ton dont je lui parlois,

leva

leva ſa canne, & menaça de me frapper, ſi je continuois de lui répondre. Quoique je craigniſſe qu'il ne le
fît effectivement, je me jettai ſur le
pilon du mortier, & lui jurai que s'il
s'aviſoit de me donner un ſeul coup,
je lui en payerois l'intérêt au double.
Comme je ſentois que cette ſcéne devoit décider ſur l'avenir, & regler déformais notre façon de vivre enſem-
ble, je joignis le geſte à l'action, &
j'avois le bras levé pour ripoſter en
cas de beſoin. Crab tout interdit, reſta
quelque tems immobile & ſans dire
mot; enfin abbaiſſant prudemment
ſa canne, il me parla de la ſorte.
,, Parbleu, voilà une jolie façon d'a-
,, gir avec ſon maître, vous êtes un
,, garçon bien docile & bien reſpec-
,, tueux; en vérité vous êtes un mi-
,, gnon tout aimable; a-t'on jamais
,, vû rien de plus indigne; mais ne
,, t'embaraſſe pas, vas, je te montrerai
,, ce que c'eſt que de lever la main ſur
,, moi. ,, Il ſortit enſuite tout écumant
de rage, en jurant comme un porte-faix.
   Je craignois beaucoup que cette ſcéne

Tome I.   H

ne me fît donner mon congé ; j'étois
dans des inquiétudes mortelles , & je
penſois au moyens de me tirer d'affaire , au cas qu'on me mît dehors , lorſque M. Crab rentra avec un air riant.
Il fit ſervir le dîner , pendant lequel il
ne parla point du tout de notre affaire ,
& me fit même donner un verre de
punche à mon deſſert. Enfin la fermeté
que j'avois fait paroître dans notre diſ-
pute , m'acquit un tel aſcendant ſur ſon
eſprit , que dans la ſuite il ne juroit
plus que par moi ; je lui étois devenu
très-utile , en ce que je dirigeois ſa
Boutique avec plus d'intelligence que
lui-même. Mon aſſiduité , ſur laquelle
il comptoit , faiſoit qu'il ne s'embar-
raſſoit de rien , & qu'il paſſoit librement les deux tiers du jour au cabaret.

Je m'appliquai extrêmement de mon
côté à acquérir toutes les connoiſſan-
ces néceſſaires à la profeſſion que j'exer-
çois , & j'y réuſſis au-delà de mes eſpérances. Je m'étois acquis auſſi la bienveillance de Madame Crab , en mé-
diſant beaucoup de Madame *Potion* ,
ſon ennemie capitale. Je la plaignois

auſſi de tems en tems de ce qu'elle avoit à ſouffrir de la brutalité de ſon mari : ce qui m'attiroit de ſa part des marques d'attention auxquelles je n'euſ-ſe pas oſé prétendre.

Je vécus de cette façon pendant deux ans , ſans entendre parler de mon on-cle ; mes malheurs & mes réflexions m'avoient rendu mélancolique & froid ; je ne voyois perſonne. Mr. Crab ne me donnoit point de gages ; les profits de ſa Boutique ſuffiſoient à peine pour mon entretien. Ma mau-vaiſe fortune m'avoit fait perdre cette confiance en mon mérite , ſur lequel j'avois fondé mes plus hautes eſpéran-ces. J'étois convaincu par mes mal-heurs combien les gens heureux doi-vent peu ſe confier aux careſſes qu'on leur fait. La modeſtie avoit ſuccédé dans mon eſprit à l'étourderie & à la fatuité ; j'étois devenu inſenſible à mon état préſent. Ma miſantropie m'empê-choit de regreter les agrémens dont j'a-vois joui dans un commerce aſſez brillant : je ne conſidérois plus les choſes que d'un œil philoſophique.

Cette métamorphose me rendoit mé-
connoiſſable aux yeux de tout le monde ; & j'étois devenu ſi fort le maître
de mes paſſions , que Gavky crut pouvoir reparoître dans la Ville , ſans
avoir rien à craindre de mon reſſentiment. Je le vis effectivement avec
toute l'indifférence d'un homme qui
n'avoit aucune raiſon de le haïr ni de
l'aimer.

Quand je crus cependant pouvoir
tirer un meilleur parti de mes talens ,
que celui d'être garçon de boutique ,
il me prit envie de voyager ; mais un
un obſtacle inſurmontable s'y oppoſoit ; je n'avois pas d'argent , & je ne
ſçavois comment faire pour en avoir.
Mr. Crab n'étoit pas aſſez généreux
pour contribuer à ma ſatisfaction. Je
lui étois d'ailleurs trop utile pour pouvoir eſpérer qu'il prêteroit l'oreille à ma
propoſition ; mais un heureux hazard
l'y contraignit.

La Servante de la maiſon s'étoit
apperçue qu'elle portoit dans ſon ſein
le fruit d'un commerce libidineux , auquel je ſçavois que Mr. Crab avoit

tout autant de part que moi : comme j'avois prévû cet événement , j'eus auſſi la prudence de n'en point faire paroître de jalouſie ; & lorſque cette fille vint me dire qu'elle ne pouvoit imputer qu'à moi l'état dans lequel elle étoit , & qu'il falloit que je conſentiſſe à l'épouſer , ou à la dédommager par quelque ſomme d'argent , de la perte de ſon honneur , comme ni l'une, ni l'autre de ces propoſitions ne me convenoit, je lui dis ce que je ſçavois de ſon commerce avec Mr. Crab ; je lui reprochai ſa perfidie. Je paſſai des reproches aux careſſes ; je lui fis enviſager en même tems que mon indigence étoit une obſtacle à notre union, mais qu'il ne tenoit qu'à elle de tirer un meilleur parti de ſa ſituation, en faiſant tomber tout le poids de l'accuſation ſur Mr. Crab. Elle goûta mes avis , & dès le lendemain elle l'informa du ſuccès de leur amour clandeſtin.

Mr. Crab, qui n'auroit jamais imaginé que ſes facultés s'étendiſſent juſques-là , fut frappé de cette nouvelle

comme d'un coup de foudre : il en
prévit les fâcheuses conséquences, &
résolut de les prévenir, non qu'il craignît les reproches de sa femme ; il l'a-
voit accoutumée à se taire sur sa conduite, quelque raison qu'elle eût de
s'en plaindre. Mais il craignoit que si
l'aventure transpiroit, l'Apoticaire Potion n'en prît avantage contre lui. Il
voulut donc persuader à sa Servante
qu'elle n'étoit pas enceinte, & que la
situation dans laquelle elle se trouvoit,
étoit commune à toutes les filles de son
âge, & lui promit qu'il la guériroit
entierement de cette incommodité. Il
lui fit lui-même une Médecine, qu'il
m'ordonna de lui faire prendre, ignorant que je fusse instruit de l'état de
cette fille. Je pénétrai aisément ses intentions ; mais après avoir averti la
prétendue malade des risques qu'elle
couroit, si elle prenoit rien de la main
de son Maître, je jettai la médecine par
la fenêtre. Quelques jours après M. Crab
s'appercevant que son reméde n'avoit
fait aucun effet, voulut engager sa Servante à le réitérer ; mais elle lui dit qu'el-

le n'étoit pas la duppe de son projet, qu'elle ne prendroit rien absolument ; & que s'il osoit encore tenter de pareils moyens , elle iroit publier à tout le monde ce qu'il avoit tant d'envie de cacher ; que d'ailleurs le tems naturel de sa guérison approchoit, & qu'elle lui conseilloit de faire ses réflexions.

Mr. Crab fut donc obligé de changer de batterie Il entra un jour en conversation avec moi, & me tint ce discours. ,, Je suis surpris, Roderik, ,, que vous ne pensiez pas mieux à vo- ,, tre établissement ; vous êtes cepen- ,, dant d'un âge assez avancé, pour ,, travailler à votre fortune: à dix-huit ,, ans j'étois déja de retour d'un voya- ,, ge de Guinée. Vous voyez qu'on ,, arme contre l'Espagne, que ne pro- ,, fitez-vous de l'occasion ? A votre ,, place je me mettrois sur un Vais- ,, seau, en qualité de Chirurgien ; c'est ,, un fort bon parti, croyez-moi, vous ,, y pouvez gagner de l'argent. ,,

J'écoutois ce discours de Mr. Crab avec autant de surprise que d'attention. Je lui répondis que je ne deman-

dois pas mieux ; mais que ne posé-
dant pas un fol de bien, & n'ayant aucun ami en état de me prêter l'argent
néceſſaire pour faire le voyage de Londres, j'étois conſéquemment hors d'é-
tat de ſuivre ſes bons conſeils. N'eſt-ce
que cela ? me répondit Mr. Crab, oh
bien, bien, je vous prêterai moi non-
ſeulement de quoi faire le voyage de
Londres, mais même je vous donne-
rai de quoi ſubſiſter avec honneur dans
cette Ville, juſqu'à ce que vous ayez
acquis un emploi ſur quelque Vaiſ-
ſeau de guerre. Je remerciai mille fois
mon Maître de ſes offres obligeantes,
quoique je ſentiſſe bien que ſon deſſein
étoit de profiter de mon départ, pour
pouvoir mettre l'enfant de ſa Servante
ſur mon compte.

Je partis donc environ quinze jours
après pour Londres. Toute ma Paco-
tille conſiſtoit en deux habits, une
demi douzaine de chemiſes garnies, autant de groſſes, des bas, des inſtrumens
de Chirurgie de poche, mon étui à
lancettes, un Horace, & le traité de
Chirurgie de Wiſman, avec une bour-

se de dix guinées que Mr. Crab m'a-
voit prêtées, & dont il m'avoit fait faire
un billet portant cinq pour cent d'intérêt. Il m'avoit donné en même tems
une Lettre de recommandation pour
un des Membres du Parlement, dé-
puté de notre Ville à Londres, par le
crédit duquel il m'assuroit que mon
affaire réussiroit infailliblement.

CHAPITRE VIII.

*Arrivée de Roderik à Neuvvcastle.
Il rencontre Strap, son ancien
camarade d'Ecole, qui se déter-
mine à le suivre à Londres. Ils
couchent, faute d'Auberge, dans
un Cabaret à bierre. Aventure
qui leur arrive pendant la nuit.*

COMME il n'y avoit point de coche
de notre Ville à Londres, & que
je n'étois pas assez riche pour prendre
la poste, je partis le premier Novem-
bre 1739. avec des Forains, dont

quelques-uns avoient des chevaux libres
de bagages. Je louai donc celui qui me
parut le moins mauvais ; son bât me
fervit de felle, & deux grands paniers
fufpendus de part & d'autre, me te-
noient lieu de bottes. Le pas de ma
monture étoit fi dur, & j'étois fi peu
accoutumé de monter à cheval, que
je mourois de froid & de laffitude, lorfque j'arrivai pour dîner à Nevcaftle. Je
pris donc la réfolution de continuer
le refte de ma route à pied, plutôr que
de voyager d'une façon fi défagréable.

Ayant dit à l'Hôre de mon Auberge, que je voyageois pour Londres,
il me propofa de profiter d'une barque qu'il y envoyoit pour charger du
cha bon, m'affurant qu'elle m'y meneroit en très peu de tems. Il me fit
obferver aufli que ne paroiffant pas
d'une complexion robufte, ayant d'ailleurs plus de trois cent milles à faire en
de très-mauvais chemins, je ne pouvois mieux faire que d'accepter fa propofition.

Comme je devois féjourner le refte
du jour pour attendre cette barque, qui

ne devoit partir que le lendemain,
j'entrai dans la boutique d'un Barbier,
pour me faire faire la barbe. Le garçon
qui se préparoit à me raser, m'ayant
examiné de la tête au pieds, à plusieurs
reprises, me demanda si je n'étois pas
Ecossois : je lui répondis qu'oüi ; il me
demanda ensuite de quel endroit j'é-
tois ; je satisfis encore à cette question :
le pauvre garçon continua de me parler du pays avec tant d'émotion, qu'il
ne s'appercevoit pas qu'il m'avoit déja
mis un pouce de savon sur le visage.
Enfin il me demanda mon nom, que
je lui dis : ,, Comment c'est toi ? s'é-
,, cria-t'il avec transport, mon cher
,, Roderik ! quoi, tu ne reconnois
,, pas ton ancien camarade d'Ecole,
,, Hugues Strap ? ,, A ces mots je laissai
tomber le plat à barbe, je me jettai à
son col, & sans considérer l'état où j'é-
tois, je lui barbouillai le visage, & lui
restituai, en l'embrassant de tout mon
cœur, une partie du savon qu'il m'a-
voit mis sur la face. Cette embrassade
comique fit beaucoup rire le Maître
& ses garçons. Quand nos premiers

tranſports furent calmés, je m'aſſis,
pour que Strap achevât de me raſer;
mais le pauvre garçon étoit ſi fort
émû du plaiſir de me revoir, qu'il ne
pouvoit à peine ſoutenir ſon raſoir,
& me coupa le viſage en deux ou trois
endroits. Il étoit ſi agité, que ſon Maître fut obligé d'ordonner à l'un de ſes
garçons de m'achever; & pour donner à Strap le tems de ſe remettre de
ſon émotion, il lui permit d'aller ſe
promener avec moi le reſte de la journée.

Nous allâmes ſur le champ à mon
Auberge, où je me fis ſervir de la
bierre. Je priai Strap de me conter ſes
aventures, depuis notre ſéparation. Il
me dit que ſon Maître d'apprentiſſage
étoit heureuſement mort avant l'expi-
ration de ſon tems; qu'il étoit venu
chercher une boutique à *Nevvcaſtle*,
& que depuis un an il demeuroit chez
un Maître dont il avoit tout lieu d'être
ſatisfait, & chez lequel il comptoit
demeurer juſqu'au Printems prochain,
que pour lors il iroit à Londres chercher une place. Quand je lui eut fait

part réciproquement de mes aventures & de mes desseins, il n'approuva point le parti que je prenois d'aller par mer, vû l'inconstance des vents, qui dans l'hyver pouvoit allonger de beaucoup mon voyage ; au lieu que si je voulois faire le chemin par terre, il s'offroit à me tenir compagnie, & à porter mes hardes pendant toute la route. Que si nous étions trop fatigués, nous trouverions aisément à moitié chemin de Londres des chevaux de renvoi, ou des chariots qui nous y conduiroient pour peu de chose. La proposition de Srap me fit tant de plaisir, que je l'embrassai tendrement, & le priai de disposer de ma bourse comme il jugeroit à propos ; mais il me dit qu'il avoit assez d'argent pour faire le voyage, & que quand il seroit une fois à Londres, il comptoit assez sur un de ses amis qui y demeuroit, pour espérer qu'à sa considération, il me rendroit quelque service.

Cette résolution prise, nous nous proposâmes de partir le lendemain matin à la pointe du jour ; ce que nous fîmes effectivement, ayant chacun un bon bâton à la main, Strap portant dans un havrefac mon équipage & le fien. Nous avions coufu notre argent dans la ceinture de nos culottes, nous réfervant feulement quelques monoyes pour les befoins du voyage. Nous marchâmes avec vigueur pendant toute la journée ; mais comme nous ignorions la fituation des Auberges fur la route, nous nous trouvâmes fi fort éloignés de celle où nous aurions dû refter pour coucher, que felon l'avis de quelques perfonnes que nous rencontrâmes , nous nous écartâmes du grand chemin environs d'un demi mille, pour aller chercher le couvert dans une petite chaumiere où l'on vendoit de la bierre. Nous y trouvâmes par hazard un Quincaillier de notre Village, qui colportoit des marchandifes dans ce Canton. Nous nous affociâmes enfemble pour fouper, & l'on nous fervit, auprès d'un bon feu, une bonne amelette au lard, avec d'excellente bierre. Pendant le fouper nous converfions avec notre Hôte & fa fille, qui me parut jolie & d'humeur affez traitable. Je crus m'appercevoir qu'elle m'honoroit de quelques regards de bienveillance, & fi je n'euffe pas été trop fatigué, j'en ferois infailliblement venu avec elle aux éclairciffemens.

On nous conduifit fur les huit heures du foir dans une chambre à deux lits ; le Quincaillier en prit un, *Strap* & moi nous nous accommodâmes de l'autre. Le Quincaillier, avant de fe coucher, avoit pris la précaution de fermer la porte en dedans, avec des vis de fer, qu'il portoit toujours fur lui pour cet ufage. Il avoit auffi vifité tous le coins de la chambre avec beaucoup d'exactitude. *Strap* & moi qui croyons n'avoir pas autant d'intérêt que lui, à prendre d'auffi fages précautions, nous nous étions couchés & endormis avec toute la fécurité poffible. Mais à minuit je fentis le lit s'agiter fous moi, ce qui m'allarma beaucoup ; je voulus réveiller mon camarade, & fus fort étonné de ne le plus fentir à côté de moi ; je l'appellai envain à

voix baſſe : je me levai pour le chercher. A la fin je le trouvai ſous le lit,
tremblant de peur , & couvert d'une
ſueur froide : il me dit , d'une voix
entrecoupée, que c'étoit fait de nous ;
qu'il ſçavoit, à n'en point douter,
qu'il y avoit un voleur armé de deux
piſtolets dans la chambre voiſine : &
pour m'en convaincre , il me fit voir
par le trou d'une cloiſon qui ſéparoit
cette chambre de la nôtre , un grand
Coquin, bien découplé, aſſis auprès
d'une table , vis-à-vis la fille de notre
hôte. Je prétai l'oreille à leur converſation, & je lui entendis prononcer
ces paroles d'un ton terrible.

» Le Diable puiſſe-t'il étrangler ce
» filou d'*Eſmack*, pour le tour qu'il m'a
» joué ; je voudrois lui avoir tordu
» le col : mais morbleu il s'en rongera
» les ongles ; j'apprendrai à ce gueux-
» là à me tenir parole. » La fille de
l'hôte faiſoit de ſon mieux pour appai-
ſer la fureur de ce coupe-jaret, en lui
diſant que peut-être d'*Eſmack* n'étoit
pas cauſe que le coche eût été volé par
d'autres que par lui ; qu'au reſte il étoit
en

en état de lui procurer affez d'autres occafions qui le dédommageroient de cette perte. „ Tu as beau dire, ma pauvre
» *Betty*, répliqua le voleur, je veux
» perdre mon nom de *Rifle*, fi jamais
» d'*Efmak* eft en état de me procurer
» un fi bon butin ; je veux être un
» coquin, s'il n'y avoit pas plus de
» quatre cent mille liv. fterlings dans le
» coffre de la voiture, qu'on envoyoit
» de la Cour, pour la paye d'un Ré-
» giment. Prefque tous les Voyageurs
» avoient des bijoux, des montres,
» des épées, & de bonnes bourfes de
» guinées. Morbleu, je perds ma for-
» tune, j'aurois eu le moyen après
» cette expédition d'acheter une Com-
» pagnie ; vois, mon enfant, ce que tu
» y perds, tu aurois pourtant été la
» Maîtreffe d'un Capitaine. „ En difant
cela, le Voleur coula fa main dans le
corfet de la belle, qui s'en vengea par
un baifer des plus impudiques ; en lui
difant : „ confoles-toi, mon cœur, la
„ providence eft bonne & fage ; il faut
„ efpérer qu'elle te dédommagera de
„ cette perte. Mais, dis-moi ? n'as-tu

Tome. I.   L

,, point trouvé du tout à grapiller,
,, après ces autres Meffieurs ? Pas
,, grande chofe , répondit *Rifle* ; je
,, n'ai trouvé que cette paire de pifto-
,, lets montés en argent , que tu vois ;
,, je les ai pris à un Officier , à qui l'on
,, avoit déja volé le prêt de fon Ré-
,, giment. Je lui ai pris encore une
,, montre d'or , qu'il avoit caché dans
,, fa culotte. J'ai pris deux piaftres
,, dans les fouliers d'un *Kaker* , pen-
,, dant qu'il s'amufoit à me prêcher la
,, pénitence. J'ai outre cela trouvé
,, dans le fein d'une jolie fille , une
,, tabatiere d'or , ornée d'un fort joli
,, portrait en mignature. ,,

La converfation du voleur & de
l'hôteffe fut interrompue en cet endroit par le Quincaillier, qui fe mit à
ronfler comme un Taureau. ,, Ah,
,, ventre, dit le Voleur , d'un ton
,, furieux, je fuis trahi; qui eft-là ? ,,
Betty, pour calmer fes allarmes & fa
colere, lui dit qu'il n'avoit rien à
craindre, que c'étoit trois Voyageurs
qui s'étint écartés du chemin, étoient
venus demander à loger , & que c'é-

toient eux qu'il entendoit ronfler.,, Des
,, Voyageurs, dit *Rifle*, ce font des ef-
,, pions ; mais puiff'ai-je être écartelé,
,, fi je ne les égorge tout-à-l'heure. ,,
En difant cela, il fit quelques pas vers
notre porte ; mais *Betty* l'arrêtant
par fon jufte-au-corps, lui repréfenta
que fes foupçons étoient mal fondés,
puifque des trois Voyageurs, deux
étoient de pauvres jeunes Ecoffois,
qui paroiffoient trop nigauds pour qu'il
eût rien à craindre de leur part, &
que le troifiéme étoit un Quincaillier
Prefbitérien du même pays, qui venoit
de tems en tems loger dans la maifon.
Le Voleur appaifé par ce difcours,
dit en fe raffeyant, & reprenant fon
verre, qu'il étoit charmé qu'il y eût-là
un Quincaillier, parce qu'il avoit befoin de quelque marchandife.

Strap effrayé par les mouvemens
qu'avoit fait le Voleur, s'étoit de nouveau fourré deffous le lit ; j'eus toutes
les peines du monde à l'en faire fortir, & à lui perfuader que nous n'a-
vions rien à craindre. Je crus cependant qu'il étoit à propos d'avertir le

Marchand de ce qui fe paſſoit. Je m'approchai de ſon lit, & pour l'é-veiller je le tirai par le bras aſſez bruſ-quement; mais le pauvre homme s'é-veillant en ſurſaut, ſe mit à crier au voleur de toute ſa force, appellant en même tems tous les Saints du Para-dis à ſon ſecours. Le Voleur allarmé par ce bruit, ſe leva bruſquement, prit ſes piſtolets, pour brûler la cer-velle au premier de nous qui ſortiroit de la chambre. Mais ſa Dulcinée le retint encore, après un grand éclat de rire; elle dit à *Rifle* que ce Marchand avoit coutume de rêver qu'il étoit atta-qué par des Voleurs, que toutes les fois qu'il avoit couché dans la maiſon, il avoit fait le même ſonge, & qu'aſſu-rément il rêvoit encore en ce moment comme à ſon ordinaire.

Strap ayant fait ſentir au Marchand combien il avoit eu tort de faire tant de bruit, le pauvre Quincaillier ſe tût, nous en fîmes autant, & notre ſilence, auſſi bien que le diſcours de *Betty*, contribua à calmer les craintes & la fureur de *Rifle*. Le Quincaillier après

avoir fait une longue priere, & promis fermement à Dieu de ne vendre
plus rien qu'en confcience, s'il dai-
gnoit le fauver des mains du fcélérat,
vint regarder au trou de la cloifon,
par lequel il vit le voleur, dont la mine rébarbative & patibulaire l'effraya fi
fort, qu'il alla fe tapir dans fon lit,
fans ofer donner aucun figne de vie.
Heureufement pour lui le Voleur &
fa Maîtreffe s'endormirent, & quand
il les entendit ronfler, il fe leva tout
doucement, & par le moyen d'une
corde, defcendit fon balot dans la
cour, avec le moins de bruit qu'il lui
fut poffible ; cela fait, il vint nous
dire tout bas adieu, & prit le même
chemin qu'il avoit fait faire à fa marchandife : ce qu'il fit fans aucun accident, la fenêtre n'étant élevée de terre
que de cinq ou fix pieds.

Je ne jugeai pas à propos de l'accompagner ; je craignois cependant que le
Voleur ne s'en prît à nous, lorfqu'il
viendroit à s'appercevoir de fa fuite,
ayant envie, felon toutes les apparences, de s'approprier toute fa marchan-

l'île. Mon compagnon étoit encore bien moins raffuré que moi ; il employoit toute fon éloquence pour me perfuader de fuivre l'exemple du Marchand, pour échapper, difoit-il, au reffentiment du Voleur, qui ne manqueroit pas de fe dédommager à nos dépens de ce qu'il perdoit par fa fuite.

Je repréfentai à *Strap* qu'il étoit infiniment plus fage de refter ; qu'en nous efquivant, ce feroit perfuader à *Rifle* que nous l'avions découvert, ce qui l'engageroit peut-être à nous pourfuivre, pour fe défaire de nous, & qu'il nous auroit bien-tôt rejoint, étant à cheval & nous à pied. Je lui fis obferver encore que *Betty* paroiffoit avoir trop d'humanité pour ne pas s'oppofer à ce qu'il nous fît aucun mal. *Strap* convint que j'avois raifon ; il fe remit au lit à côté de moi, & nous concertâmes enfemble à voix baffe fur la façon dont nous nous conduirions, pour ne point faire foupçonner au Voleur que nous le connoiffions pour ce qu'il étoit.

A peine fut-il jour que *Betty* entra

dans notre chambre : ,, Oh ! oh ! dit-
,, elle, il faut que Messieurs les Ecos-
,, sois ayent bien de la chaleur de reste,
,, pour coucher ainsi la fenêtre ouver-
,, te pendant l'hiver. ,, Je feignis de
m'éveiller au bruit qu'elle faisoit ; j'en-
trouvis le rideau, & demandai qui
étoit-là : elle me répéta à-peu-près la
même chose. Je fis l'étonné, & lui dis
que j'avois eu soin de la fermer avant
que de me coucher, & qu'assurément
ni moi, ni mon camarade ne nous
étions relevés pour l'ouvrir. ,, Bon, dis-
,, elle, en regardant dans le lit du Quin-
,, callier, je ne suis plus étonnée, le
,, Marchand avec qui vous avez soupé
,, hier est déniché par la fenêtre : à qui
,, diantre en avoit-il ? je l'ai entendu
,, crier cette nuit comme un fou. ,,
Comment, dis-je, il s'en est allé de
la sorte ? le Coquin ne nous aura-t'il
pas volé ? Je pris alors ma culotte, je
contai ma monnoye deux ou trois
fois ; Dieu merci, dis-je, j'ai tout mon
argent. *Strap* à son tour regarda dans
le havresac, il dit qu'il ne lui manquoit
rien. Nous demandâmes à *Betty*, en

feignant une inquiétude obligeante ;
s'il ne lui avoit rien pris : Non, répondit-elle, si ce n'est son écot qu'il n'a pas
pas payé.

Betty sortit en disant cela, & rentra dans la chambre de son galant,
qu'elle trouva éveillé. Il sauta du lit
tout en fureur, lorsqu'elle lui conta
la façon dont le Marchand s'étoit es-
quivé. Il fit mille imprécations contre le pauvre Quincallier, qu'il se
promit de tuer, si jamais il le ren-
controit. Le coquin m'a entendu, disoit-il, c'est contre moi qu'il a crié,
mais il me le payera. Puis étant des-
cendu dans la Cour, il monta à cheval,
& nous le perdîmes bien-tôt de vûe.
Son départ nous fit un vrai plaisir ;
Betty nous fit cent questions plus fines
les unes que les autres, pour découvrir
si nous ne soupçonnions pas quel étoit
Rifle. Nous étions si bien sur nos
gardes, & lui répondîmes *Strap* & moi
d'une façon si simple & si naïve, qu'elle
en fut la duppe.

Nous conversions encore avec elle,
quand tout-à-coup nous entendîmes
entrer

entrer un Cavalier dans la cour. *Strap* le reconnut pour le Voleur : il fut tellement frappé de cette vûe, qu'il en devint plus pâle que la mort, & s'écria indiſcretement : ô Ciel ! mon cher Random, voilà le Voleur revenu. *Betty* ayant entendu cette exclamation de *Strap*, lui demanda ce qu'il vouloit dire : Que parlez-vous de Voleur ? penſez-vous que nous en logions ici ? Quoique j'euſſe beaucoup de peine à cacher le trouble où m'avoit jetté l'indiſcrétion de *Strap*, je lui répondis cependant, en affectant de rire de la peur de mon camarade, que nous avions rencontré la ſurveille un homme à cheval avec des piſtolets, que *Strap* avoit pris pour un Voleur ; & que depuis, toutes les fois qu'il entendoit le pas d'un cheval, il croyoit toujours en avoir un à ſes trouſſes. *Betty* feignit d'ajouter foi à ce que je lui diſois ; mais je m'apperçus bien que ma replique ne l'avoit point du tout déſabuſée.

Tome I.   K

CHAPITRE IX.

Roderik & Strap continuent leur voyage. Ils sont poursuivis par le voleur qui tire un coup de pistolet à Strap, & lui fait plus de peur que de mal. Le voleur est poursuivi ; ce qui sauve la vie à Roderik.

NOus payâmes notre écot, & nous prîmes congé de notre Hôtesse, qui m'honora d'un baiser très-tendre ; elle prétendoit apparemment par ses caresses nous guérir de nos soupçons. Dès que nous fûmes sortis nous nous mîmes à marcher avec précipitation ; mais en regardant derriere nous à chaque instant. Nous avions déja fait cinq milles de chemin sans accident, & nous nous en félicitions mutuellement, lorsque nous apperçûmes de loin un cavalier qui venoit à nous à toute bride ; nous l'eûmes bientôt re-

connu pour le voleur qui nous avoit
fait tant de peur. Il s'arrêta vis-à-vis
de nous ; & s'adreffant à moi, il me
demanda d'un ton formidable fi je fçavois qui il étoit ; mais j'étois fi fort
interdit, que je ne pûs proférer une parole pour répondre à fa queftion ;
qu'il réitéra cinq ou fix fois en jurant
de la façon la plus terrible.

Strap voyant que je ne difois mot ,
fe laiffa tomber dans une orniere
pleine de fange , & baigueya cette
priere du ton le plus humble : » Hélas
» oui, nous vous connoiffons très-bien ;
» mais pour Dieu, M. le voleur, ayez
» pitié de deux pauvres Diables qui
» n'ont pas vaillant trente fchelings à
» eux deux. Oh, oh , répartit le voleur, vous me connoiffez ! je jure par
mon ame que vous ne dépoferez de votre vie contre moi : il accompagna
cette réplique d'un coup de piftolet
qu'il tira fur le malheureux Strap. Le
pauvre garçon tomba par terre , fans
proférer aucune parole. L'état où je
voyois mon camarade, le péril auquel
j'étois moi-même expofé , m'avoit fi

K ij

fort troublé la raison, que je ne fis pas
le moindre mouvement pour échaper
à la fureur de ce scélérat, qui se disposoit à m'en faire autant, lorsqu'il apperçut venir à lui quatre hommes à
cheval : à cette vûe il picqua des deux,
& s'enfuit à bride abbatue, me laissant
presque sans sentiment, & planté comme un terme au milieu du chemin. J'é-
tois encore en cet état lorsque les quatre cavaliers arriverent auprès de moi.
J'appris dans la suite que l'un des quatre étoit le Capitaine qui avoit été volé la veille, & qui s'excusoit de ne s'ê-
tre pas servi de ses pistolets par considération pour les Dames de la voiture
qu'il n'avoit pas voulu exposer aux res-
sentimens du voleur.

Ce Capitaine étant arrivé dans la
maison d'un homme de considération
de ses amis, qui demeuroit sur sa route, il l'avoit prié de lui prêter trois
domestiques pour l'accompagner dans
la poursuite du voleur ; ce fut lui qui
me parla, & me demanda d'où par-
toit le coup de pistolet qu'il avoit entendu. J'étois encore si stupéfait, que

je ne pus lui répondre : il jetta pour
lors les yeux sur mon camarade, qui
ne remuoit point, & qu'il crut mort
aussi-bien que moi ; je m'apperçus qu'il
changeoit de couleur à cet aspect :
Messieurs, dit-il, d'une voix entrecoupée, » descendons, sçachons un
» peu quelles sont les circonstances
» de ce meurtre. A quoi diantre vou-
» lez-vous vous amuser, lui dit un des
» gens de sa suite ? il est bien plus à
» propos de courir après l'assassin, &
» trouver l'occasion de le prendre.
Quel chemin a-t-il pris, jeune homme, dit-il, en s'adressant à moi ? J'é-
tois enfin revenu à moi-même ; je répondis à celui qui m'interrogeoit, qu'il
n'étoit tout au plus éloigné que d'un
quart de mille, & qu'étant bien monté, lui & ceux qui l'accompagnoient, il
ne pouvoit manquer de le joindre. Je
priai en même tems un de ces gens
de m'aider à transporter le corps de
mon camarade dans la maison la plus
prochaine, où je prendrois les mesures nécessaires pour le faire en-
terrer. Ma proposition fit apparam-

K iij

ment faire de nouvelles réflexions au
Capitaine ; la vûe d'un homme qu'il
croyoit mort intéreffoit fa prudence ;
mais comme il alloit de fon honneur
de ne pas rejetter la propofition qu'on
lui faifoit de pourfuivre le voleur, il
s'avifa , pour avoir un prétexte fpé-
cieux de s'arrêter , de ferrer la bride
de fon cheval ; & lui appuyant les talons , il lui fit faire cent haut-le-corps,
& autant de faccades ; il marquoit
beaucoup d'impatience, & fe plaignoit
très-fort du cheval qu'il accufoit d'ê-
tre ombrageux & retif ; il le careffoit
de la main , & feignoit toutes les inquiétudes d'un homme mal monté ;
mais un des cavaliers qui connoiffoit
le cheval , parbleu , dit-il, Monfieur
le Capitaine , comment vous y pre-
nez-vous donc ? mon Maître ne mon-
te jamais d'autre cheval, c'eft le plus
doux de fon écurie que cette alezan-là.
Il accompagna ces mots de deux
coups de fouets vigoureux qu'il appliqua fur la croupe du cheval, qui le firent partir avec tant de vigueur, qu'en
moins d'un demi quart-d'heure le Ca-

pitaine eût malgré lui joint le voleur, si la sangle n'eût caffé. Cet accident démonta le cavalier, qui pour lors béniffoit le Ciel en lui-même de lui avoir donné une bonne raifon pour rester en chemin. Les deux cavaliers qui l'accompagnoient, continuèrent à pourfuivre Rifle, au lieu de rester à raccommoder l'équipage du Capitaine. Celui des trois domeftiques qui étoit resté avec moi pour m'aider à emporter mon camarade, l'ayant retourné pour voir fa bleffure, fut fort étonné de ne lui en trouver aucune ; il s'apperçut que le prétendu mort refpiroit encore ; je lui tâtai le poulx & le cœur ; je m'apperçus avec plaifir que mon ami vivoit encore, je le faignai fur le champ. Strap revint à lui ; nous eûmes affez de peine à lui perfuader qu'il étoit encore en vie : quand il en fut convaincu, nous lui donnâmes le bras, & le domeftique & moi nous le conduifîmes à une auberge éloignée d'une demi-mille : nous le mîmes au lit ; le domeftique fortit alors pour aller chercher le cheval du Capi-

K iiij

taine, qu'il ramena par la bride avec
fon équipage qui étoit fort endom-
magé. Le Capitaine le fuivoit à pied,
& quand il fut arrivé dans l'auberge,
comme il fe plaignoit beaucoup de la
contufion qu'il s'étoit faite dans fa
chûte, fur le témoignage du domeftique qui lui vanta beaucoup mon fçavoir faire, il me pria de le faigner,
& me donna pour ma peine une demi - couronne.

Pendant qu'on préparoit notre dîner
je m'amufai à regarder jouer aux cartes deux Payfans, un Rat-de-cave
avec un jeune homme, dont l'extérieur amphybie m'empêcha de deviner
la qualité. On me dit que c'étoit le
Vicaire d'un Village voifin. La partie n'étoit pas égale ; les deux Payfans
jouoient en communauté contre les
deux autres, qui ne fe picquoient pas
d'une confcience fcrupuleufe. Un des
deux Payfans foupçonnant qu'on l'a-
voit triché, le reprochoit aux deux ef-
camoteurs ; je fus fort furpris d'entendre l'Eccléfiaftique jurer comme
un Payen, & protefter avec ferment

qu'il étoit honnête-homme. Lorsque
le Campagnard fut revenu de son opinion, l'Eccléfiaftique, pour diffiper
tout-à-fait fa mauvaife humeur, fe
mit à chanter des chanfons libres d'un
ton auffi gaillard qu'indécent ; & pour
dédommager les dupes de la perte de
leur argent, il tira de fa poche un petit violon dont il fe mit à jouer, les
autres chanterent de tout leur cœur ;
& pour rendre la fête plus complette,
le joyeux Vicaire les fit danfer avec
les filles de l'auberge, quelque mal
qu'elles s'en acquittaffent, le violon
n'en étoit fûrement pas moins bien
payé. J'avois pris part à la fête, &
nous étions fort en train de danfer ;
mais nos plaifirs furent interrompus
par l'arrivée d'un gros homme qui
vint defcendre de cheval dans la cour
de l'auberge.

Dès que le Vicaire l'eut apperçu,
il remit fon violon dans fa poche, &
nous dit à voix baffe : Dieu me pardonne, mes amis, voilà notre gros
cochon de Docteur qui arrive ; il partit
en difant cela, & s'en fut au-devant du

Miniſtre, lui tint l'étrier pour deſcen-
dre de cheval & l'embraſſa. Quand il fut
deſcendu, il lui demanda, du ton le
plus cordial & le plus affectueux, des
nouvelles de ſa ſanté & de celle de toute ſa famille. Le Paſteur qui étoit un
homme d'environ cinquante ans, &
qu étoit un de ces enfans gâtés de l'E-
gliſe, après avoir déchargé ſon cheval
du poids de ſon énorme individu, le
remit au Vicaire pour le conduire à
l'écurie. Il entra dans la cuiſine avec
la gravité d'un Archevêque qui officie-
roit pontificalement ; il ſe mit auprès
du feu ſans regarder perſonne, demanda une bouteille de bierre & une pipe ; il ne répondoit que par des ſignes
de tête orgueilleux, & des geſtes de
protection aux politeſſes de ceux qui
lui demandoient des nouvelles de ſa
ſanté, ſe tenant debout devant la cheminée, & préſentant alternativement
le nez & le derriere au feu, ſans proférer une ſeule parole. Le Vicaire en
entrant lui fit une révérence la plus
reſpectueuſe du monde, & lui demanda très-humblement s'il ne vouloit

pas nous faire l'honneur de dîner
avec nous ; le Pasteur répondit pésamment que non, qu'il venoit de boire
jusqu'au *nec plus ultrà* avec Monsieur
Rubicon, & qu'il avoit dit en passant
devant sa maison à Mademoiselle *Lo-*
viat (c'étoit le nom de sa gouvernante) qu'il reviendroit dîner. Quand il
eut fini sa bouteille & sa pipe, il sortit
de la cuisine avec autant de gravité
qu'il y étoit entré, monta à cheval &
partit avec son valet.

A peine étoit-il sorti que son Vicaire rentra dans la cuisine en sautant
comme un poulain. Dieu merci, dit-
» il, le vilain est sorti, puisse le Diable
» en faire son gibier. Vous voyez,
» Messieurs, comme va le monde, ce
» gros pourceau ne gagne pas l'eau
» qu'il boit ; il a cependant deux Bé-
» néfices qui lui valent quatre cent li-
» vres sterlings, tandis que moi qui
» n'en ai que vingt pour tout revenu,
» suis obligé de faire tout son ouvrage,
» & d'aller tous les Dimanches prêcher
» dans une Paroisse située à plus de

Tome I.

» vingt milles de mon logis : je ne
» me crois pas plus merveilleux qu'un
» autre ; mais il m'est bien permis
» d'être persuadé que je mérite un
» bon Bénéfice autant que cet Epi-
» curien qui dort, boit & mange à
» son aise, & tout son saoul : je ne
» veux rien dire de Madame sa Gou-
» vernante, elle passe pour sa paren-
» te ; (il a raison , il faut éviter le
» scandale) d'ailleurs les revenus
» de l'Eglise ne doivent être em-
» ployés qu'à de bonnes œuvres, ils
» ne nous appartiennent point, ils ne
» nous sont donnés que pour en fai-
» re part aux malheureux , & nous
» ne devons en prendre que pour
» notre nécessaire sans y admettre
» aucuns superflus. Buvons toujours
» pour m'en consoler. A votre san-
» té , Monsieur , me dit-il , en se
» versant à boire. Nous nous mimes
à table, à l'exemple du Vicaire , on
nous servit , & nous dînames gaye-
ment & de bon appétit. Le dîner fini ,
comme chacun se disposoit à payer
son écot, le Vicaire sortit sous quel-

que prétexte de besoin , monta à cheval & partit , laissant son contingent
à payer aux deux campagnards. Comme ils s'informoient de ce qu'il étoit
devenu , le valet d'écurie qui entra
pour lors, dit qu'il l'avoit vû prendre
le chemin de chez lui. Bon , bon,
» dit le Commis en hochant la tête ,
» je reconnois bien là maître Shufle ,
» ce font de ses tours ordinaires , j'ai
» eu toutes les peines du monde à
» m'empêcher de rire quand il a pro-
» posé de nous régaler ; c'est un drôle
» qui s'est diablement dessalé pendant
» le tems qu'il a demeuré avec le jeu-
» ne Mylord Triffle ; je ne crois pas
» qu'il y ait au monde un filou plus
» effronté que ce drôle-là ; il a cepen-
» dant frisé la corde pour s'être avisé
» de voler les habits de son maître ,
» qui s'est contenté de lui donner des
» coups de bâton, au lieu de le faire
» pendre, parce qu'il sçavoit quelques
» anecdoctes scandaleuses de sa con-
» duite ; c'est pourquoi il s'est cru
» obligé de le ménager ; mais ma foi
» sans cela le gaillard eût fait le saut,

,, J'ai appris tout ce que je vous dis-
,, là chez le Lord Ratffle, dont j'étois
,, le valet-de-chambre , & qui étoit
,, l'ami le plus intime du maître de
,, Shufle. Ce Seigneur , pour s'en dé-
,, barraffer , fans fe mettre cependant
,, en état de lui nuire, lui a fait pren-
,, dre l'état Eccléfiaftique , & l'a mis
,, auprès du Curé que vous venez de
,, voir , qui ne lui donne , à la vérité ,
,, pas grande chofe ; mais fon adreffe
,, fupplée parfaitement au défaut de
,, fon revenu ; il tire d'ailleurs très-
,, bien parti de fes talens , il eft affez
,, amufant en compagnie , & comme
,, il joue paffablement du violon, il
,, eft ordinairement bien reçu partout
,, où il fe préfente ; je crois qu'à dix
,, lieues à la ronde on ne trouveroit pas
,, fon pareil pour efcamoter une car-
,, te , auffi où l'a-t-on jamais vû per-
,, dre au jeu ? Comment donc, reprit
un des Payfans qui avoit joué avec lui,
,, ce fripon-là nous a donc triché? pour-
,, quoi donc, continua-t-il, en s'adref-
,, fant au Rat-de-cave , n'avez-vous
,, pas été affez honnête homme pour

,, nous en avertir ? Le Maltotier répondit que ce n'étoit pas ses affaires,
qu'au reste il ne devoit pas ignorer
que Shufle étoit un coquin, puisqu'il
étoit connu pour tel dans tout le pays.
Ces raisonnemens ne satisfirent point
les Paysans ; ils taxerent le Maltotier
d'avoir participé aux friponneries du
Vicaire, & lui demanderent la resti-
tution de ce qu'il avoit gagné avec lui ;
le Commis le refusa, protestant que
quoique Shufle fût ordinairement un
fripon, il s'étoit conduit en honnête
homme dans la partie qu'ils avoient
faite ensemble, & qu'il l'attestoit sur
sa conscience ; cela dit, le Commis
paya son écot & partit. Le Cabaretier le suivit de l'œil, & dès qu'il lui
parut suffisamment éloigné, Dieu me
,, bénisse, dit-il, à tous péchés misé-
,, ricorde ; je le veux croire, mais ce
,, fripon de Monopoleur en aura plus
,, besoin que personne ; je vous au-
,, rois bien avertis, dit-il, en s'adres-
,, sant aux Paysans, mais vous sçavez
,, que les Cabaretiers ont tout à crain-
,, dre de ces coquins de Rats-de-cave ;

,, tout ce que je puis vous dire , c'eſt
,, que le Miniſtre Shufle & celui-ci
,, dans une balance ne l'emporteroient
,, pas l'un ſur l'autre d'un grain en fi-
,, louterie ; n'en parlez pas au moins.

CHAPITRE X.

Le voleur eſt arrêté. Strap & Ro-
derik ſont retenus pour dépoſer
contre lui. Il ſe ſauve pendant
la nuit. Les deux Voyageurs ar-
rivent dans une autre auberge.
Ils ſont réveillés pendant la nuit
par une apparition effrayante.
Ils coucherent le lendemain chez
un Maître d'Ecole. Comment ils
y furent reçus.

Nous étions ſortis de l'auberge ,
& nous continuions notre route,
lorſque nous vîmes venir vers nous
une troupe de gens qui faiſoient de
grands cris , au milieu deſquels étoit
un homme à cheval qui avoit les mains
liées

liées derriere le dos. Nous le reconnû-
mes pour le Voleur qui nous avoit attaqué, & qui n'étant pas si bien monté que les Cavaliers qui avoient laissé
le Capitaine sur le grand chemin, avoit
été heureusement arrêté par ces deux
hommes. Une foule de paysans, ravis
de cette capture, les accompagnoit,
pour les aider à le conduire au Juge
de Paix, qui demeuroit dans un Village voisin. Les deux Cavaliers rentre-
rent dans l'Auberge, pour rejoindre
leurs compagnons & se rafraîchir.
Nous retournâmes sur nos pas par curiosité. On fit descendre le voleur de
cheval : il étoit gardé par une foule de
paysans armés de fourches. L'air soumis & consterné de ce Coquin, qui un
instant auparavant avoit une conte-
nance si terrible & si déterminée, me
surprit ; & je me sçus mauvais gré d'a-
voir eu tant de peur d'un scélérat, en
qui les approches de la mort opéroient
une telle métamorphose.

Strap qui en fut aussi frappé que
moi, s'enflamma pour lors d'une colere toute martiale contre le Voleur,

Tome I.   **L**

& lui proposa de se battre au poing,
ou au bâton avec lui ; il proposa une
guinée pour prix de la victoire, & commençoit à se déshabiller. Je l'empê-
chai cependant de le faire, lui repré-
sentant que la Justice nous vengeroit
bien mieux que son courage, & qu'il ne
courroit aucun risque de perdre son
argent, en la laissant faire. Nous eûmes cependant lieu de nous repentir
de nous être amusés ; car lorsque nous
nous disposions à partir, nous fûmes
arrêtés par ceux qui avoient pris le
Voleur ; ils nous obligerent de les
accompagner, pour déposer contre
lui.

Heureusement l'endroit où l'on devoit le conduire, étoit sur notre route
& nous arrivâmes, avec le Voleur,
avant la fin du jour à l'endroit de la
destination. Par malheur pour nous,
le Juge étoit allé voir un Seigneur, qui
demeuroit dans un Château voisin,
chez lequel il devoit coucher. Ce contre tems nous fit craindre d'être obligés de séjourner ; mais à peine y avoit-
il deux heures que nous étions arrivés

que le Voleur, par fa fuite, nous tira
de cette inquiétude. Comme on l'avoit
enfermé dans un grenier élevé de trois
étages, dans lequel on le croyoit parfaitement emprifonné, il fortit par la
fenêtre, & de toits en toits il gagna une maifon voifine, dans laquelle il fe cacha jufqu'à ce qu'il pût
rifquer d'en fortir fans être apperçu.
lorfqu'on voulut lui porter à manger,
on ne le trouva plus. Son évafion fit
beaucoup de peine à ceux qui l'avoient
pris, parcequ'ils fe voyoient par là privés
de la récompenfe que fa capture leur
avoient acquife. Quant à nous, on
nous laiffa la liberté de continuer notre route ; & nous réfolûmes de marcher ce jour-là, le plus vîte & le plus
long-tems qu'il nous feroit poffible,
pour regagner le tems que nous avions
perdu.

Nous marchâmes donc pendant
tout le jour, & nous arrivâmes à la
nuit dans une petite Ville, à vingt
milles de l'endroit d'où nous étions
partis le matin, fans avoir rencontré
le moindre accident qui pût nous arrê-

ter dans la route. Mais je me trouvai si fatigué, lorsque nous fûmes entrés dans une Auberge de cette Ville, que je désespérai de pouvoir me remettre en route avant trois ou quatre jours. Je priai donc mon camarade de me trouver des chevaux de renvoi, ou quelqu'antre voiture à bon marché, pour partir le lendemain. Il n'en trouva point, mais il apprit que le coche de Nevcastle devoit séjourner le lendemain à quelques lieues de la Ville, & que nous pourrions le joindre le même jour ou le surlendemain. Cette heureuse découverte me mit de la meilleure humeur du monde. Nous soupâmes Strap & moi avec beaucoup d'appétit : on nous conduisit après notre souper dans une chambre dans laquelle il y avoit deux lits. Nous n'en eûmes cependant qu'un, l'autre étant destiné pour un autre voyageur, soit disant Officier, & qui soupoit dans la chambre voisine. Comme l n'y avoit point d'autre lit vacant dans l'Auberge, nous couchâmes ensemble Strap & moi, après avoir pris la précaution de mettre notre équipage fous le chevet de notre lit.

Nous dormions profondément, lorfque vers l'heure de minuit nous fûmes éveillés en furfaut par un bruit étonant, & qui nous fit grande frayeur à tous les deux : on crioit à perte de gofier, *main forte, tue, tue, paffe-moi ta hallebarde au travers du corps de ce Coquin-là ; je vais brûler la cervelle à l'autre.* Strap mourant de peur, fe jetta en bas du lit, en criant *au feu* de toutes fes forces. Il rencontra par hazard au milieu de la chambre, l'homme qui crioit fi fort, ce qui l'effraya tellement, qu'il en tomba demi-mort par terre, en criant au Voleur, & qu'on l'affaffinoit. Toute la maifon fut dans l'inftant en allarme : j'ouvris la porte de la chambre, vingt perfonnes y entrerent dans un état auffi rifibles qu'indécent : on apporta enfin de la lumiere, & dès qu'on fe vit, on fçut bientôt la caufe de ce tintamare. L'Officier qui couchoit dans notre chambre, étoit étendu fur le plancher, fur lequel il avoit paffé la nuit : les cris de Strap, & ceux qui y étoient accou-

rus l'ayant réveillé, il demanda, en
ouvrant de grands yeux effarés, d'où
venoit tout ce tapage. On lui demanda à lui-même la raifon pour laquelle il
étoit couché fur le plancher, & fi c'é-
toit pour faire mourir de peur le pauvre Strap, qu'il lui avoit donné une fi
chaude allarme. L'Officier, ou plutôt
le Sergent, car c'en étoit un, répondit „ qu'étant venu faire des recrues
„ dans le pays, il avoit engagé la veille
„ deux Payfans ; qu'il rêvoit qu'ils s'é-
„ toient mutinés contre lui : que c'é-
„ toit là la raifon du bruit qu'il avoit
„ fait. Quant à ce qu'il étoit par terre,
„ il ne fe fouvenoit pas trop des rai-
„ fons qu'il avoit eues de s'y mettre,
„ & que probablement on ne devoit
„ s'en prendre qu'à fon fouper de la
„ veille.„

Quand notre peur fut une fois cal-
mée, que la curiofité des affiftans fut
fatisfaite, & qu'ils eurent amplement
ri de l'aventure, ils jetterent mutuellement les yeux les uns fur les autres.
Prefque tous étoient en chemife, notre Hôteffe feulement s'étoit affublée

d'une large braſſiere de peau d'Ours
qu'elle avoit miſe à l'envers. Le mari
de ſon côté au lieu de robe de chambre, s'étoit jetté ſur les épaules une
des juppes de ſa femme ; un de ſes garçons étoit enveloppé dans ſa couverture ; un Tambour qui ſecondoit le
Sergent dans ſes recrues, & qui avant
de ſe coucher avoit donné à blanchir
à la Servante de l'auberge, la ſeule chemiſe qui fût en ſa poſſeſſion, parut
tout nud, à l'exception du traverſin
de ſon lit, dont il ne cachoit qu'à
moitié des choſes qui ne méritoient
pas abſolument l'honneur d'être re-
gardées. Quand on ſe fut raillé réciproquement aſſez, le Sergent & les
autres allerent ſe mettre au lit ; mon
compagnon & moi en fîmes autant,
& dormîmes tranquillement juſqu'au
lendemain, que nous nous levâmes
pour déjeûner : après quoi nous partîmes pour attraper le coche de Nevcaſ-
tle. Cependant nous ne fûmes pas encore aſſez heureux pour le joindre ce
jour-là. J'étois extrêmement fatigué :
nous nous arrêtâmes donc dans un

Village où nous ne trouvâmes qu'un
Auberge de très-mince apparence.
L'Hôte de cette Auberge avoit cependant un certain air de probité qui
nous plut. Il étoit assis auprès d'un
bon feu, dans une cuisine très-proprement meublée : *Salvete pueri* , nous
dit-il d'un ton gracieux, *ingredimi-*
ni. Je fus ravi d'entendre notre Hôte
parler latin ; je crus que je gagnerois
son affection par la conformité de nos
talens. Je lui répartis donc sans hési-
ter *dissolve frigus ligna super focum*
large reponens. Je n'eûs pas plutôt
prononcé ces paroles que le Vieillard
courut à moi, me prit la main ; *fili*
mi dilectissime , me dit-il , *unde*
venis ?.... à superis ni fallor. Après
ce beau compliment prononcé d'un
ton à faire croire que notre Hôte étoit
idolâtre des sçavans, il ordonna à sa
fille, qui étoit une bonne grosse ré-
jouie, d'aller à la cave, & de nous apporter une bouteille de son *quadri-*
mum : il ajouta en même tems ce
Vers d'Horace.

De

Deprome quadrimum sabina, ô Thaliarche, merum diotâ.

Ce prétendu *quadrimum* étoit la meilleure bierre de sa cave, dont il nous dit qu'il avoit toujours provision de quatre années pour lui & pour ses amis.

Dans la suite de notre conversation, toujours lardée de latin, nous apprîmes que notre Hôte étoit un maître d'Ecole, dont la doctrine ne lui produisoit qu'un revenu fort mince, ce qui l'avoit obligé de se faire Aubergiste du lieu. Il me dit aussi que pour s'attirer des pratiques, il avoit la meilleure bierre d'Angleterre, » J'ai » perdu ma femme, continua-t'il, » Dieu veuille avoir son ame, je vais » marier ma fille la semaine prochai- » ne ; vous voyez devant vous tous » mes plaisirs, & l'unique objet de » mon ambition. » Il nous montroit en disant cela sa bouteille, avec un Volume d'Horace, de la plus grosse édition. » Je suis déja vieux, ajouta-t'il, » mais il faut s'en consoler, c'est l'avis » de notre ami Flaccus. *Tu ne quæsie-*

Tome I. M

ris ne fas quem mihi, quem tibi finem dii dederint; carpe diem, quam minimum credula postero. Le verbeux pédagogue après nous avoir entretenu de ses affaires & de sa morale, nous fit quelques questions sur notre état, & sur nos projets : nous lui rendîmes franchement compte de nos desseins ; il nous donna en conséquence beaucoup d'avis sur la maniere dont nous devions nous comporter dans le monde, nous priant en même tems de lui pardonner la liberté qu'il prenoit, observant néanmoins que son âge & son expérience l'autorisoient. Il ordonna ensuite à sa fille de nous faire rôtir un chapon pour notre souper, en nous disant qu'il nous regardoit comme ses amis, & qu'il vouloit nous traiter de même, *permittens divis cetera*. Nous bûmes assez copieusement du *quadrimum*, pour nous dédommager de la conversation de notre Hôte, qui commençoit à nous ennuyer, parce qu'il n'étoit question que de lui dans tout le dialogue.

Nous eûmes assez de peine de nous

dérober à son babil pour nous aller
coucher, & nous souhaita enfin la
bonne nuit, en nous faisant espérer
que nous ratraperions le Coche le lendemain matin, & qu'il n'y avoit que
quatre voyageurs.

Avant de nous endormir nous nous
entretînmes Strap & moi des façons
gracieuses de notre Hôte, de qui mon
camarade avoit conçû une opinion si
avantageuse, qu'il s'imaginoit que
nous ne payerions rien, ni pour nôtre gîte, ni pour notre souper. Comme je lui marquois quelque doute là-
dessus : ,, Comment, tu ne t'es donc
,, pas apperçu, me disoit-il avec
,, chaleur, qu'il t'aime, comme s'il
,, te connoissoit depuis cent ans ?
,, d'aillieurs la façon dont il nous
,, a donné à souper doit t'en con-
,, vaincre. Auroit-il fait tant de dé-
,, pense, sans nous demander aupa-
,, ravant si nous voulions que cela
,, fût ? Vas, vas, monpauvre Rode-
,, rik, sois-en sûr, nous sommes quit-
,, tes ici. ,, La confiance de Strap
ne détruisit point mes présentimens.

Nous nous levâmes le lendemain de
grand matin ; nous déjeunâmes, après
quoi nous voulumes compter, &
priâmes notre hôte de nous dire combien nous lui devions. ,, Pas grand
,, chofe, nous dit-il, mes bons amis ;
,, Catherine va vous le dire, car pour
,, moi je ne me mêle jamais de ces for-
tes d'affaires. *Crefcentem fequitur cura
pecuniam.* Catherine ayant calculé notre dépenfe fur une ardoife, nous dit
que notre écot fe montoit à huit fche-
lins fept fols. ,, Huit fchelings & fept
,, fols !... s'écria Strap ; mais vous n'y
,, penfez pas, il faut abfolument que
,, vous vous foyez trompée, Mademoi-
,, felle. Refaites votre addition, ma
,, fille, dit notre hôte, peut-être vous
,, êtes-vous trompée effectivement.
,, Non, non, mon pere, répliqua
,, Catherine, avec un ton qui nous
,, préfageoit qu'elle étoit fûre de fon
,, fait, eft-ce que je vous ai jamais rien
,, fait perdre ? Depuis que je fçais l'A-
,, rithémique, graces au Ciel, je fais
,, mes quatres Regles, de façon à pou-
,, voir joûter contre le plus fameux

„ Banquier de Londres. N'importe,
„ dit le Maître d'Ecole d'un air benin,
„ il faut voir ; quoique ce prix ne foit
„ pas affez confidérable pour éton-
„ ner ces Meffieurs, comme ils font
„ femblant de l'être, il faut cepen-
„ dant les fatisfaire ; je veux que tout
„ le monde forte content de chez
„ moi.,, Il prit enfuite la plume &
le cornet, verifia le mémoire, qui fe
trouva monter effectivement à huit
fchelings fept fols.

La politeffe avec laquelle il nous le
préfenta enfuite, me ferma la bouche,
malgré toute l'envie que j'avois de lui
dire des injures. Il avoit pris fur moi,
par fes façons gracieufes, un afcendant
qui lui fauva de ma part tous les reproches qui lui étoient dûs. Je me contentai
de lui dire qu'Horace ne lui avoit point
appris à écorcher ainfi les Voyageurs
qui féjournoient dans fon Auberge.
Il me répondit que j'étois un jeune
homme, qui n'avoit pas affez l'ufage
du monde pour lui donner des le-
çons ; que quand je ferois plus au fait,
je me repentirois de l'injuftice que

je lui faifois ; qu'il me le pardonnoit
cependant de bon cœur, & me prioit
en même tems d'être perfuadé qu'il
étoit *contentus parvo*, & qu'il bornoit
fon ambition à vivre exempt de mifere, parce que *importuna pauperies*...
Strap que tout ce latin & ces politeffes
intéreffées n'accommodoient point,
l'interrompit, & jura qu'il s'en iroit
fans payer, fi l'on ne rabatoit un tiers
de l'écot. La difpute s'échauffoit : je
vis la fille de l'hôte fortir, j'en conçus
aifément le motif ; c'eft pourquoi,
pour finir la difcuffion, je payai le
montant du mémoire.

A peine eus-je fini de compter
l'argent, que Catherine entra, avec
deux gros garçons, qui feignirent de
demander à déjeûner, mais qui probablement n'étoient venus que pour
nous faire payer de force ce que notre
hôte nous demandoit avec tant de politeffe & fi peu de confcience. Strap
qui ne pouvoit digérer fon écot, dit au
maître d'école d'un ton piqué, *femper
avarus eget. Animum rege*, répliqua
le pédant, en fouriant malignement,
qui nifi paret imperat.

CHAPITRE XI.

Roderik & Strap joignent le coche.
Quels étoient leurs compagnons de
voyage. Strap commet une méprise
dans l'Auberge, qui donne lieu à
des événemens finguliers.

DEPUIS que nous étions fortis de
chez le maître d'école , nous
avions fait un demi-mille de chemin
mon camarade & moi ; nous médi-
tions chacun de notre côté fur la fourberie des hommes , & les moyens honteux qu'il employent pour fe tromper
réciproquement. La diminution de
nos finances nous avoit mis à tous
deux un peu de noir dans l'efprit. Strap
qui n'avoit pas accoutumé de fe taire
fi long-tems, entâma la converfation.
„ Nous voilà bien avancés, me dit-il,
„ je n'ai prefque plus d'argent ; pour-
„ quoi m'empêchiez - vous aufli de
„ me battre : ce vieux ladre de Ma-

„ gifter n'auroit eu que le tiers de
„ ce qu'il nous demandoit. Par faint
„ James, combien faut-il à préfent que
„ je faffe de barbes, pour regagner les
„ quatre fchelings qu'il m'en coûte.
„ J'aurois mis de bon cœur une gui-
„ née contre ces coquins qui font en-
„ trés ; j'en ai roffé en ma vie de plus
„ vigoureux. „ Strap ne difoit rien de
trop, il étoit extrêmement nerveux, &
en état de fe battre à coups de poings ;
mais il avoit une averfion infurmonta-
ble pour toutes les armes offenfives.
Je crus appaifer fon chagrin, en lui
difant que pour me punir de mon indifcrétion, je confentois à payer pour
lui ce qu'il trouvoit de trop dans la
dépenfe. Strap qui n'étoit pas de trop
bonne humeur, fe piqua de ma propofition. Apprenez, me dit-il aigrement,
que tout garçon barbier que je fuis,
perfonne ne paye pour moi ; je ne le
fouffrirois pas même du Seigneur le
plus riche, & le plus puiffant de toute
l'Angleterre.

Je ne répliquai point, & laiffai Strap
murmurer à fon aife. Nous marchâmes

tout le jour fans nous arrêter, même
pour nous rafraîchir. Nous découvrî-
mes enfin vers le foir le coche qui marchoit devant nous, éloigné tout au plus
d'un quart de mille ; nous y courûmes,
& l'attrapâmes heureufement, dans un
tems où je n'euffe pas eu la force de
faire une demi-lieue fans m'arrêter.
Nous convînmes avec le Cocher qu'il
nous meneroit pour un fcheling à la
couchée, où nous devions rencontrer
le maître de la voiture, & pourrions
traiter avec lui pour le refte du voyage. Thomas (c'étoit le nom du Cocher) ayant placé l'efcabeau pour nous
faire entrer dans le coche, Strap y
montoit avec notre équipage ; mais il
fut arrêté tout-à-coup par une voix de
tonnerre. » Que cent Diables m'em-
» portent, lui dit-on, fi je fouffre qu'on
» me donne un frater pour compa-
» gnion de voyage. » Le ton de voix de
l'oppofant fit croire à Strap qu'il entendoit un géant. Il s'arrêta tout ftupéfait. Thomas fe mit à rire de notre
étonnement, & mettant le nés dans la
voiture. Parbleu, Mr. le Capitaine, dit-

il, voulez-vous m'empêcher de gagner quelques fols ? eft-il bien honnête de vous oppofer au profit d'un pauvre Diable comme moi? montez, montez jeune homme, ajouta-t'il, en s'addreffant à Strap, Mr. le Capitaine eft un bon vivant ; allez, il fait plus de bruit que de mal. Strap ne voulut pas tenter avant moi une feconde efcalade, malgré les exhortations du Voiturier; je fus donc obligé de lui montrer l'exemple. J'entrai dans la voiture, ce ne fut pas cependant fans émotion, j'entendois encore murmurer fourdement le Capitaine. » Dieu me damne, difoit-il, » que l'on ne s'avife pas de me gêner, » fi quelqu'un m'incommode tant foit » peu, foi de Capitaine, je le.... » J'allai toujours mon train cependant, & j'étois déja affis fur une des bottes de paille de la voiture, que j'avois trouvé vacante. Je ne pouvois difcerner quels étoient mes compagnons de voyage. Strap qui m'avoit fuivi fe difpofoit à s'affeoir de l'autre côté ; mais un mouvement de la voiture lui ayant fait perdre l'équilibre, il fe laiffa mal-

heureusement tomber sur l'estomach
du Capitaine, qui s'écria d'une voix
terrible : » Ah ventre ! je suis mort !
» où est mon épée ? » Strap effrayé ,
se releva avec précipitation ; mais une
autre saccade de la voiture le fit tomber si pésamment sur moi , qu'il faillit
de m'étouffer. Nous entendîmes en
même tems une femme crier , d'un
ton glapissant : » Bon Dieu, qu'avez-
» vous donc, mon cher ? Ce que j'ai,
» répliqua le Capitaine : ce gros bœuf
» d'Ecossois vient de se laisser tomber
» sur moi, & m'a presque estropié. »
Strap, qui trembloit de tous ses membres, s'excusa sur le cahot de la voiture.
La Dame continua ainsi : » C'est notre
» faute aussi, mon cher , nous ne de-
» vons nous en prendre qu'à nous-mê-
» mes de ce qui nous arrive ; voilà la
» premiere fois que nous voyageons
» de la sorte, mais aussi ce sera la der-
» niere. Je suis sûr que Monsieur &
» Madame de Loras sont actuelle-
» ment dans des inquiétudes mortel-
» les, cela est affreux, il y a de quoi
» mourir, en vérité : si notre lettre ar-

» rive heureusement à tems, il nous
» enverront leur carosse. Bon, bon,
» ma chere, reprit le Capitaine, la
» sottise est faite, consolons-nous, il
» faut la boire; s'il plaît à Dieu, nous
„ arriverons en bonne santé. Parbleu,
„ nous ferons bien rire le Comte &
„ la Comtesse, avec nos aventures du
„ coche. „

Ce dialogue spécieux me donna une
si haute idée du Capitaine & de sa femme, que je n'osai me mêler dans la
conversation; je fus cependant tiré de
mon opinion par le discours d'une
autre femme, qui voyageoit dans la
même voiture. „ Qu'il y a de sots dans
„ le monde, disoit-elle, ils croyent en
„ imposer par leurs grands airs, com-
„ me si de plus grands Seigneurs qu'eux
„ n'eussent jamais été dans un coche.
„ Il y a des gens ici, qui sans tant fai-
„ re de bruit, vont ordinairement
„ dans des carosses bien équipés, &
„ ne font pas tant de bruit que ceux
„ qui ont peut-être été derriere; tout
„ est égal dans une voiture publique.
„ Allons, Mr. le Capitaine, malgré

,, votre nobleſſe, de la gayeté : & vous
,, vieux Reïtre, dit la voyageuſe, en
,, s'addreſſant à un autre homme, êtes-
,, vous auſſi fâché d'être dans la Voi-
,, ture ? vous avez l'air ſoucieux, com-
,, me ſi l'on vous avoit fait quelque
,, banqueroute ; j'en ſerois, ma foi char-
,, mée, car vous êtes de tous les Uſu-
,, riers le plus ladre que je connoiſſe ;
,, je parie qu'il s'amuſoit à méditer
,, quelques projets de monopole : mais
,, vous avez beau faire, il me faut de
,, l'argent, ou bien néant. Tenez, je
,, veux bien encore vous accorder ce
,, baiſer-là. Ah, la petite folle, dit
,, l'homme en queſtion, d'une voix
,, ſépulchrale, tu ſeras toujours mé-
,, chante. ,, L'Uſurier, car c'en étoit un,
ſe prit alors à rire pour ſon malheur ;
car ſa bonne humeur lui occaſionna
une toux ſi violente, qu'elle penſa le
ſuffoquer.

J'étois ſi fatigué de la marche que
nous avions faite, que je ceſſai de prêter l'oreille à la converſation, & m'endormis ſi profondément, que Strap
fut obligé de me réveiller, lorſque

nous arrivâmes à l'auberge. Je defcen-
dis le premier de la Voiture, à caufe
de la place que j'occupois : je vis par
ce moyen-là fortir tous les Voyageurs l'un après l'autre. La premiere
perfonne qui fortit après moi, étoit
une jeune fille affez jolie, mais qui
me parut fort émérillonnée ; elle
avoit tout au plus vingt ans, & portoit un petit chapeau bordé d'argent,
au lieu de bonnet ; elle avoit un petit toquet d'étoffe bleue, fort vieux, &
bordé d'une dentelle auffi d'argent : elle tenoit dans fes mains un petit fouet.
Un petit Vieillard boiteux, dont la
tête branlante étoit furchargée d'un
vieux chapeau, &d'un bonnet de laine extrêmement craffeux fuivoit cette
be'le. Il portoit fur les épaules un
manteau de gros drap bleu, au travers
des trous duquel on appercevoit un
fur-tout, & une vefte de coleur brune,
qui paroiffoit de la même antiquité.
Quant à fa phifionomie, il avoit les
yeux creux, ronges & chaffieux ; fon
vifage étoit couvert de boutons & de
rides ; il n'avoit pas une dent dans la

mâchoire, fon nés & fon menton fe preffoient fi hermétiquement , que dans un befoin ils euffent pû lui fervir à caffer des noix : il s'appuyoit fur une canne à pomme d'ivoire , & toute fa figure caractérifoit à la fois l'hiver , la famine & l'avarice. Cependant la figure du Capitaine, qui fortoit après lui de la voiture, me parut plus finguliere ; il donnoit la main à une petite créature qu'il appelloit fa femme, & que tout autre homme que lui eût appellé fa guenuche. Elle avoit le vifage creux & décharné , deux yeux gris-fort petits, & ronds comme ceux d'une Chouette, ne contribuoient pas peu à enlaidir fa phifionomie platte, blafarde & chifonnée ; fes temples & fon toupet étoient totalement dépourvus de cheveux. Le Capitaine fon mari , ayant quitté fa reguingotte, nous montra la figure du monde la plus extraordinaire, & la plus comique que l'on puiffe trouver, je crois, dans toutes les Troupes de la Nation. Une maigreur hideufe régnoit fur toute fa perfonne ; fa taille étoit environ de

cinq pieds trois pouces de haut, son
visage & son col avoient au moins
seize pouces de long, ses cuises n'en
avoient que six, & ses jambes, qui
avoient deux pieds & demi de lon-
gueur, étoient aussi séches que des
baguettes de Tambour : une longue
cadenette de cheveux lui battoit la ceinture. La vûe de cette espéce de phantôme, me fit presque concevoir *l'ex-
tention sans matiere*. En un mot, pour
le définir parfaitement, il étoit, *vox
& preterea nihil*. Son sur-tout étoit
d'une peau d'Ours, dont les poils
étoient long d'un demi pied ; il portoit dessous un habit à la Hussarde,
avec un culotte écarlatte, qui n'alloit
qu'à la moitié de ses cuisses, & qui ne
s'abbatoit qu'à peine sur une grosse
paire de bas de laine ; ses souliers extrêmement larges, étoient montés
sur des talons de bois d'un demi pied
de haut ; il tenoit sa femme par la
main. Les airs impertinens & les minauderies de cette bégueule me l'eussent fait reconnoître pour une Sou-
brette reformée, & qui vouloit jouer
les

les airs de qualités ; mais je n'avois pas encore affez d'ufage du monde pour reconnoître les gens à leur façon d'agir.

Quand nous fûmes entrés dans l'Auberge, M. Brazen, (c'étoit ainfi que fe nommoit le Capitaine,) demanda une chambre à feu pour lui & fa femme, & dit à l'Hôte qu'ils vouloient fouper feuls. L'Hôte répondit qu'il n'avoir point de chambre particuliere à lui donner, n'ayant qu'autant de lits quil en falloit pour en pouvoir donner un à chacun des Voyageurs ; & que fon fouper étoit préparé pour être fervi en commun, pour tous les gens de la Voiture ; qu'au refte s'il fe trouvoit quelque plat qui lui convînt, il lui donneroit de tout fon cœur, fi la compagnie le vouloit. Cette propofition fut rejettée unanimement ; Mademoifelle Louifon, cette fille alerte dont nous avons parlé, prit furtout l'affirmative, & dit que fi le Capitaine & fa femme avoient tant d'envie de fe diftinguer, ils pouvoient attendre notre déffert.

Tome I. N

Le Capitaine ne répondit à cette bruſ-
querie que par un regard dédaigneux,
& ſe promenoit en long & en large,
affectant une démarche martiale & déterminée. Madame Brazen, qui ne
ſçavoit pas ſe contenir auſſi bien que
ſon mari, marmottoit des injures
contre Louiſon, & laiſſa, malheureuſe-
ſement pour elle, échapper le terme
de Créature. Louiſon qui n'étoit point
endurante, s'échauffa très-ſérieuſe-
ment : » Parles-donc, guenon, dit-
» elle à Madame Brazen, que veux-tu
» dire, avec ta Créature ? regardez un
» peu cette carcaſſe qui fait l'enten-
» due ; il ſied parbleu bien à une ſouil-
» lon comme toi, de te donner des
» airs de qualité : le joli couple que
» voilà, il fait bien de l'honneur à la
» Nobleſſe. » Le Capitaine prit la parole en fronçant le ſourcil. » Parles-
» donc, eh, ma mie, lui dit-il, tu as
» le caquet bien affilé, par la morbleu
» ſi.... Par la morbleu toi-même,
» reprit Louiſon, que veux-tu dire ?
» hem, lécheur d'aſſiettes, avec tes
» airs de Capitaine, crois-tu qu'on ne

» te connoiffe pas ? fi toute l'armée
» eft compofée d'auffi braves gens que
» toi, nous ne fommes pas mal dans
» nos affaires : qui Diable font les
» bêtes qui t'ont pû faire Capitai-
» ne ? crois-tu que j'ignore que ta bé-
» guelle de femme a été femme-de-
» chambre, & qu'elle a fervi à fon
» Maître plus qu'à fa Maîtreffe ? Crois-
» tu qu'on ne fçache pas auffi que tu
» as été Valet-de-chambre, & le gri-
» fon le plus effronté de toute l'An-
» gleterre. Par la mort, reprit Bra-
» zen, tu es bien heureufe d'être fem-
» me ; je t'apprendrois bien à nous
» refpecter, fi tu portois une culotte,
» je veux être exterminé fi je ne man-
» geois ton cœur à mon fouper. » Le
Capitaine en difant cela avoit l'épée
à la main, il faifoit fifler l'air d'eftoc
& de taille ; ces bravades faifoient
trembler Strap comme la feuille :
mais l'intrépide Louifon, qui connoiffoit fon homme, lui dit d'un
ton déterminé, en lui faifant les cornes, qu'elle ne le craignoit pas plus
qu'un pet. Le Maître de la Voiture

qui furvint, ayant été inftruit du motif de cette querelle, & craignant que
le Capitaine & fa femme rebutés par
les injures qu'on leur avoit dites, ne
fe déterminaffent à attendre une autre Voiture, s'établit médiateur entre les parties belligérentes, & parvint enfin à les pacifier. On fe mit à
table, & l'on foupa tranquillement.
On nous conduifit enfuite dans nos
chambres, l'Ufurier, Strap & moi dans
une ; le Capitaine, fa femme & Mademoifelle Louifon dans un autre à
côté. Une heure après mon camarade, chez qui la digeftion s'étoit pré-
cipitée plus qu'à l'ordinaire, fut obligé de fortir pour fatisfaire à fes befoins. A fon retour il prit une porte
pour une autre, il entra dans la chambre voifine. Le Capitaine qui dans le
même tems s'étoit levé pour la même caufe que lui, n'entendit point entrer mon camarade dans fa chambre :
comme le lit de M. Brazen étoit dans
la même pofition que le notre, Strap
avec la meilleure foi du monde, alla
fe placer à côté de fa femme qui dor-

moit profondément. Le Capitaine
ayant fini son opération, vint pour se
remettre au lit ; mais ayant senti en
tâtant une tête couverte d'un bonnet
de laine, il crut avoir pris le lit de
Louison pour le sien, & que la tête
qu'il avoit touché, étoit celle de quelque galant, qui étoit venu soulager
son martyre entre les bras de la belle.
Sur cette conjecture il voulut punir le
Médor & l'Angélique d'avoir osé pros-
tituer sa chambre par une adultere,
& leur affubla la tête du pot de chambre qu'il tenoit à la main. Cette as-
persion ayant éveillé le malheureux
barbier aussibien que la femme du Capitaine, celle-ci se mit à faire des cris
affreux, qui étonnerent également &
l'époux & le galant prétendu. Strap
étoit si fort etourdi, qu'il se croyoit
ensorcellé. Le Capitaine désabusé entra dans une furieuse colere ; il saisit
mon camarade au colet, & lui demanda avec fureur qui l'avoit rendu assés
hardi pour oser attenter à l'honneur de
sa femme. Le pauvre Strap fut si fort
étonné, qu'il ne sçut répondre autre

chose, finon qu'il prenoit Dieu à témoin que Madame Brazen étoit vier-
ge & très-vierge, quant à lui. Madame
Brazen, qui étoit compatiffante ap-
parament pour ceux qui paroiffoient
comme Strap avoir des intentions qui
flattoient fon amour-propre, fe leva
en chemife, prit fes pantoufles, &
vint en donner cent coups fur la tête
pelée de fon mari, de façon que pour
la faire ceffer il fe mit à crier au meurtre. » Ah, je vous apprendrai, Mon-
» fieur l'infolent, difoit Madame Bra-
» zen, de m'empefter ainfi de votre uri-
» ne ; il vous fied bien, vieux fque-
» lette d'être jaloux : fouvenez-vous
» des conditions auxquelles je vous ai
» pris pour mari. Apprenez, faquin
» que vous êtes, que quand on ne
» peut pas nourrir un chien, on ne
» doit pas trouver mauvais qu'un au-
» tre lui donne à manger. » Le ton
aigu de Madame Brazen, & les cris
du Capitaine me firent fortir du lit ;
je ne fçavois fi je devois entrer dans la
chambre, & je délibérois encore fur
cet article, lorfque j'entendis tout-à-

coup Mademoiſelle Louiſon crier au
viol de toutes ſes forces. » Comment,
» vieux loup garou, diſoit - elle,
» vous voulez déshonnorer une hon-
» nête fille comme moi ? ah, vieux
» bouc, tu peux compter que tu me
» le payeras, je t'apprendrai à vouloir
» tenter de pareilles indignités. »

Tous les Domeſtiques de l'Auberge accoururent à ce bruit, chacun
d'eux tenoit une lumiere, & s'étoit
armé de ce qu'il avoit trouvé ſous ſa
main. Nous vîmes alors un ſpectacle
auſſi ſingulier que riſible. Le Capitaine
friſſonnoit dans un coin de la chambre, il n'oſoit ſe remettre au lit, ſa
chemiſe étoit toute déchirée ; il avoit
le viſage tout égratigné & meurtri des
coups de ſa chere moitié, qui s'étoit en-
veloppée dans ſa couverture, & s'é-
toit aſſiſe ſur le pied de ſon lit, d'où
elle lui débitoit mille invectives. Nous
vîmes dans l'autre coin de la chambre
une autre ſcene qui nous ſurprit autant
qu'elle nous amuſa. Le vieux Uſurier
ſe débattoit en vain pour s'arracher des
mains de Mademoiſelle Louiſon, qui

le tenoit étendu fur fon lit par les deux oreilles ; il n'avoit pour tout vêtement que fa chemife, & une camifolle de flanelle ; il agitoit fans fruit deux jambes grefles & goureufes, dont le mouvement ne découvroit rien de trop avantageux en faveur de fon individu. Louifon proféroit contre l'Ufurier toutes les injures que la colere peut fuggérer en pareil cas à la plus fcrupuleufe Lucréce. Nous l'engageâmes cependant à lâcher prife, & lui demandâmes le fujet de fes cris. Elle fe mit à pleurer d'une façon à perfuader à tout le monde qu'elle avoit raifon d'être extrêmement affligée : elle nous dit qu'elle ne doutoit pas que ce coquin n'eût abufé de fon fommeil pour lui ravir fon honneur, elle nous pria de ne rien oublier de ce que nous avions vû. On conçoit aifément que fon intention étoit de fe fervir de nos dépofitions contre lui. Le pauvre bon homme étoit plus mort que vif, & nous prioit au nom de Dieu de le tirer des pattes de cette Diableffe. Mademoifelle Louifon fe rendit généreufement à nos prieres. Dès que l'Ufurier s'en vit délivré,

livré, il vint se cacher derriere moi,
protestant que Louison n'étoit pas une
fille, mais un Diable incarné pour la malice ; qu'elle même lui avoit fait les premieres propositions, & qu'elle avoit
profité de sa foiblesse pour lui jouer un
mauvais tour. L'Usurier après cela sortit de la chambre, & fut se coucher.
Nous abordâmes ensuite le Capitaine : » Je me suis lourdement trompé,
» Messieurs, nous dit-il, mais je veux
» perdre mon nom de Brazen, si je
» ne passe mon épée dans le ventre de
» celui qui a occasionné cette méprise :
» c'est ce gueux d'Ecossois ; mais il
» peut compter qu'il n'a pas encore un
» jour à vivre. Je vous demande mille
» pardons, continua-t'il en s'adressant
» à sa femme, vous devez vous apper-
» cevoir que je n'avois pas dessein de
» vous offenser. Je vous le pardonne
» aussi, dit Madame Brazen d'un ton
» attendri ; mais en vérité, mon cher
» cœur, je suis fort heureuse si je n'en
» meurs pas, je suis dans un état à ex-
» pirer. » Cette réplique fut suivie d'un

Tome I.   **O**

baiſer réciproque, qui fut le ſceau
de la réconciliation de ce couple char-
mant. Louiſon engagea Madame
Brazen à venir coucher avec elle ;
le Capitaine ſuivit le Maître de la
maiſon, qui lui offrit la moitié de
ſon lit, pour paſſer le reſte de la
nuit. Quant à moi, je me retirai
dans ma chambre, où je trouvai
Strap encore tout tremblant, & qui
avoit profité, pour s'évader, de l'ob-
ſcurité & du combat entre Madame Brazen & ſon mari.

CHAPITRE XII.

Le Capitaine présente le combat à Strap qui le refuse ; Roderik répond pour lui. L'Usurier s'accomode avec Louison, au moyen d'un présent de cinq guinées. Tous les Voyageurs sont exposés à une abstinence involontaire ; on leur dispute leur dîner. Conduite de Louison & du Capitaine dans cette circonstance. On tente en vain la bravoure de ce dernier. Raillerie qu'en fait l'Usurier.

LE lendemain matin, je convins avec le Voiturier de lui donner dix schelins pour me conduire à Londres, à condition de faire partager ma place à Strap alternativement. Je le priai en même tems de faire de son mieux pour appaiser le Capitaine, qui faisoit dans la cuisine mille imprécations contre mon camarade, & vou-

O ij

loit, difoit-il, le tuer avant que de partir. J'étois entré avec Strap, pour
joindre nos excufes aux interceffions
du médiateur ; nous faifions de notre
mieux tous trois pour perfuader au
Capitaine que ce n'étoit qu'une méprife ; mais plus nous paroiffions foumis & refpectueux, plus le Capitaine affectoit de colere & d'emportement : il dit qu'il vouloit abfolument
fe battre avec lui, & fur le champ. Je
fus choqué de cette propofition, &
lui dis qu'il ne devoit pas préfumer
qu'un garçon barbier, qui n'avoit jamais porté l'épée, acceptât de fe battre avec cette arme, dont un Officier
ne pouvoit fe fervir qu'avec avantage contre lui, mais que j'étois perfuadé que mon camarade ne refuferoit
pas de fe battre à coups de poings.
Strap taúpa fur le champ à ce que je
difois, & propofa même de mettre
un guinée d'enjeu pour prix de la victoire. Brazen le regardant avec une
œil de mépris, lui demanda fi un homme comme lui étoit fait pour fe battre
comme un crocheteur, & devoit entrer

en traité avec un garçon barbier. » Pal-
» fangué, s'écria notre Cocher, vous
» ne tuerez perfonne, car j'y avons
» regardé ; ce jeune homme veut bien
» vous faire raifon de votre injure ; fi
» vous ne voulez pas vous battre à
» coups de poings avec lui, battez-
» vous à coups de bâtons : n'y confen-
» tez-vous pas, jeune garçon, dit-il à
» Strap ? »

Mon camarade héfita quelque tems
avant que de répondre ; cependant il
accepta la propofition. Le Capitaine
la rejetta : ce refus me fit douter de
la bravoure de ce formidable Spadaf-
fin. Je fis un figne à Strap, pour lui
infinuer mes foupçons & le raffurer :
je dis enfuite à la compagnie que j'a-
vois toujours oui dire qu'en affaire
d'honneur le choix des armes dépen-
doit de celui qui recevoit le cartel :
qu'en conféquence j'étois affez sûr de
la bravoure de mon camarade pour
promettre qu'il fe batteroit même à
la pointe avec le Capitaine ; mais
qu'il n'employeroit que celle dont
il fçavoit fe fervir, c'eft-à-dire qu'il

fe batoit de razoir à razoir. Le Capitaine changea de couleur à ce mot ,
& tourna l'oreille pour cacher son trouble, tandis que Strap qui étoit derriere
moi, me fupplioit à voix baffe de ne
point infifter fur ma propofition. Brazen , après un inftant de réflexion, fe
tourna vers moi, & m'apoftropha du
ton le plus terrible. » Qui Diable es-
» tu, me dit-il ? de quoi te mêles-tu ?
» veux-tu prendre la place de ton ca-
» marade , & te battre pour lui. » En
difant cela il s'étoit déja mis en garde, & me tenoit la pointe de fon épée
fur la gorge. Cette démonftration
m'effraya, & me fit faire un mouvement de côté : je me jettai fur une
broche qui étoit à côté de moi, je le
pouffai à mon tour fi vigoureufement,
que je le réduifis à la parade, & lui fis
lâcher la mefure, jufque dans la cheminée , où je le rencognai fi bien,
que toute la compagnie fe mit à rire.
Sa femme qui entra fur ces entrefaites,
voyant le danger auquel fon mari étoit
expofé, fit un cri perçant & s'évanouit. Le Capitaine faifit ce moment

pour demander une fufpenfion, que
je lui accordai. Quand Madame Brazen fut revenue de fon évanouiffement,
le Capitaine jugea à propos de fe con-
tenter des excufes que mon camarade
lui réitéra. La paix fe fit heureufement,
fans effufion de fang de part ni d'autre :
la chofe fut confidérée dans fon vrai
point de vûe, & M. Brazen confentit à
croire que ce n'étoit réellement qu'une
méprife. On ne parla donc plus que
de joye, & le traité de paix fut rati-
fié par un bon déjeûné qu'on nous
fervit.

Nous nous apperçûmes que Louifon & l'Ufurier nous manquoient. Madame Brazen nous dit que Louifon
l'avoit empêché de dormir toute la
nuit, & que le matin, lorfqu'elle s'é-
toit levée, elle lui avoit dit en fanglo-
tant que l'Ufurier l'avoit fi fort mal-
traitée pendant la nuit, qu'il l'avoit
mife hors d'état de continuer fon
voyage. Madame Brazen parloit encore, lorfqu'on vint nous dire que la
malade demandoit le Voiturier. Le
ton compatiffant de Madame Bra-

O iv

zen avoit inspiré des dispositions fa-
vorables à toute la compagnie en faveur de Louison ; & quoique j'eusse
été frappé de la liberté de son langage, je fus assez sot, aussi bien que les
autres, pour entrer dans ses intérêts.
Nous suivîmes donc le Voiturier, &
nous entrâmes dans la chambre de
l'affligée : elle nous dit, du ton le
plus touchant & le plus lamentable :
» qu'elle craignoit très-fort les suites
» fâcheuses de ce qu'elle avoit essuyé
» la nuit derniere, de la brutalité d'I-
» saac ; mais que comme l'événe-
» ment étoit incertain, elle nous
» prioit de faire arrêter l'Usurier,
» jusqu'à ce qu'elle fût bien certaine
» de sa guérison. „ Nous nous rendîmes aux sollicitations de Louison ; nous cherchâmes en vain Isaac
par toute l'Auberge ; nous le trouvâmes enfin dans la voiture, dans laquelle il s'étoit réfugié, n'osant plus se
montrer, tant il étoit confus de la scene nocturne qu'il avoit essuyée. Nous
le contraignîmes de sortir, & le condui-
sîmes à son accusatrice.

Dès qu'il entra elle se mit à pleurer de plus belle, en demandant au Ciel que son honneur fût vengé par le supplice de ce malheureux. Isaac levant les yeux & les mains au Ciel, prioit Dieu avec une ferveur exemplaire, & le supplioit de le délivrer des artifices de cette épouse de Satan, il protestoit de son innocence, & juroit en pleurant que c'étoit Louison elle-même qui l'avoit engagé à venir coucher avec elle. Thomas, qui sçavoit bien que Louison n'étoit pas si chaste qu'elle affectoit de le paroître, fit entendre à Isaac qu'il pouvoit se tirer d'affaire au moyen d'une petite somme qu'il payeroit à la plaignante, en faveur de qui les apparences décidoient, & lui conseilloit en ami de s'accommoder, étant très-persuadé que Mademoiselle Louison étoit trop bonne pour ne l'en pas quitter à bon marché. Quoi, je lui donnerois de l'argent, répondit l'usurier, avec un dépit qui n'avançoit point ses affaires, je ne lui payerai jamais qu'une corde pour la pendre. Je vois bien, reprit

,, Mademoiselle Louison , que les
,, égards que je voulois avoir pour
,, lui ne serviront de rien. Thomas al-
,, lez , je vous prie, chercher le Juge,
,, & l'engagez àvenir voir une person-
,, ne extrêmement malade , & qui
,, souhaite lui parler pour une affaire
,, de la derniere conséquence.

Cet ordre de Louison fit frémir l'u-
surier ; il pria Thomas d'attendre un
peu , & demanda à Louison , d'une
voix toute entrecoupée , combien
elle lui demandoit. Louison prenant
un air & un ton désintéressé , lui répondit , que puisqu'il n'avoit pas pû
venir à bout de son mauvais dessein ,
elle se contenteroit de fort peu de
chose ; que quoique l'état où il l'a-
voit mise lui fit présumer qu'elle ne
recouvreroit jamais une santé parfaite, elle vouloit bien par grace se con-
tenter de cent guinées. Cent guinées !
s'écria l'usurier, cent diables qui t'é-
gorgent ; & où veux-tu que je les
prenne? penses donc, voleuse impudi-
que, que si je possédois cent guinées ,
je ne voyagerois pas pendant le tems

qu'il fait dans une voiture aussi détestable. Quoi, vieux coquin d'usurier, répliqua Louison, vous croyez donc que je ne vous connois pas, & que j'ignore combien vous avez ruiné de mineurs en leur prêtant sur de gros gages qu'ils ne pourront jamais retirer de vos griffes : partez, Thomas, continua Louison, en altérant sa voix, je sens que mon mal augmente. Thomas alloit partir ; Isaac l'arrêta une seconde fois, & voyant qu'on le connoissoit trop pour pouvoir disputer plus long-tems, il offrit vingt schelings, que Louison refusa, en demandant cinquante livres sterlings. Le malheureux Isaac pleuroit comme un enfant ; nous joignîmes nos prieres à ses supplications, & nous obtînmes enfin de la discrette Louison qu'elle se contenteroit de cinq livres sterlings, que l'usurier paya sur le champ en lâchant des soupirs capables de l'étouffer ; il se trouva cependant heureux de s'être tiré à ce prix d'une aussi méchante affaire.

Nous aidâmes enfin la malade, ou

foi difant telle , à fe tranfporter dans
la voiture ; nous y reprîmes chacun
notre place , & nous partîmes. Strap
étoit monté fur le cheval du cocher ,
qui aima mieux marcher pendant toute
la matinée. Le Capitaine Brazen, qui
craignoit apparemment que je n'euffe
conçu quelque mauvaife opinion de
fon courage, ne manqua pas de nous
raconter mille traits de bravoure par
lefquels il s'étoit diftingué, & nous dit
entr'autres chofes qu'un jour il avoit
donné cent coups de bâton à un Soldat qui lui avoit manqué de refpect ,
qu'il avoit prefque arraché le nez d'un
valet d'Auberge , qui s'étoit avifé de
trouver mauvais qu'il fe nettoyât les
dents avec une fourchette , & qu'un
Marchand de fromage n'avoit pas ofé
répondre à un cartel qu'il lui avoit envoyé pour l'obliger à ne plus remettre
les pieds chez une perfonne dont il
etoit amoureux. Madame de Brazen
atteftoit la vérité de chacun des faits
que fon mari nous racontoit; elle en
citoit pour plus d'exactitude la date &
le moment. ,, Vous fouvenez-vous ,

« difoit-elle, mon cher, en s'adreffant
» à fon mari, du jour que le Duc Go-
» ble m'envoya un billet doux, bon
» Dieu que nous mangeâmes d'orto-
» lans ce jour-là, auffi en fus-je in-
» commodée toute la nuit ; Mylord
» Didle, & Milady fa femme en
» étoient fi fort allarmés, qu'ils étoient
» prefque auffi malades que moi. Oui,
» Ma mour, répliqua le Capitaine ;
» mais vous reffouvenez-vous auffi
» qu'à cette occafion Mylord me
» complimenta, & me dit que vous
» étiez enceinte ; je lui répondis à cela,
» avec une vivacité d'efprit qui le frap-
» pa, que je voudrois de tout mon
» cœur être dans le cas de lui faire le
» même compliment. Mylord a tou-
» jours aimé les réparties vives & fpi-
» rituelles, auffi fit-il le tour de la ta-
» ble pour venir me remercier de celle-
» ci. La converfation de Monfieur &
Madame Brazen dura cinq jours de
fuite fur des fujets de cetté nature ; la
compagnie ne fe piqua pas d'y donner une attention bien fcrupuleufe,
Louifon furtout à qui l'argent de l'ufu-

rier avoit rendu tout à la fois la belle
humeur & la fanté, nous amufoit infiniment par fes propos, fes chanfons
& les agaceries continuelles qu'elle
faifoit à fon vieux avare qui ne voulut
jamais fe réconcilier avec elle.

Le fixiéme jour nous arrivâmes dans
une Auberge pour dîner ; nous étions
prêts à nous mettre à table, lorfque
l'Hôte vint nous dire que trois perfonnes qui venoient d'arriver vouloient
le forcer à leur donner notre dîner,
qu'il avoit eu beau leur repréfenter
qu'il étoit deftiné pour les gens de la
voiture, qu'ils avoient répliqué que
les gens de la voiture iroient au diable, & que de pareils voyageurs pouvoient bien pour un jour fe conten-
ter de pain & de fromage ; cette nouvelle ne fit plaifir à perfonne. Louifon s'adreffa pour lors au Capitaine &
lui dit : Qu'en qualité de Militaire il
devoit fe charger de la défenfe de notre dîner. A Dieu ne plaife, répondit
Brazen, je ferois bien fâché qu'on
fçût qu'un homme comme moi voyage dans une pareille voiture ; il jura

en même tems que s'il n'étoit dans ce
cas il feroit manger fon épée à ces in-
folens-là , à la place de notre dîner.
Louifon indignée de ce propos fe jetta fur fon épée , la tira du foureau ,
& menaça de tuer le cuifinier s'il ne
nous envoyoit au plutôt notre dîner. Le bruit qu'elle faifoit fit defcendre les trois hommes en queftion. A peine furent-ils entrés dans
la cuifine , qu'un d'entr'eux fe jetta
au col de notre protectrice : Quoi !
,, c'eft toi Louifon , lui dit-il , qui dia-
,, ble t'amene ici ? Te voilà, mon cher
,, Siback , dit Louifon , avec les plus
,, grandes démonftrations de joye. Bra-
,, zen peut aller chercher à dîner au dia-
,, ble , pour moi je fuis de votre écot.
Les trois cavaliers accepterent avec
joye la propofition de Louifon , &
nous étions fur le point de faire un
fort mauvais dîner, lorfque notre voiturier averti de ce qui fe paffoit , entra
tenant une fourche à la main, & menaça de la paffer dans le ventre à quicon-
que feroit affez hardi pour toucher un
feul des plats qui nous étoient defti-

nés. Cette menace étoit prête d'avoir des suites fâcheufes ; les trois voyageurs avoient l'épée à la main ; nous nous étions mis Strap & moi du côté de notre défenfeur, & l'on étoit prêt d'en venir aux mains, lorfque l'Hôte, qui n'aimoit pas le bruit, vint propofer fon dîner aux trois étrangers, qui l'accepterent & nous laifferent le nôtre que nous mangeâmes tranquillement.

L'après-midi, Strap prit ma place dans la voiture, & je marchai à pied avec Thomas, qui me parut un compagnon fort gai, fort bon enfant, mais en même tems le plus malin drôle qu'on pût connoître. Il me confirma dans mon opinion fur le compte de Louifon, & me dit qu'elle étoit effectivement fort humaine, qu'elle avoit fuivi de Londres à Nevcaftle un Officier qui y étoit venu pour faire des recrues ; que cet Officier avoit fait de grandes dépenfes pour elle, & que s'étant endetté beaucoup, fes créanciers l'avoient fait mettre en prifon, ce qui avoit obligé cette belle à reprendre

dre son premier métier; il me dit aussi qu'un des domestiques de ces Messieurs, qui nous avoient disputés notre dîner, avoit reconnu Brazen pour un ancien valet-de-chambre du Lord Frizze, qu'il l'avoit servi fort long-tems dans cette qualité; que ce Seigneur avoit été séparé de sa femme, & que s'étant reconcilié avec elle, l'épouse avoit exigé qu'il renvoyeroit sa maîtresse & son valet-de-chambre. Le Lord fut obligé d'en passer par ces conditions; mais voulant en même tems faire un sort à sa maîtresse, il obligea Brazen de l'épouser, & lui fit obtenir un Enseigne dans le Régiment de....

Thomas avoit conçu de la valeur du Capitaine à peu-près la même opinion que moi. Nous complotâmes donc ensemble de la mettre à l'épreuve, en faisant passer pour un voleur le premier homme à cheval que nous verrions venir à nous. L'occasion se présenta vers la brune: nous apperçûmes un cavalier qui venoit à nous au galop. Thomas à cet aspect recommanda à toute la compagnie de

fe tenir fur fes gardes, & fit remarquer
à chacun le prétendu voleur qui ve-
nóit vers nous. Cette mauvaife nouvelle répandit une confternation générale ; Strap fauta de la voiture &
fut fe cacher derriere un buiffon. L'u-
furier fe défefpéroit ; nous entendîmes
fonner un fac d'argent qu'il cachoit
dans la paille ; Madame Brazen faifoit
des cris lamentables ; le Capitaine feignit de ronfler de fon mieux ; mais cette
feinte ne lui réuffit pas, car Louifon
le prit par la manche & le fecoua ru-
dement, en lui difant : Mort de ma
vie, Monfieur le Capitaine, eft-il tems
de dormir quand nous fommes prêts
d'être vôlés, mettez-vous fur vos gardes, & montrez du cœur, fi vous en
avez. Le Capitaine ne répondit à
l'exhortation de Louifon qu'en la gron-
dant de l'avoir éveillé, proteftant que
tous les voleurs d'Angleterre ne lui
feroient pas perdre une minute de fon
fommeil : tranquillifez-vous, ajouta-
t-il, & me laiffez en repos. Il feignit enfuite de fe rendormir ; mais cette bra-
vade le fervit mal, car il trembloit fi

fort, que la voiture en étoit agitée.
Louiſon, que la poltronnerie du Capitaine indignoit, l'apoſtropha de la
ſorte : » Il faut avoüer que vous êtes
» un grand lâche ; on n'a jamais chaſ-
» ſé de Soldat d'aucun Corps qui ſoit
» auſſi poltron que vous. Thomas,
» ajouta-t-elle, arrêtez la voiture que
» je ſorte ; parbleu ſi les voleurs me
» donnent le tems de parler, vous pou-
» vez compter non-ſeulement qu'ils
» auront votre bourſe , mais qu'ils
» auront encore votre chienne de
» peau. Elle ſauta en même tems de
la voiture, & le prétendu voleur arriva. C'étoit un domeſtique de la connoiſſance de Thomas : il lui fit part
en deux mots de notre eſpiéglerie, &
l'engagea à la pouſſer à bout. Le poſtillon y conſentit ; il s'avança à la
portiere, & demanda d'un ton terrible, » Qu'êtes-vous ici ? Iſaac répondit d'un ton piteux, c'eſt un pauvre
» miſérable accablé de famille, qui
» n'a pour tout bien que ces quinze
» ſchelings que voici, ſi vous me les
» prenez, il faut que moi & mes en-

» fans mourions de faim. Qu'eſt-ce
» qui fanglote-là dans l'autre coin ,
» reprit le poſtillon ? Une pauvre fem-
» me infortunée , répondit Madame
» Brazen , de qui je vous prie , au
„ nom de Dieu, d'avoir pitié. Eſtes-
„ vous fille ou mariée ? Je ſuis femme
„ pour mon malheur, répondit-elle.
„ Quel eſt votre mari , où eſt-il, con-
„ tinua le Poſtillon ? Mon mari , re-
„ pliqua Madame Brazen ,- eſt Offi-
„ cier militaire , & nous l'avons laiſſé
„ malade dans la derniere Auberge
„ où nous avons diné. J'ai cru ce-
„ pendant l'avoir vû entrer dans la
„ voiture cette après-midi. Mais que
„ diable eſt-ce que je ſens ? Eſt-ce que
„ vous avez quelque petit chien qui
„ ait fait ſes ordures ? chaſſez-le donc ,
„ il empoiſonne. Il prit alors une
des jambes du Capitaine qu'il tira de
deſſous les juppes de ſa femme, & l'a-
gita de façon, qu'il remplit ſon haut-
de-chauſſes d'exhalaiſons qui n'étoient
pas fort ſuaves. Le Capitaine tout
tremblant ſe frotta les yeux, & feignit de s'éveiller en ſurſaut, „ Qui eſt-

„ -là ? qui eſt là, dit-il, que veut-on ?
„ Rien, rien, répondit le cavalier, mon
„ brave Capitaine ; je voulois ſeule-
„ ment vous ſouhaiter le bon ſoir. A-
dieu. En diſant cela il picqua des deux,
& nous le perdîmes biéntôt de vûe.

M. Brazen fut quelque tems à ſe
remettre de ſa frayeur ; mais prenant
un regard aſſuré : „ Que le diable em
„ porte ce drôle-là, s’écria-t-il ; pour-
„ quoi donc eſt-il parti avant que j’aye
„ eu le tems de lui demandér com-
„ ment ſe portoit ſon maître & ſa maî-
„ treſſe ? c’eſt ce fou de Thom-Rin-
„ ſer, continua-t-il en s’adreſſant à ſa
„ femme. Ah, ah, dit-elle, c’eſt lui,
„ je ne l’ài pas reconnu, on fait ſi peu
„ d’attention à ces gens-là. Comment
„ donc, s’écria Thomas, vous con-
„ noiſſez donc ce garçon-là ? Si je le
„ connois, répondit M. Brazen, il y
„ a long-tems qu’il m’a verſé du vin
„ de Bourgogne à la table de Mylord
„ Trippit. Comment ſe nomme-t-il,
„ reprit Thomas ? Mais il ſe nomme...
„ il ſe nomme, parbleu il ſe nomme
„ Thomas Rinſer. Parbleu, s’écria le

„ Voiturier, il s'eſt donc fait débap-
„ tiſer ; car je ſuis ſûr qu'il ſe nom-
„ moit il n'y a pas quinze jour John
„ Tropter.   Cette obſervation fit
beaucoup rire aux dépens du Capitaine, qui en fut très-déconcerté. „ Que
„ nous importe, dit alors Iſaac, com-
„ ment il ſe nomme, puiſqu'il ne
„ nous a pas volés ; au reſte nous en
„ devons bien remercier Dieu. Bon,
„ dit le Capitaine, vous me faites rire
„ avec votre dévotion ; vous imagi-
„ nez-vous que ſi c'eûſ été un voleur
„ je l'euſſe laiſſé faire ? J'aurois bû
„ ſon ſang & mangé ſes entrailles,
„ avant qu'il m'eût volé, ou quelqu'un
„ de la compagnie. Ah, ah, ah, dit
„ en riant Louiſon, vous ne courez
„ pas riſque à ce prix d'avoir une in-
„ digeſtion.   Cette ſaillie excita de
nouveaux ris, & remit l'uſurier de ſi
bonne humeur, qu'il ſe mit à railler
M. Brazen à ſon tour, & lui dit :
„ Que ſa conduite l'avoit édifié, qu'il
„ étoit un bon Chrétien, qu'il pen-
„ ſoit à ſon ſalut *avec crainte & trem-*
„ *blement.* Toute la compagnie écla-

ta de rire. Le Capitaine perdit connoiffance, & s'emporta extrêmement
contre Ifaac, qu'il menaça de lui cou-
per la gorge. L'ufurier s'adreffant à la
compagnie : ,, Meffieurs & Dames,
,, je vous prens tous à témoins que
,, ma vie eft en danger ; je vous de-
,, mande votre témoignage contre cet
,, Officier fanguinaire. Cette feconde
raillerie ne fit pas moins d'effet que la
premiere : le pauvre M. Brazen perdit courage, & ne nous parla plus pendant le refte de la route.

CHAPITRE XIII.

Apparition nocturne qui effraye Ro-
derik & Strap. Ces deux amis
arrivent à Londres. Ils sont in-
sultés à cause de la singularité
de leur habillement. Aventure qui
leur arrive dans un cabaret. Au-
tre accident qu'ils essuyent dans
l'Auberge dans laquelle ils vont
dîner.

Etant arrivés à l'Auberge, nous
y soupâmes & fûmes nous coucher aussitôt ; mais mon camarade,
dont l'estomac s'étoit dérangé de plus
en plus, fut obligé de se lever deux heures après pour satisfaire aux mêmes
besoins qui lui avoient été déja si fa-
tals. Il rentra un instant après si saisi
de peur, qu'il ne pouvoit articuler une
seule parole ; il éteignit la lumiere
avec précipitation, & vint se coucher
à côté de moi , tremblant comme la
feuille :

feuille : Je lui demandai le sujet de se
craintes ; il me répondit d'une voix en-
tre-coupée : » Ha ! mon pauvre Ran-
» dom , que le Seigneur ait pitié de
» nous , je viens de voir le Diable.
Quoique je ne fuffe pas tout-à-fait
auffi peureux que mon camarade ,
je ne laiffai pas que de partager fes
craintes : je prêtai attentivement l'o-
reille , lorfque j'entendis le fon de
quelques grelots ou clochettes , qui
s'augmentoit en approchant de notre
chambre. Mon compagnon étoit demi-mort ; il m'étouffoit prefque à
force de me ferrer , & proféroit ces
paroles divines : » Sauveur ayez pitié
» de nous ; ah ! mon pauvre Roderik ,
» le voilà qui vient. Un corbeau
monftrueux entra pour lors dans notre chambre ; il avoit des clochettes
aux pattes, il vint directement à notre
lit : Le corbeau, dans notre páys , eft
regardé comme un oifeau de mauvais augure. Je me perfuadai donc à
mon tour que le diable rodoit au
tour de nous : je hafardai cependant
de fortir la tête du lit , l'affreux cor-

Tome I.   Q

beau me fauta prefque fur la face ; je
me renfonçai dans mes draps ; le fantôme donna quelques coups de bec
fur la couverture , après quoi il s'en-
vola. Nous commencions à nous
raffurer Strap & moi , & rendions
graces au Ciel de nous avoir tiré des
griffes de Satan, lorfque nous vîmes
paroître, à la faveur du clair de Lune,
un fpectre qui nous occafionna de
nouvelles tranfes encore plus terribles
que les premieres. Strap perdit tout
fentiment , & j'étois à peu de chofe
près dans le même état, je voyois
un vieillard hideux , lequel avoit une
longue barbe qui lui tomboit jufqu'à
la ceinture , fa taille étoit difforme ,
fes regards égarés , & fon ajuftement
me perfuaderent que c'étoit quelque
revenant ; il étoit couvert d'un long
manteau brun , boutonné par derriere , il portoit un vieux bonnet de même couleur fur la tête ; j'avois les yeux
fixés fur ce fantôme , & n'avois pas
même le courage de les en détourner ,
lorfqu'il s'approcha de notre lit , &
croifant fes mains fur fa poitrine , où

eſt Ralpho ? me dit-il, d'un ton de
voix ſépulchrale ? Comme je n'avois
pas la force de lui répondre, il parut
irrité de mon ſilence, & me redeman-
da d'un ton encore plus terrible où
étoit Ralpho. A peine eut-il répété
ces mots, que j'entendis de nouveau
le bruit des clochettes ; le vieux ſpectre
prêta l'oreille & partit, en me laiſſant
dans une ſueur froide qui fut ſuivie
d'une eſpéce d'évanouiſſement.

Je repris cependant bientôt mes
ſens, & me tournant vers Sttap je
voulus lui parler ; mais chaque mot
que je lui diſois le mettoit en convul-
ſion ; il étoit dans un eſpéce de délire
qui ſe diſſipa cependant peu à peu.
Quand il fut aſſez remis pour m'entendre, je lui demandai ce qu'il penſoit
de notre viſion. » Ce que j'en penſe,
» me dit-il, eh ! ne le voyez-vous pas ?
» L'énorme corbeau que vous avez
» vû d'abord avec ces groſſes chaînes
» aux pieds, n'eſt autre choſe qu'une
» ame damnée. Avez - vous remar-
» qué qu'il eſt plus gros qu'un cheval ?
» Quant au vieillard, c'eſt aſſurément

Q ij

„ l'esprit de quelqu'honnête homme
„ qui aura été assassiné dans cette cham-
„ bre, lequel a reçu de Dieu la per-
„ mission de persécuter l'ame de son
„ meurtrier, & qu'apparemment il
„ s'appelloit Ralpho de son vivant. Je
n'adoptai pas tout-à-fait l'opinion de
mon camarade ; mais je n'en étois pas
plus rassuré pour cela, & j'avoue de
bonne foi que de ma vie je n'ai passé
de nuit plus cruelle.

Le lendemain matin nous racon-
tâmes au Voiturier toute notre avanture ; nous lui peignîmes l'impression
terrible qu'elle avoit faite sur nous, avec
tant d'énergie & d'émotion, qu'il se
mit à rire à gorge déployée : il nous dit
que le Corbeau que nous avions vû,
étoit un Corbeau domestique qui servoit de jouet au pere de l'hôte, lequel
avoit perdu l'esprit depuis quelques années ; que ce Corbeau s'appelloit Ralpho, & qu'apparamment il s'étoit
échappé de la chambre du Vieillard
dans la nôtre, ce qui avoit engagé ce
dernier à nous rendre visite. Strap eut
toutes les peines du monde à se persua-

der que ce que lui difoit Thomas fût
véritable ; la peur lui avoit fi fort groffi
les objets, qu'il ne put, fans méditer beaucoup, fe diffuader que le Corbeau étoit pour le moins un Griffon,
& le Vieillard un Géant. Nous partîmes cependant, & nous arrivâmes au
bout de fix jours à Londres, fans qu'il
nous furvînt aucun accident qui méri-
tât notre attention.

Comme nous arrivâmes le foir,
nous logcâmes dans l'Auberge de la
Voiture : le lendemain tous les
Voyageurs fe féparerent. Nous fortîmes auffi, mon camarade & moi, dans
le deffein de nous informer de la demeure de M. Cringer, ce membre du
Parlement auquel j'étois recommandé par M. Crab. Strap portôit derriere
moi notre bagage dans fon havrefac ;
notre équipage avoit quelque chofe
de grotefque : je m'étois cependant
donné dans mon ajuftement tous les
agrémens que j'avois en ma poffef-
fion. J'avois pris une chemife blanche
à manchettes, des bas blancs de cot-
ton ; mais de grands cheveux moitié

blancs, moitié roux, gras, & droits
comme des chandelles, me pendoient
fur les épaules ; les pans de mon habit me tomboient fur le gras des jambes ; j'avois une vefte & une culotte de
diverfes couleurs, travaillées avec le
même goût que l'habit ; mon chapeau
reffembloit affez bien à un baffin de
Barbier, par la profondeur de la forme, & la petiteffe des bords. Quelque ridicule que fût mon ajuftement,
celui de Strap étoit encore plus comique ; fa coëffure reffembloit à celle de
Mezetin ; il avoit d'ailleurs une phifionomie qui fixoit les regards de tous
les paffans, & les excitoit à rire. Je le
priai de demander à un Charretier qui
paffoit la demeure de M. Cringer ; il
le fit, mais le Charretier l'envoya promener : je lui réitérai la même queftion ;
il nous envoya de nouveau à tous les
Diables, en nous tournant le dos. Strap
piqué de cette incartade, après avoir
réfléchi quelque tems, vouloit retourner fur fes pas pour fe battre avec lui,
& confultoit avec moi fur les conditions du combat, lorfqu'un Fiacre qui

nous apperçut malheureusement, voulut se divertir à nos dépens. Il vint à nous à toute bride, en criant *mon maître, faut-il un caroffe* ? le coquin, en disant cela, fit passer adroitement ses roues dans le ruisseau, & nous couvrit d'un déluge de boue, après quoi il passa outre, en riant à gorge déployée. Tout le monde en faisoit autant ; les railleries augmentoient à proportion de la confusion qu'elles excitoient en nous. Cependant un homme touché de notre état, nous conseilla d'entrer dans un cabaret à bierre, & de nous y sécher. Nous entrâmes effectivement dans un qu'il nous avoit montré du doigt, nous demandâmes un pot de bierre, & nous étant mis devant le feu, nous nous séchâmes le mieux que nous pûmes.

Un mauvais plaisant qui étoit assis à l'un des coins de la cheminée, & qui fumoit sa pipe, entendant à notre jargon que nous étions Ecossois, s'en vint à moi, & me demanda du ton le plus sérieux, *s'il y avoit long-tems que j'avois été pris.* Je prêtois l'oreil-

Q iv

le, & ne répondois rien à cette queftion que je n'entendois pas : il ajoûta
qu'il falloit que ce fût depuis peu, *puif-*
que ma queue n'étoit pas encore coupée.
Il tenoit en difant cela mes cheveux,
& les montroit au refte de la compagnie, qui rioit de bon cœur. Je fus
extrêmement piqué de l'impertinence
de ce mauvais plaifant ; mais je me
contins, autant par prudence que par
crainte ; j'étois dans un lieu que je ne
connoiffois pas ; & la taille robufte &
nerveufe de celui qui m'avoit infulté
m'en impofoit. Strap qui ne craignoit
perfonne, dès qu'il ne voyoit point
d'armes offenfives, fut moins prudent
que moi, ou plus courageux. Il dit
donc à celui qui m'avoit infulté ,, qu'il
,, étoit un impertinent d'en ufer de la
,, forte avec des gens qui valoient
,, mieux que lui. ,, Le railleur vint
à lui, & lui demanda d'un ton goguenard ce qu'il portoit dans fon havrefac ; ,, eft-ce, lui difoit-il, en lui fe-
,, couant le menton, *de la farine d'a-*
,, *voine, ou de fon* ?

Mon compagnon piqué d'une impertinence si marquée, lui appliqua un soufflet si pésant, qu'il le fit tomber à la renverse. On forma au même instant un cercle pour les combattans : Strap commençoit à se dépouiller, mais je l'arrêtai, & lui dis, ,, que puis-,, que j'avois été insulté le premier, je ,, prétendois me vanger moi-même. ,, Deux des spectateurs me complimentèrent sur ma bravoure : ,, Voilà, me ,, dirent-ils, ce qu'on appelle un bra-,, ve Ecossois, courage, on vous ren-,, dra justice. ,, Cette exhortation m'a-nima : j'avançai donc nud en chemise sur mon adversaire, & lui portai un coup de poing si rude sur l'estomach, que je le fis tomber sur un banc à dix pas de moi. Je voulus me jetter sur lui, suivant l'usage de mon pays, pour en ti-rer un pleine vengeance ; mais on m'ar-rêta. Un des spectateurs exhorta mon adversaire à prendre sa revanche ; mais mes deux premieres attaques qu'il avoit essuyées, avoient rabatu son caquet : il répondit qu'il n'étoit pas en état de se battre dans ce moment ; mais que quelque jour il seroit plus en état, &

me feroit repentir des coups que je
lui avois donnés. Je ne fus pas fâché de
ce que mon ennemi faifoit retraite ; je
me r'habillai : Strap & toute la compagnie me complimenterent fur ma
bravoure & fur ma victoire.

Après avoir bû notre bierre , & fé-
ché nos habits , nous demandâmes à
l'Hôte s'il connoiffoit M. Cringer, un
des membres du Parlement : il nous
répondit que non. Cette réponse nous
furprit ; nous nous imaginions qu'un
homme de fon état étoit connu à
Londres , auffi bien que dans la petite
Ville qu'il répréfentoit. Le Cabaretier nous dit cependant que nous pourrions en avoir des nouvelles en allant
plus loin. Nous fuivîmes fon confeil ,
& quand nous fûmes à peu près au
bout de la rue , nous demandâmes à un
Laquais que nous vîmes fur une porte , s'il ne connoiffoit pas M. Cringer. Ouida , nous répondit ce faquin , en nous regardant des pieds
jufqu'à la tête ; ,, je le connois à mer-
,, veille : tenez , paffez par la pre-
,, miere rue que vous trouverez fur vo-

,, tre gauche , tournez enfuite à droi-
,, te, delà une feconde fois à gauche ;
,, vous enfilerez après une petite ruelle
,, au bout de laquelle vous trouverez
,, le logis de M. Cringer. ,, Nous re-
merciâmes le Laquais de fes indications
avec beaucoup de politeffe, ce qu'il
ne méritoit affurément pas. Strap fe
félicitoit de l'avoir rencontré, & malheureufement pour nous , nous fuivîmes fes avis. Après avoir exactement
fait les à droite & les à gauche qu'il
nous avoit prefcrits, nous nous trouvâmes au bord de la riviere : nous
fûmes extrêmement furpris ; mon
compagnon s'imagina que nous
nous étions égarés de notre chemin.
Comme nous étions l'un & l'autre
très - fâchés d'avoir marché fi long-
tems inutilement, je fus à une petite
Boutique de Quincallier , à laquelle je
m'adreffai par préférence à caufe de
l'Enfeigne qui indiquoit le Monta-
gnard Écoffois : je vis avec plaifir que le
Marchand étoit de mon pays ; il nous
apprit que le Laquais s'étoit mocqué
de nous, & que M. Cringer demeuroit

à l'autre bout de la Ville, où nous ne
pouvions aller de ce jour. Je le priai
de m'enfeigner où nous pourrions loger : il nous donna auffitôt un petit
billet au moyen duquel nous trouvâmes à loger chez un Chandelier
de fes amis, qui nous loua pour deux
fchelings par femaine, une chambre
au fecond étage, avec un lit feul.
Cette chambre étoit fi petite, qu'il
ne pouvoit y tenir d'autres meubles que
ce même lit, qui nous fervoit de chaife
& de table. A l'heure du dîner notre Hôte vint nous demander de quel-
» le façon nous voulions vivre : nous
» lui répondîmes que nous ferions
» charmés qu'il nous apprît ce que
» nous avions à faire à cet égard. En
» ce cas, nous dit-il, il y a deux façons
» de vivre, pour ceux qui ne font point
» domiciliés en cette Ville. La pre-
» miere, & qui coûte le plus, eft de vi-
» vre dans des Hôtels garnis, fréquen-
„ tés par des gens à leur aife. On eft
„ ordinairement fervi dans ces Hô-
„ tels très-proprement, mais on paye
„ bien cet avantage. L'autre eft de vi-

„ vre dans de petites Auberges que l'on
„ nomme communément *gargottes*,
„ & dans lesquelles on vit aussi fruga-
„ lement qu'on le souhaite. Je répon-
„ dis au Quincallier que pourvû que
„ ces gargottes ne fussent pas des lieux
„ déshonorans, notre situation exi-
„ geoit que nous leur donnassions la
„ préférence. Des lieux déshonorans !
„ reprit le Marchand, oh, n'ayez point
„ de scrupule, il y a une quantité de
„ Messieurs, décorés en gens de con-
„ dition, qui vont dîner dans ces Au-
„ berges pour leur trois sols & demi,
„ & vont ensuite se fauffiler dans les
„ Caffés, avec les plus grands Seigneurs
„ d'Angleterre; & pour vous en con-
„ vaincre, je m'en vais dîner avec vous,
„ dans une de ces Auberges, vous y
„ verrez la vérité de ce que je viens de
„ vous dire. „ Il nous dit ensuite de le
suivre, nous obéimes; il s'arrêta au milieu d'une petite rue, & descendit dans
une espece de soupirail où je le suivis.
Je fus fort étonné de me trouver dans
une grande cuisine souteraine, où je
fus presque suffoqué par la fumée de

la foupe & du bouilli; & je vis avec
étonnement quelques honnêtes gens
confondus dans une légion de Fiacres,
de Charretiers & de Laquais, & qui comme eux, mangeoient des tripes & des
pieds de Mouton. Chaque compagnie
avoit fa table particuliere, mais couverte de linge fi fale, qu'il faifoit mal
au cœur. Pendant que je confultois en
moi-même fi je m'affoierois, ou fi j'i-
rois manger ailleurs, Strap qui defcen-
doit l'efcalier, ayant malheureufement
manqué une marche, tomba de fon
long dans la Salle, & fit tomber auffi
la Cuifiniere, qui tenoit pour lors une
écuelle de foupe toute bouillante, qu'elle renverfa fur les jambes d'un Tambour
des Gardes à pied; ce qui lui caufa une
douleur fi vive, qu'il fe mit à trépigner
& fauter comme un Poffédé; il proféroit en même tems des imprécations
à faire dreffer les cheveux : la Cuifiniere en fe relevant faifoit *chorus* avec
lui, & maudiffoit élégamment l'auteur de fa chûte, qui fe tenoit de bout
devant la table, les mains jointes, avec
l'air du monde le plus mortifié. L'Hô-

teffe déroula le bas du patient, dont elle emporta en même tems la peau; & pour réparer, au moins en partie, le mal qu'elle lui avoit involontairement fait, elle prit dans fes mains une poignée de fel, dont elle foupoudra la partie affligée; mais à peine ce cataplafme mordicant fut-il appliqué, que le malade fe mit à mugir comme un taureau, & fit trembler toute la compagnie par fes juremens: il prit un pot d'étain qui fe trouva fous fa main, & le preffa fi fort dans l'excès de fa douleur, qu'il en fit toucher les deux côtés l'un contre l'autre, comme s'il eût été de cuir. Je confeillai à l'Hôteffe de joindre un peu d'huile à fon cataplafme; ce qu'ayant fait, le malade fut foulagé fur le champ. Mais il furvint un autre difficulté, l'Hôteffe voulut lui faire payer le pot d'étain qu'il avoit écrafé; il jura qu'il ne payeroit que fon dîner, & qu'elle devoit s'eftimer fort heureufe de ce qu'il ne lui faifoit pas payer une fomme pour fubvenir au panfement de fa jambe, qui fans doute étoit malade pour long-tems. Strap

qui sentit bien qu'étant l'auteur de
l'accident, on ne manqueroit pas de
s'en prendre à lui, promit à l'Hôtesse
de la satisfaire, & régala le Tambour
d'une tranche de bœuf, ce qui l'apaisa
entierement. Nous nous mîmes ensuite à table avec notre Hôte , &
nous dînâmes aussi splendidement que
l'on peut se l'imaginer , puisque l'écot
de chacun ne se monta effectivement
qu'à trois sols & demi, le pain & la
bierre comprise.

CHAPITRE

CHAPITRE XIV.

Roderik & Strap vont voir un ami de ce dernier. Portrait de cet ami. On refuse la porte de M. Cringer à Roderik. Aventure de Strap. Roderik perd tout son argent au jeu.

APRE's notre dîner mon camarade voulut rendre visite à son ami, qui demeuroit dans le quartier de notre Auberge ; nous fûmes assez heureux pour le trouver chez lui. Cet homme étoit arrivé d'Ecosse, & s'étoit établi depuis trois ou quatre ans à Londres en qualité de Maître d'Ecole. Il enseignoit communément les langues Latine, Françoise, & Italienne ; mais depuis quelque tems il enseignoit par préférence la prononciation Angloise, suivant une nouvelle méthode, „ digne fruit, disoit-il, de ses méditations profondes, & de son bon

,, goût. ,, La façon dont il parloit, conformément sans doute à cette méthode, étoit si nouvelle pour moi, que je ne pûs jamais y rien comprendre ; & je ne l'entendois pas plus que s'il m'eût parlé Chinois ou Caldéen. Cet habile Grammairien étoit de moyenne taille ; quoiqu'il eût à peine cinquante ans, il étoit extrêmement voûté ; son visage étoit tout déchiqueté par la petite vérole ; ses yeux rouges & chassieux étoient absolument dépouillés de paupieres ; sa bouche étoit fendue d'une oreille à l'autre. Il portoit une veille robbe de chambre retroussée sur ses genoux, par une ceinture de cuir ; il avoit une perruque noire à cadenette, sur laquelle s'élevoit un toupet de trois pouces de haut, semblable à ceux qu'on portoit sous le régne de Charles II.

Il reçut Strap, qui étoit de ses parens, avec beaucoup de marques d'affection ; il lui demanda qui j'étois : Strap le lui ayant dit, il se jetta à mon cou, m'embrassa tendrement, en me disant qu'il avoit été à l'école avec mon

pere. Je lui rendis compte de ma situation & de mes desseins : il m'assura
qu'il me rendroit tous les services qui
dépendroient de lui. En disant cela il
m'examinoit scrupuleusement, & me
toisoit des yeux de la tête aux pieds, en
tournant autour de moi, & marmot-
tant ces paroles : » Mon Sauveur, est-
» il possible qu'un si joli garçon soit fa-
» goté de la sorte ! » Je m'apperçus
bien du motif qui donnoit lieu à l'examen, & aux réflexions du Maître d'é-
cole ; je lui dis donc » qu'il me pa-
» roissoit n'être pas trop content de
» mon habit. Votre habit, me dit-il,
» vous pouviez lui donner ce nom en
» Ecosse ; mais ici ce n'est qu'un ajuste-
» ment de mascarade tout des plus ridi-
» cules : il n'est point de bon Chré-
» tien, qui dans un jour de grande Fê-
» te, voulut vous souffrir chez lui dans
» cet équipage. Par ma foi je suis éton-
» né que les chiens n'abboyent pas
» sur vous : êtes-vous passé par le
» Marché de Saint James ? Dieu me
» bénisse ! on vous prendroit pour
» le Cousin germain d'Ouran - Ou-

„ tang. * „ Ce propos me picqua,
c'eſt pourquoi je changeai de converſation , & demandai au Maître de Langues „ ſi je pouvois rendre viſite le
„ lendemain à M. Cringer, ſur la pro-
„ tection duquel je comptois beau-
„ coup. M. Cringer, me dit-il en ſe-
„ couant l'oreille, peut être un hom-
„ me fort obligeant , je n'ai point de
„ preuve du contraire ; mais eſt-il le
„ ſeul protecteur ſur qui vous fondiez
„ vos eſpérances ? qui eſt-ce qui vous
„ a recommandé à lui ? „ Je lui mon-
trai pour lors la Lettre de M. Crab, &
lui contai mon aventure. Il me regarda fixement , hauſſa les épaules , en
diſant d'un ton compatiſſant, *ó Chriſt!*..
L'air conſterné du pédagogue me fit
augurer mal de mon Protecteur ; je le
priai donc de m'honorer de ſes conſeils. Il me le promit, & commença
même dès cet inſtant à s'en acquitter
avec beaucoup de franchiſe : il nous
indiqua un Perruquier pour faire cou-

---

* Ce mot doit être pris dans le ſens que l'on
diroit ici un Couſin germain de *Jean de Ni-
velle.*

per mes cheveux, & me conseilla très-
fort de me défaire de me regards hé-
bêtés & campagnards, avant que de
paroître chez M. Cringer. Comme
nous étions sortis, il me rappella pour
me dire de faire ensorte de remettre
ma lettre à Mr. Cringer en main
propre.

Nous partîmes, Strap me suivit, &
se félicitoit de la bonne réception que
son ami nous avoit faite ; il me dit
qu'il l'avoit assuré qu'avant trois jours
il lui trouveroit une Boutique. „ Mais
„ allons d'abord, ajouta mon cama-
„ rade, chez le Perruquier qu'il nous
„ a indiqué, afin de vous choisir une
„ perruque à ma fantaisie ; n'ayez pas
„ peur qu'avec moi l'on vous trom-
„ pe, ni que l'on vous fasse passer
„ des cheveux morts pour de bonne
„ Marchandise. „ Nous entrâmes en
en effet dans la Boutique d'un Perruquier, où Strap, pour me prouver l'é-
tendue de ses connoissances, mar-
chanda si long-tems, & tint tant de
propos inutiles, que le Marchand le
pria vingt fois de sortir de sa Boutique,

& de voir ailleurs. Je fus donc obligé, pour conclure notre marché, de choi-sir moi-même ; & , contre l'avis de mon camarade, je m'accommodai d'une petite perruque ronde, que je payai quinze schelings. Nous retour-nâmes ensuite à notre logis, où Strap me coupa ces cheveux qui avoient si fort choqué les yeux du Maître de lan-gues, & m'avoient attiré une scene, qui, quoiqu'elle eût tourné à mon avanta-ge, n'en étoit cependant pas moins désagréable.

Nous nous levâmes le lendemain de très - bonne heure, parce qu'on nous avoit dit que M. Cringer ne don-noit audience à ceux qui avoient affaire à lui, que depuis cinq heures du ma-tin jusqu'à huit , qu'il sortoit pour se trouver au lever du Ministre. Quand nous fûmes arrivés à la porte de M. Cringer, Strap par politesse, & pour m'épargner la peine de frapper moi-même à la porte, prit le marteau, & frappa si fort & si long-tems, qu'il allar-ma toute la rue. Un voisin, fâché sans doute de ce que par ce bruit il avoit interrompu son sommeil, lui jetta d'un second étage un pot de chambre sur la tête avec tant de succès que le pauvre garçon n'en perdit pas une goute. J'étois par bonheur à une certaine distance, & ne participai point à l'infection de ce déluge. Un Domestique ouvrit la porte, & ne voyant que nous dans la rue, me demanda du ton le plus impertinent d'où vient que je faisois tant de vacarme ? & ce que je voulois ? Je lui répondis que je desirois avoir l'honneur de parler à son Maître. Le Laquais me repartit qu'avant d'en venir-là, j'allasse apprendre à vivre; & me ferma en même tems la porte sur le nés. Irrité de ce procédé, je grondai fort Strap qui me l'avoit attiré; mais il ne songeoit qu'à son malheur, & sans faire attention à ce que je lui disois, il tordoit sa perruque, pour en exprimer l'urine. Il prit une grosse pierre, & la lança avec tant de force contre la porte de la maison d'où il avoit été si bien arrosé, qu'il en brisa la serrure. Il se mit ensuite à courir de toutes ses forces, sans s'embarrasser de ce que je deviendrois ; mais je ne fus pas long-tems à délibérer, & fuivant fon exemple, je me mis à courir de mon mieux, pour échapper au reffentiment de ceux qui demeuroient dans la maifon.

Nous nous trouvâmes au point du jour dans un quartier qui nous étoit totalement inconnu ; nous marchions de côté & d'autre, fans trop fçavoir où nous allions ; nous nous arrêtions prefque à chaque pas, pour confidérer les différens objets qui nous frappoient. Un homme affez bien mis s'arrêta près de nous, il fe baiffa pour ramaffer quelque chofe ; nous regardions pour voir ce que c'étoit : mais il fe tourna vers nous, & me dit, avec l'air du monde le plus fcrupuleux, Monfieur, vous venez de laiffer tomber une demicouronne, je vous la rends. Je fus édifié de cette marque de probité ; j'étois certain de n'avoir rien perdu : je lui dis donc que cette piece n'étoit point à moi. Il infifta beaucoup, & m'engagea de voir dans ma bourfe. Je l'ouvris effectivement, & lui fis voir cinq guinées

nes, trois fchelings & deux fols ; ce qui
faifoit exactement mon compte. En ce
cas, me dit-il, c'eft un bonheur pour
nous ; vous étiez préfent lorfque je l'ai
trouvé , vous êtes conféquemment en
droit d'en exiger votre part. Tant de
défintéreffement me frappa d'admiration, je refufài conftamment de rien
accepter. ,, Eh bien , me dit-il, Meffieurs , vous ne me refuferez pas la
,, fatisfaction de vous régaler d'un ver-
,, re de ratafiat ; vous n'êtes pas de
,, ce pays ici , à ce qu'il me paroît, je fe-
,, rai ravi de faire connoiffance avec de
,, braves gens comme vous. Je voulois
me refufer encore à cette invitation ;
mais mon camarade me dit à l'oreille,
que ce feroit mal répondre aux politeffes d'un fi galant homme , & qu'il
pourroit le trouver mauvais. Où irons-
nous, me dit l'Inconnu ? je ne connois
guéres ce quartier-ci : nous lui dîmes
que nous ne le connoiffions pas non
plus. Allons, nous dit-il, nous en-
trerons dans le premier Cabaret que
nous trouverons ouvert. Chemin faifant, cet honnéte fripon (car c'en

Tome. I.   S

étoit un) nous entretint de la forte.
„ Autant que je puis m'y connoître,
„ vous êtes Ecoffois, Meffieurs ; ma
„ grand - mere paternelle étoit de vo-
„ tre pays : je ne fçais fi c'eft la raifon
„ qui fait que j'ai pour tous les gens de
„ fa Nation une eftime dont je me
„ fçais bon gré, puifque les Ecoffois en
„ général font des gens pleins d'hon-
„ neur ; il n'eft prefque point de fa-
„ mille chez vous qui ne puiffe recla-
„ mer un des Héros de notre Hiftoire :
„ vous y avez les Douglas, les Gor-
„ dons, les Cambelles, les Hamil-
„ tons ; nous n'avons pas en Angle-
„ terre affurément des familles auffi
„ anciennes. Eft-il d'ailleurs un pays où
„ l'on reçoive une meilleure éduca-
„ tion que dans le vôtre ? j'ai connú
„ il y a quelques années un Quincail-
„ lier qui parloit auffi bien le Grec &
„ l'Hébreu que fa langue naturelle.
„ J'ai eu quant à moi un Valet Ecof-
„ fois, qui fe nommoit Grégoire, à
„ qui j'aurois confié aveuglement, &
„ fans compter tous les tréfors du
„ Pérou. „

Cet éloge de ma Patrie me toucha si fort le cœur, qu'en cet inftant j'aurois donné non-feulement tout mon argent, mais même tout mon fang pour le panégirifte. Strap étoit fi fort ému de fon côté qu'il ne put retenir fes larmes. Enfin nous apperçûmes dans une rue fort étroite un cabaret dans lequel nous entrâmes ; nous y vîmes un homme qui fumoit fa pipe. Notre conducteur nous demanda fi nous n'avions jamais mangé des œufs au *Slip* ; * lui ayant répondu que non, il dit qu'il vouloit nous en régaler, & nous en fit préparer un quarte ; il nous fit en même tems apporter des pipes & du tabac. Nous bûmes & nous mangeâmes de fort bon appétit ; nous nous amufâmes enfuite à caufer quelque tems. La converfation roula fur les piéges que l'on tendoit aux jeunes gens fans expérience, & aux Etrangers qui arrivent dans Londres. Il nous cita tous les différens tours que l'on

---

* Le *Slip* eft une liqueur compofée d'Eau-de-vie, & de fucre, dans laquelle on fait cuire des œufs ; elle eft fort comune en Angleterre.

joue tous les jours à ceux qui ne font
point fur leurs gardes ; & nous donna
de fi bons avis pour nous en garantir,
que nous bénîmes mille fois le Ciel
de nous avoir fait rencontrer un fi parfait honnête homme.

Après que nous eûmes bû & mangé
fuffifamment, notre bon ami fe mit à
bailler ; il nous dit qu'il avoit paffé
toute la nuit auprès d'un malade, &
propofa de nous amufer à quelque
chofe, pour l'empêcher de s'endormir. ,, Si nous étions quatre, dit-il,
,, nous ferions une partie de *Whift* ; *
,, mais malheureufement nous ne fom-
,, mes que trois, & c'eft le feul jeu que
,, fçache. Je m'amufe rarement à jouer
,, aux cartes, & cela ne m'arrive que
,, dans le tems où j'y fuis engagé par
,, complaifance, ou pour m'empêcher
,, de dormir comme aujourd'hui. ,, Je
ne jouois pas mal à ce Jeu de *Whift* ;
Strap s'en acquittoit affez bien de fon
côté ; c'eft pourquoi je ne pûs m'em-
cher de dire que j'étois fâché qu'il n'y

* C'eft un Jeu femblable à peu près au Qua-
drille.

eût pas un quatriéme. L'homme que
nous avions vû en entrant au coin du
feu, nous dit que sa pipe étant finie,
il feroit, si nous voulions, notre partie,
pourvû que nous ne jouassions point
trop gros jeu. Nous acceptâmes sa proposition avec plaisir : nous tirâmes les
cartes, il tomba mon associé. Nous
jouâmes à trois sols la partie ; notre
conducteur feignit de s'ennuyer du jeu ;
il étoit, disoit-il, en guigon, & proposa, si nous voulions continuer de
jouer, de changer d'associés, parce
que Strap, disoit-il, n'avoit pas plus
de bonheur que lui. J'acceptai la proposition d'autant plus volontiers que
les deux inconnus me paroissoient
jouer assez négligemment, & sans y
entendre de finesse. Je leur gagnai encore trente schelings en fort peu de
tems, parce qu'à mesure qu'ils per-
doient, ils doubloient le prix de la
partie ; mais bientôt la fortune nous
abandonna : nous perdîmes non-seulement tout notre gain, mais encore
quarante schelings en sus, sans nous
apperçevoir qu'on nous dupoit. Strap

n'étoit point du tout content, je ne
l'étois pas davantage que lui. Nos deux
fripons affectant le défintéreffement
de deux bons Joueurs, nous propofe-
rent de prendre notre revanche. Nous
acceptâmes la propofition, & nous
gagnâmes effectivement quelques fchelings, puis après nous reperdîmes :
nous nous rengageâmes de nouveau,
& regagnâmes quelque chofe. Strap
alors me confeilla de quitter le Jeu ;
mais l'un des Joueurs s'emporta contre la fortune qui me favorifoit : vous
avez, me difoit-il, plus de bonheur
que de fcience. Ce reproche me picqua ; je lui propofai de tenter encore
mon fçavoir faire, & de faire de fon
mieux pour me convaincre d'ignorance ; proteftant que je ne l'en croirois
pas fur fa parole. Il accepta le défi ; je
me rengageai de plus belle ; mais j'en
fus bientôt puni, en moins d'une heure
je perdis tout mon argent, fans en être
devenu plus fage ; car je priai Strap de
me prêter fix fols, pour faire un dernier effort : il eut la prudence de me
refufer abfolument. Cependant celui

dés deux efcrocs qui s'étoit introduit le
dernier dans notre compagnie, fortit
avec mon argent ; l'autre feignit de
compâtir à ma peine, & me tint ce
difcours. » Je prens infiniment part à
» votre malheur, & j'y remédierois de
» tout mon cœur, s'il étoit en mon
» pouvoir ; pourquoi diantre auffi
» vous entêter de la forte ? lorfqu'un
» Joüeur gagne, il doit pouffer fa chan-
» fe auffi loin qu'elle peut aller ; mais
» pour peu qu'elle lui tourne le dos,
» il ne doit point s'obftiner contre
» elle. Vous êtes jeune, à votre âge
» on n'écoute que fes paffions ; mais
» il faut apprendre à fe modérer. Au
» refte il n'eft point de meilleur maî-
» tre que l'expérience ; celle que vous
» venez de faire vous rendra plus mo-
» dérés l'un & l'autre. Mais pourtant,
» je ne fçais fi ce Monfieur, qui vient
» d'emporter votre argent, l'a gagné
» bien légitimement ; quoi, vous ne
» vous êtes pas apperçû des fignes
» que je vous faifois de quitter le Jeu ?
Je répondis que non : „ Comment
» non, reprit-il, vous étiez donc ter-

S iv

,, riblement préoccupé. Ce fripon,
après ce beau difcours, eut encore l'im-
pudence de venir me demander à l'o-
reille, ,, fi j'étois bien convaincu de la
,, probité du jeune homme qui étoit
,, avec moi ; qu'il lui avoit vû faire des
,, grimaces qui le lui rendoient fufpeſt
,, de mauvaiſe foi. Je lui proteſtai que
,, mon camarade étoit un fort hon-
,, nête garçon, & qu'il n'avoit jamais
,, mérité qu'on eût de pareils foupçons
,, fur fon compte ; & que les grimaces
,, qu'il lui avoit vû faire, provenoient
,, au contraire du chagrin qu'il avoit
,, de me voir perdre. En ce cas-là, re-
,, prit notre homme, je lui fais répara-
,, tion. ,, Il demanda enfuite à l'Hôte
combien il falloit pour notre dépenfe ;
le Cabaretier lui demanda 18 fols, qu'il
eut la générofité de payer à lui feul. Il
nous tendit la main, nous embraffa,
& nous dit en fe retirant qu'il ne manqueroit pas de chercher les occafions
de nous revoir.

CHAPITRE XV.

Réflexions de Strap sur l'indiscrétion de Roderik ; il lui donne sa bourse. Roderik se présente à M. Cringer, qui le recommande à M. Staytape. Portrait de M. Cringer & de M. Staytape. Un ami de Roderik l'instruit des moyens de s'avancer dans le Bureau de la Marine, & dans le College des Chirurgiens. Strap trouve une Boutique.

NOus retournions au logis ; Strap murmuroit le long du chemin : „ Nous voilà dans de beaux draps, „ disoit-il, Dieu nous fasse la grace de „ sortir bientôt de cette Ville maudi-„ dite ; il n'y a que quarante-huit heu-„ res que nous y sommes, & nous „ avons éprouvé déja quarante-huit „ mille aventures fâcheuses : on nous

,, a baffoués , vilipendés , infultés ,
,, couverts de fange , & fubmergés d'u-
,, rine ; & pour comble de maux on
,, nous a gagné notre argent : Dieu veuil-
,, le qu'il ne nous en coûte pas auffi
,, nos oreilles. Quant à l'argent ,
,, nous ne devons reprocher qu'à nous-
,, mêmes notre folie ; on a bien raifon
,, de dire qu'une once de prudence
,, vaut mieux qu'une livre d'or. Strap
prenoit mal fon tems pour me faire de
pareilles remontrances ; j'étois extrêmement de mauvaife humeur , & je
lui en voulois perfonnellement , parce
qu'il m'avoit refufé quelque argent ,
avec lequel j'étois perfuadé que j'aurois
réparé ma perte. Je le regardai fiere-
ment , & lui demandai ce qu'il entendoit par ce terme de folie. Strap qui n'é-
toit pas accoutumé à me voir prendre
un ton fi dur avec lui , refta tout interdit. Il me regarda quelque tems , &
m'affura du ton le plus affectueux que
ce qu'il difoit ne regardoit que lui ,
qu'il étoit trop touché de ma peine ,
pour vouloir l'augmenter par des reproches ; mais , ajouta-t'il , *nemo om-*

nibus horis sapit. Strap se tut après cela : nous arrivâmes au logis, sans nous parler davantage : Je me mis au lit dans un accablement affreux, avec la résolution de me laisser mourir de faim, plutôt que de rien demander à mon camarade pour subsister.

Strap qui connoissoit ma façon de penser, & qui étoit intimement touché de mon malheur, après avoir gardé quelque tems le silence, s'approcha de mon lit fondant en pleurs ; il me mit un bourse de cuir dans la main. ,, Qu'avez-vous donc, dit-il, mon cher ,, Roderik ? pouvez-vous agir de la ,, sorte avec moi ? douteriez-vous de ,, mon amitié ? vous seriez bien in- ,, juste. Tenez, voilà tout ce que je ,, posséde d'argent ; le Ciel me fera ,, la grace de m'en faire gagner, avant ,, que celui-ci soit dépensé ; sinon j'irai ,, mandier pour vous. Non je ne vous ,, quitterai jamais, j'aimerois mieux ,, mourir que de vous abandonner : ,, quoique je sois le fils d'un pauvre ,, Cordonnier, soyez persuadé que je ,, n'en ai pas le cœur moins bon qu'un

,, autre. ,, Je fus si touché des marques
d'amitié du généreux Strap, que je ne
pûs retenir mes larmes ; je les confon-
dis avec les siennes, en l'embraffant de
tout mon cœur : je trouvai deux demi-
guinées dans fa bourfe avec une demi-
couronne, que je voulus lui rendre.
lui difant qu'il en feroit un meilleur
ufage que moi ; mais il les refufa abfolument, parce qu'il étoit, difoit-il,
plus raifonnable & plus décent qu'é-
tant né ce que j'étois, je fiffe les hon-
neurs de notre bourfe, & que c'étoit
à lui de refpecter mes goûts & ma volonté.

Je fis encore quelque inftance pour
engager Strap à reprendre fon argent ;
mais enfin il me fallut céder à fa pref-
fante amitié. Nous apprîmes à notre
Hôte ce qui nous étoit arrivé, fans
lui dire cependant combien nos finances étoient diminuées. A peine eûmes-
nous achevé notre hiftoire, qu'il nous
dit que les deux inconnus avec qui
nous avions joué, étoient deux filoux,
qui s'étoient affociés pour nous duper,
que cet honnête homme prétendu,

dont nous lui vantions si fort la politesse & la probité, n'étoit autre qu'un
misérable escroc, qui ne vivoit que par
le talent honteux de duper les nouveaux débarqués ; qu'il les attiroit communément dans des lieux où il étoit
sûr de trouver quelqu'un de ses pareils
pour l'aider à les piller. Le bon homme nous raconta encore les histoires de
nombre de personnes qui avoient été
insultées & volées, & même tuées par
de pareils scélérats. Je ne pouvois concevoir, quoique j'en fusse convaincu,
la vérité de ce que me disoit notre
Mentor : Eh quoi, disois-je, peut-on
porter si loin la malice & la fourberie !
Strap levant les yeux & les mains au
Ciel, pria Dieu de le préserver de pareils embûches, ajoutant que le Diable avoit sûrement élû son domicile à
Londres. Notre Hôte nous demanda
ensuite quelle réception nous avions eu
de M. Cringer. Nous l'informâmes
de notre mauvais succès. Il nous dit
qu'il n'en étoit pas étonné, que nous
nous y étions mal pris ; mais que pour
réussir mieux, il falloit nous compor-

ter d'un autre façon. ,, Il n'y a rien à
,, faire, poufuivit-il, chez un mem-
,, bre du Parlement fans effufion d'ef-
,, péces ; les Domeftiques ont com-
,, munément la maladie du Maître :
,, ainfi pour être introduit chez votre
,, Patron, ne manquez pas de donner
,, un fcheling au moins au portier ,
,, fans quoi vous ne parviendrez jamais
,, à remettre votre Lettre. ,, Je fuivis
donc le lendemain cet avis ; dès que le
Portier m'eut ouvert, je lui gliffai un
fcheling dans la main, en lui difant que
j'avois une Lettre pour fon Maître.
Le moyen me réuffit ; il prit ma Lettre, me conduifit dans un Anticham-
bre, dans lequel il me dit d'attendre la
réponfe. J'y reftai trois quarts-d'heure
fans rien voir paroître. Pendant ce
tems je vis entrer & fortir de l'appartement plufieurs jeunes gens qui avoient
été mes camarades en Ecoffe : je leur
tournois le dos, pour que leur orgueil
n'infultât pas à ma mifere. M. Cringer fortit enfin pour reconduire un
jeune homme parfaitement bien mis ;
je le reconnus, c'étoit Gavky : M.

Cringer lui tendoit affectueusement la
main, & le prioit de lui faire l'honneur de venir dîner avec lui. Le Ma-
giftrat en rentrant me demanda ce que
je voulois ? Je lui dis que c'étoit moi
qui lui avois apporté la Lettre de M.
Crab ; il feignit d'avoir quelque peine à fe rappeller mon nom : je lui
dis que je m'appellois Roderik Random. Ha ! oui, dit-il, Roderik Random, je crois déja avoir connu quelqu'un de ce nom-là. Le bon M. Cringer n'avoit pas tort, il avoit fervi mon
grand-pere dans fa jeuneffe en qualité
de Valet-de-chambre. » Hé bien, mon
» enfant, me dit-il, vous vous propo-
» fez donc d'aller fur un Vaiffeau de
» guerre, en qualité de garçon Chi-
» rurgien ? Je répondis par une révé-
» rence très-refpectueufe. Cela ne fera
» pas aifé, continua M. Cringer ; il y
» a tant de garçons qui follicitent au Bu-
» reau de la Marine, que les Commif-
» faires, pour n'être point obligés d'en-
» regiftrer malgré eux, font contraints
» d'avoir une Garde ; cette précaution
» leur eft néceffaire auffi pour fe met-

» tre à couvert du reſſentiment de tous
» ceux qui ne feront pas admis. On va
» pourtant mettre quelques Vaiſſeaux
» en commiſſion, nous verrons alors
» ce que nous pourrons faire pour
» vous. » Cela dit, il me tourna le dos,
& rentra dans ſon appartement. J'é-
tois extrêmement piqué de la diſtinc-
tion que par ſa façon d'agir cet impertinent Parvenu mettoit entre Gavky
& moi; m'étant imaginé qu'il auroit
faiſi avec empreſſement l'occaſion de
prouver ſa reconnoiſſance des obligations qu'il avoit à ma famille.

Lorſque je fus de retour au logis,
j'appris avec un plaiſir inexprimable
que Strap, par les ſoins du Maître
d'Ecole, avoit trouvé une Boutique
dans le voiſinage, & que ſon Maître
lui donnoit cinq ſchelings par ſemai-
ne, outre le logement & la table. Je
continuai pendant quinze jours de
ſuite d'aller régulierement tous les
matins au lever de Mr. Cringer. Je fis
connoiſſance chez lui avec un jeune
homme de mon pays & de ma profeſſion, qui le follicitoit pour la même

me caufe. Ce jeune homme étoit admis dans le fecond anti-chambre, où
il y avoit toujours grand feu ; & dans
lequel on n'introduifoit que ceux qui en
impofoient par l'élégance de leur ajuftement. Pour moi, on ne me permit
jamais d'y pénétrer, fans doute à caufe de la médiocrité du mien ; qui à la
vérité n'étoit nullement du bon air.
J'étois donc obligé de me morfondre
dans le premier anti-chambre, en attendant M. Cringer, n'ayant d'autre
moyen pour me réchauffer que de
foufler dans mes doigts. Un jour que
j'avois commencé à entretenir M.
Cringer, on annonça la vifite de M.
Staytape. Mon Patron me quitta fur
le champ, pour courir au-devant de
lui, le falua profondément, & le prenant par la main, l'appelloit fon cher
ami ; il s'informa de la fanté de fa
femme & de toute fa famille. Après
bien des marques de politeffe, & de
déférence réciproques, M. Cringer
me préfenta à ce Monfieur, fur les
avis & les fervices duquel il me dit que
je pouvois compter ; & m'ayant don-

Tome I. T

né fon adreffe, il me dit que je pouvois déformais me difpenfer de venir
chez lui, puifque M. Staytape feroit
mon affaire. Le jeune homme de mon
pays avec qui j'avois fait connoiffance, fortit dans cet inftant, & me fui-
vit dans la rue ; il m'accofta poliment,
ce qui me furprit beaucoup, & me fit
concevoir de lui l'opinion la plus favorable, mon ajuftement n'allant point
de pair avec le fien : car il portoit un
Surtout de drap bleu avec des boutons
d'or, une vefte de foye verte riche-
ment galonnée, une culotte de ve-
lours noir, des bas de foye blancs, des
boucles d'argent, un chapeau bordé
d'or, une belle perruque à l'Angloife,
avec une épée d'argent doré, & un
jonc fuperbe qu'il tenoit dans fa main
gauche. » Je fuis fâché, me dit-il, de
» vous voir tant de confiance dans M.
» Cringer, & je veux vous donner des
» avis qui pourront vous être utiles,
» ayant été moi-même fecond Chirur-
» gien fur un Vaiffeau de foixante-dix
» piéces de canons. » Cet accueil m'infpira la plus grande confiance ; je fis

part sur le champ à cet obligeant
compatriote de mon projet, & de mes
espérances. Il haussa les épaules, & me
dit que l'année précédente il avoit été
dans le même cas que moi ; qu'il s'é-
toit long-tems reposé sur les promes-
ses de M. Cringer, & qu'en attendant
leur exécution, il avoit eu tout le tems
de manger son argent, & que quand il
avoit écrit à ses parens pour en avoir
d'autre, il en avoit reçu pour toute
réponse des reproches & des menaces ;
que pour réussir au Bureau de la Marine, il avoit fallu mettre quelques-
unes de ses hardes en gage, au moyen
de quoi on lui avoit prêté de quoi faire
un présent au Sécretaire du Ministre,
qui lui avoit expédié une commission
sur le champ, quoique la matin du
même jour il lui eût assuré qu'ils n'y en
avoit point de vacante. Que par ce
moyen il avoit monté pendant neuf
mois un Vaisseau qui venoit d'être mis
hors de commission, & que le lendemain on en devoit payer tout l'équipage à *Broad-Street*. Que ses parens,
avec qui il s'étoit réconcilié depuis,

exigeoient de lui, qu'il rendît régulierement ses devoirs à M. Cringer, qui
leur avoit écrit que 'c'étoit par sa protection seule qu'il avoit obtenu cet emploi ; que pour les satisfaire il s'assujet-
tissoit à rendre visite à ce prétendu Protecteur , quoiqu'il fût convaincu qu'il
n'étoit nullement en état de lui rendre
service.

Mon compatriote me demanda ensuite, si j'avois subi mes examens au
Collége des Chirurgiens ; je lui répondis que je ne sçavois pas seulement
que cela fût nécessaire. » Nécessaire,
» s'écria-t-il ! Hé bon Dieu, mon cher,
» je vois bien qu'il faut que je vous en
» instruise ; venez avec moi , je vous
» apprendrai tout ce qu'il faut faire. »
Je le suivis, il me mena dans un cabaret , fit apporter de la bierre , du
pain & du fromage pour notre déjeuner , & me dit ensuite qu'il falloit
d'abord me faire enregistrer au bureau
de la marine, demander au Commissaire une lettre pour le College des
Chirurgiens, pour m'y faire examiner,
que les Examinateurs ensuite me don-

neroient une atteftation pour la rapporter aux Commiffaires ; que le Se-
cretaire l'ouvriroit & me diroit le contenu , après quoi je n'aurois plus qu'à
folliciter pour être employé le plutôt
qu'il feroit poffible.

Il me dit encore que le prix de l'atteftation d'un fecond Chirurgien d'un
vaiffeau du troifiéme rang étoit de treize fchelings , outre les droits pour la
place , qui étoit d'une guinée & d'une
demi-couronne , fans compter le préfent qu'il falloit néceffairement faire
au Secrétaire , & qui ne pouvoit être
au-deffous de trois livres fterlins. Ce
borderau me fit trembler ; tout mon
argent confiftoit en douze fchelings ;
je le dis à mon nouvel ami, il entra dans
ma peine ; mais en même tems il me
dit de prendre courage , que la tendre
amitié qu'il avoit conçue pour moi , le
détermineroit à tout faire pour m'obliger , que pour le préfent , il n'avoit pas
le fol ; mais que le lendemain matin
il devoit recevoir une affez bonne
fomme qui lui étoit dûe au bureau de
de la marine , & qu'il m'en prêteroit

une partie pour me mettre en état de réuſſir. Ce trait généreux me toucha ſi fort , que je crus devoir prévenir le bienfait par les témoignages de ma re-connoiſſance ; j'ouvris ma bourſe, & le priai d'uſer du peu d'argent qui me reſtoit, comme d'un bien qui lui ap-partenoit. Mon généreux compatriot-te refuſa d'abord : je le preſſai de nou-veau ; & par complaiſance il voulut bien me prendre cinq ſchelings , en me diſant, qu'il les acceptoit pour ne point me déſobliger par un refus, ajou-tant qu'il n'avoit qu'à faire un pas pour en trouver , & que dans tous les quar-tiers de la Ville il connoiſſoit des gens diſpoſés à lui prêter ; mais qu'il n'iroit point chez eux pour n'avoir point le chagrin de me quitter, & vou-loit avoir le plaiſir de paſſer la jour-née avec moi , afin de me mettre en état par ſes conſeils de me paſſer de M. Cringer , qui pouvoit beaucoup moins pour moi que ce Tailleur au-quel il m'avoit recommandé. Com-ment donc m'écriai-je, avec ſurpriſe, ce M. Staytape eſt un Tailleur ! » Sans

» doute, me répondit-il, & malgré la
» baſſeſſe de ſon état, il peut mieux
» vous ſervir que M. Cringer lui-mê-
» me ; le moyen de vous introduire
» chez lui, c'eſt de lui parler de politi-
» que, de nouvelles & de révolutions,
» vous pouvez à ce prix lui gagner ſi
» bien le cœur, qu'il ne vous refuſera
» rien à crédit, & vous fournira d'ha-
» bits de quelque qualité que vous les
» ſouhaitiez. » Je dis à mon compa-
triotte que j'ignorois abſolument tout
cela, & que ſi quelque choſe me piquoit, c'étoit de n'avoir pas prévenu le compliment excluſif de M.
Cringer, chez qui je me promettois
bien de ne jamais remettre les pieds
en quelque ſituation que je me trou-
vaſſe. Le ſoir vint cependant, il
fallut me ſéparer de ma nouvelle connoiſſance ; nous nous donnâmes rendez-vous le lendemain, & nous nous
quittâmes, après nous être cordialement embraſſés ; j'allai ſur le champ
trouver Strap, je lui contai tout ce qui
m'étoit arrivé dans la journée. Il me
blâma très-fort d'avoir prêté mon ar-

gent à un homme que je ne connoiffois pas , ayant été trompé déja par
des apparences plus féduifantes. » Si
» cependant , ajouta-t-il , votre Dé-
» biteur eft Ecoffois , nous n'avons
» rien à craindre. »

CHAITRE XVI.

L'Ecoffois manque à fon rendez-vous.
Roderik eft obligé d'aller feul au
Bureau de la Marine. Un Poftu-
lant le met au fait. On lui donne
une lettre pour le Collège des Chi-
rurgiens. Il rencontre fon Débiteur
qui lui fait confidence de fes amours
& qui veut l'engager à mettre fon
linge en gage pour lui faire plai-
fir. Roderik le refufe. Judicieufes
réflexions de Strap fur l'état mi-
litaire.

L E lendemain matin je me trouvai
au rendez-vous que j'avois avec
le Chirurgien Ecoffois ; j'attendis deux
heures

heures sans qu'il parut; j'étois extrêmement en colere, je me mis à parcour-
rir toute la Ville, pour tâcher de le
rencontrer, & le punir de sa fourberie; j'arrivai par hazard au bureau de
la Marine. Je vis une troupe de jeunes
gens qui se promenoient devant la
porte, dont la plûpart n'étoit pas
mieux équipée que moi, j'examinai la
phisionomie de chacun d'eux; il y en
eut un dont la figure m'inspira plus de
confiance que tout autre; je m'approchai de lui, & le priai de m'instruire
dans quelle forme on devoit dresser la
requête que l'on présentoit au bureau
pour être renvoyé à l'examen; le Can-
didat me répondit en pur Ecossois que
je n'avois qu'à copier celle qu'il avoit
écrite pour lui-même, sous la dictée
d'un autre, qui en sçavoit parfaitement
les formalités. Il la tira de sa poche pour
me la faire lire, & me dit qu'il falloit
que je la présentasse au bureau avant
midi, parce que l'on ne faisoit au-
cunes expéditions passé cette heure. Il
vint donc avec moi dans un Caffé voisin; j'écrivis ma requête, & la remis

Tome I.   V

conjointement avec lui, à un Commis,
qui nous dit de revenir chercher nos
ordres le lendemain à la même heure.
Cette affaire faite, je commençai à
concevoir quelques espérances favora-
bles, ce qui calma une partie de mes
inquiétudes : j'étois pénétré de reconnoissance des politesses que j'avois re-
çues de ce jeune Ecossois à qui je m'é-
tois adressé; je résolus de me lier plus
particulierement avec lui, bien disposé
cependant à me tenir si bien sur mes
gardes que je n'en fusse point la dupe,
sur-tout quant à la bourse ; les deux
épreuves que j'avois faites m'avoient
enfin rendu défiant, celle sur-tout du
Chirurgien petit-maître me revenoit
dans l'esprit ; j'engagai le jeune Ecossois à venir dîner avec moi dans mon
Auberge : il me fit passer en y allant
par un jeu de boule, je m'y arrêtai pendant quelque tems pour voir si je n'y
verrois point venir mon escroc ; mais
il ne parut point. Comme mon Auberge étoit à l'autre bout de la Ville,
j'eus le tems de conter chemin faisant au jeune Ecossois le tour qu'il

m'avoit joué. Il me dit, qu'il le connoiffoit parfaitement , qu'il fe nommoit Jackfon, que c'étoit au moins
le nom qu'il avoit pris au bureau de
la Marine , qu'il avoit la réputation
d'un patelin des plus rafinés , qu'il em-
pruntoit fans fcrupule de l'argent à toutes mains , qu'il n'étoit jamais en état
de rendre , n'en ayant jamais affez
pour fes plaifirs ; qu'au refte quelques
perfonnes qui le connoiffoient plus à
fond, lui avoit dit qu'il avoit beaucoup
d'efprit, & de capacité & le cœur même
affez bon , mais qu'il étoit extrêmement fourbe & madré. Ce portrait
me fit craindre pour ma dette , que je
me promettois cependant bien de recouvrer, fi je rencontrois mon débiteur.

Le jeune Chirurgien me dit encore que Jackfon ayant tout diffipé, &
n'ayant aucune reffource pour s'équi-
per des chofes néceffaires à fon emploi fur mer , avoit été obligé de traiter avec un Ufurier , qui lui avoit fait
figner un teftament ou contrat d'a-
bandonnement, par lequel il donnoit

V ij

à cet ufurier une hypotéque formelle
fur fa paye, qu'il toucheroit à fa place
dès qu'elle feroit échûe, ainfi que de
tous fes effets dont il le faifoit héritier
en cas de mort, & que ce charitable
Juif lui avoit envoyé quelques petits
fecours d'argent fur ces deux piéces de
précaution, à raifon de cinquante pour
cent d'intérêt ; que pour le préfent il
étoit prefque obligé de vivre d'intrigue, fes fonds ne fuffifant pas actuelle-
lement pour acquitter l'intérêt des em-
prunts qu'il avoit déja faits. Thomfom
après cette entretien fur Jackfon, me
parla de ce qui le regardoit ; il me
dit que depuis quatre mois ou environ
on l'avoit jugé capable d'occuper une
place de fecond garçon Chirurgien
d'un Vaiffeau du troifiéme rang ; que
pendant tout ce tems il avoit été ba-
lotté d'un protecteur à l'autre, & que
malgré les promeffes d'un Membre du
Parlement d'Ecoffe, & d'un Commiffaire de la Marine, il avoit eu la
mortification de voir paffer avant lui
cinq ou fix perfonnes bien poftérieures
endatte ; que n'ayant prefque plus d'ar-

gent, il ne fondoit son espoir que sur
le secours d'un ami qui devoit arriver
incessamment à Londres, & duquel il
comptoit recevoir quelqu'argent, pour
en faire présent au Secrétaire du Ministre ; & qu'il étoit convaincu que
sans cette formalité préalable, il solli-
citeroit en vain cent ans pour être employé. La conformité de notre situation m'intéressoit pour Thomsom,
(c'est le nom du jeune Ecossois,) il
m'avoit inspiré une sincere amitié.
Nous passâmes la journée ensemble,
nous vêcûmes à mon Auberge, & je
l'engageai à venir coucher avec moi.
Nous retournâmes le lendemain ensemble au Bureau de la Marine ; nous
parûmes devant le Secrétaire, qui en-
registra mon nom, le lieu de ma naissance, & celui de l'Université dans laquelle j'avois étudié. Il me donna ensuite une Lettre pour la remettre aux
Chirurgiens examinateurs. Je payai
de droits une demi-couronne entre les
mains du Commis qui me la délivra ;
je lui donnai aussi un scheling pour frais
d'enregistrement. Tout mon avoir se

trouva réduit pour lors à deux fchelings.
Loin d'être en état de payer les droits
de l'examen au College des Chirurgiens, il ne m'en reftoit pas affez pour
fubfifter une femaine. Dans cette
perplexité j'allai confier ma trifte fituation au généreux Strap, qui me pria
de ne m'inquiéter de rien, & m'affura
qu'il mettroit plutôt fes rafoirs en gage que de me laiffer manquer de la
moindre chofe. J'étois pénétré de plus
en plus des marques d'amitié de mon
officieux camarade ; je lui dis que je ne
voulois pas abufer de fes bontés, &
que puifque je ne pouvois pas efpérer
de me faire un fort plus avantageux, j'é-
tois déterminé à me faire Soldat. Strap
frémit à ce mot, & devint pâle comme
la mort; il m'embraffa tendrement, fe
jetta à mes genoux, & me pria les larmes aux yeux de renoncer à ce projet.
» Y penfez-vous, me dit-il, mon cher
» ami ? fongez-donc que nous allons
» avoir la guerre, & que peut-être on
» vous enverra fervir contre les Fran-
» çois qui vous tueront comme un la-
» pin; que le Ciel nous préferve toute

» notre vie de falpêtre & de plomb,
„ & nous faffe la grace de mourir
„ dans notre lit en bon Chrétien,
» comme ont fait mon pere & mon
» grand-pere ; je n'ai point de goût
» pour les morts fubites. Toute la gloi-
» re du monde pour moi ne vaut pas
» la perte d'un petit doigt ; je veux
» avoir le tems de faire mon acte de
» contrition, fans aller comme un
» fou m'expofer à périr d'un coup de
» moufquet, à la fleur de mon âge, &
» dans le tems que j'y penferois le
» moins. Croyez-vous que ce parti
» puiffe faire votre fortune ? & quand
» cela feroit, mon cher ami, ne feroit-
» elle pas achetée trop cher, par les
» dangers auxquels vous feriez expofé.
» Les richeffes ont des aîles, dit le fa-
» ge, elles fe diffipent. Rappellez-
» vous ce que dit Horace à ce fujet :

Non domus, aut fundus, non æris acervus &
        auri.
Ægroto Domini deduxit corpore febrim,
Non animo curas.

» Combien n'aurois-je pas à vous citer

» d'Auteurs pour vous prouver que
» vous auriez tort de prendre ce parti ;
» mais ce n'eſt pas la peine. J'ai pour-
» tant à vous dire que ſi vous vous fai-
» tes ſoldat, je ferai la même ſottiſe,
» que ſi nous ſommes tués, vous ré-
» pondrez de ma mort devant Dieu,
» auſſi-bien que de la vôtre, & peut-être
» de celle de tous les malheureux que
» nous tuerons dans une bataille. Ainſi
» contentez - vous des ſecours que je
» vous offre, en attendant ceux de la
» Providence, ſinon vous me verrez
» ſuivre votre déſeſpoir, & plonger
» avec vous mon ame & mon corps
» dans une perdition éternelle, dont je
» prie Dieu cependant de nous préſer-
,, ver. ,, Quoique je fuſſe pénétré, je
ne pûs m'empêcher de rire du ton avec
lequel le pauvre Strap me haranguoit :
je lui promis de ne rien faire ſans le
conſulter & ſans ſon aveu. Ma pro-
meſſe le conſola ; il me dit que dans
deux jours il me remetteroit ſes gages
de la Semaine. Il me conſeilla en même tems de faire enſorte de rencontrer Jackſon, & de le forcer à me ren-

dre ce que je lui avois prêté. Je courus
la Ville pendant plusieurs jours dans
cette intention, sans pouvoir rien apprendre de certain à son sujet ; mais
un jour qu'après avoir bien couru,
un extrême appétit me fit descendre
dans une gargotte souterraine, comme à mon ordinaire, je fus fort étonné d'y trouver Jackson, qui dînoit
tête-à-tête avec un Valet-de-pied. Dès
qu'il me vit il se leva, me prit par la
main, & me dit qu'il étoit ravi de me
voir, parce qu'il avoit intention de me
rendre visite l'après-midi. J'étois charmé de cette rencontre, & la maniere
persuasive dont il s'excusa, triompha
tout-à-fait de mon ressentiment. Je
m'assis pour dîner, & je me flattai que
non-seulement Jackson me rendroit
ce qu'il me devoit avant que nous nous
séparassions, mais encore qu'il me
prêteroit l'argent nécessaire pour sub-
venir aux frais de mon examen. Je dî-
nai de fort bon appétit auprès de lui,
il paya mon écot, prit ensuite congé
du Valet-de-pied, & sortit avec moi.
Nous entrâmes ensemble dans un Ca-

baret à bierre ; nous fîmes apporter un
demi-pot, & nous liâmes converfation.
,, Vous me regardez fans doute, me
,, dit-il, M. Random, comme un hom-
,, me fans parole, j'avoue que les ap-
,, parences font contre moi ; mais je
,, fuis certain que vous changerez d'o-
,, pinion , quand vous fçaurez le mo-
,, tif qui m'a empêché de vous la te-
,, nir. A peine vous ai-je eu quitté
,, que j'ai reçû un billet d'une Dame
,, qui... on peut fe confier à vous fans
,, courir aucun rifque ? Apprenez-
,, donc un fecret qui va vous éton-
,, ner ; je fuis fur le point d'époufer
,, une Dame riche de vingt mille li-
,, vres fterlings, outre fes efpérances ;
,, je vous avoue que le penchant de
,, cette femme pour moi me paroît
,, bien fingulier : je ne fçais pas où
,, Diable elle eft allée fe perfuader que
,, je fuis aimable : au refte les femmes
,, ont des caprices ; mais les gens fen-
,, fenfés fçavent en profiter. Vous
,, avez bien vû ce Valet-de-pied qui
,, dînoit avec nous ? c'eft un de ces
,, honnêtes jeunes gens, qui portent la

» livrée pour leur plaiſir, & pour paſ-
» fer le tems ; c'eſt par ſon moyen que
» j'ai été introduit chez la Dame en
» queſtion : ils ont tous deux bien eu
» de mon argent ; mais je ne dois pas
» regretter ma dépenſe, elle m'a Dieu
» merci profité : maintenant je.... re-
» culons-nous un peu, de peur qu'on
» ne nous écoute.... je lui ai propoſé
» de m'épouſer, elle y conſent, & le
» jour eſt fixé. C'eſt une femme char-
» mante, elle écrit comme un Ange ;
» elle a autant de mémoire que de ta-
» lens, & ſçait par cœur toutes les
» Tragédies Angloiſes, elle les ré-
» cite auſſi bien que les meilleures
» Actrices de *Drury-lane*. Elle aime
» paſſionnément les Spectacles ; de
» façon que pour être plus près du
» Théâtre, elle a pris ſon logement
» dans la Place. Vous allez juger
„ de ſon eſprit par cette Lettre que
„ j'ai reçue d'elle. „ Jackſon me pré-
ſenta alors une miſſive dont la ſuſcrip-
tion étoit.

AU MORTEL LE PLUS DIGNE
DE MON CŒUR.

» Je ne penfe plus qu'à vous, mon
» cher Jackfon, vous êtes l'unique ob-
» jet qui m'occupe ; mon cœur
» palpite , un doux frémiffement
» le faifit à votre fouvenir ; lorf-
» que Morphée profitant des ombres
» de la nuit répand fes pavots favo-
» rables fur les yeux fatigués de l'Uni-
» vers ; quand le blond Phœbus for-
» tant du fein de Thétis, & fuivant les
» pas de la vigilante Aurore, fur fon
» char tout éclatant , vient ren-
» dre la lumiere au monde , je vois tou-
» jours l'aimable, le fpirituel, le ga-
» lant, le brave, le généreux Jackfon.
» Que je foupire ardemment après no-
» tre himénée ! les jours font pour
» moi des années, & les femaines font
» des fiécles. Dieu d'amour ! non, tu
» n'auras plus de charmes pour moi,
» tant que l'unique objet de mes vœux
» ne viendra point jouir de tes dou-
» ceurs dans les bras de fa fidelle
» CLAYRENDER. »

Je lifois cette Lettre à demi - voix,
Jackfon s'extafioit à chaque mot, il
frottoit fes mains, & paroiffoit animé
de la joye la plus vive. ,, Eh bien, mon-
,, cher, me dit-il en me claquant dans
,, la main, voilà du ftyle que cela ! que
,, penfez-vous de ce Poulet ? Je lui répondis qu'il étoit fi merveilleux, que je
n'y avois rien compris, fi ce n'étoit la
derniere phrafe qui m'avoit paru peu
fcrupuleufe. ,, Bon, bon, me dit-il,
,, vous n'y penfez pas, cette Lettre eft
,, auffi tendre que fublime; en vérité
,, cette femme a bien de l'efprit ! il
,, fant l'avouer c'eft une créature divi-
,, ne, elle m'enchante; mais ce qu'il y
,, a de mieux, c'eft qu'elle m'aime....
,, mais à l'adoration !... Voyons main-
,, tenant que je me confulte fur l'ufa-
,, ge que je ferai de fon bien; d'abord
,, je veux vous... mais non, je ne
,, veux vous rien promettre, car vous
,, ne m'en croiriez point, je vous ai
,, déja manqué de parole, les effets
,, parleront. Me confeillez-vous, con-
,, tinua Jackfon, d'acheter quelque
,, charge, ou d'employer mon argent

„ en bien-fonds, comme des Terres
„ que j'irois faire valoir moi-même,
„ en me retirant pour toujours à la
„ Campagne ? „ Je lui répondis qu'-
ayant couru le monde comme il avoit
déja fait, il ne pouvoit prendre un parti plus fage : je m'étendis fur les agrémens de la vie champêtre ; je lui ci-
tai tous les Poëtes Grecs, Latins &
Anglois qui en avoient parlé. Il parut
fe rendre à mon avis, & me dit
que quoiqu'il eût vû une grande partie
de l'Univers, tant par terre que par
mer, ayant croifé pendant trois mois
dans la Manche, il ne feroit pas content qu'il n'eût fait le voyage de Fran-
ce ; qu'il comptoit y mener fa femme
avec lui, avant que de prendre le parti
que je lui confeillois. J'approuvai fon
projet, je lui demandai s'il comptoit
que ce mariage dût fe terminer bien-
tôt. „ Il fe feroit dès demain, me dit-
„ il, s'il ne me manquoit quelqu'ar-
„ gent dont j'ai befoin, pour plufieurs
„ emplettes, & pour les frais de cer-
„ taines formalités préliminaires. Un
„ de mes amis, fur lequel je comp-

,, tois beaucoup, est malheureusement
,, absent depuis trois semaines, & ne
,, sera à Londres que dans huit jours ;
,, j'ai manqué l'instant de ma paye à
,, *Broad-Street*, pour m'être amusé
,, une demi-heure de trop chez ma
,, prétendue ; mais il y aura un paye-
,, ment à *Chatam* la semaine prochai-
,, ne, où l'on doit envoyer les comp-
,, tes du Vaisseau : j'y ai chargé un
,, ami de ma quittance, qui voudra
,, bien recevoir pour moi. Eh bien,
,, lui dis-je, consolez-vous, votre ma-
,, riage n'étant retardé que de huit
,, jours, ce n'est pas un grand malheur.
,, Si fait vraiment, me dit-il, j'ai nom-
,, bre de Rivaux, qui tireront avanta-
,, ge comme moi de ce retardement :
,, il n'est pas décent que j'avoue que
,, c'est faute d'argent que je ne conclus
,, point cet affaire, & si je ne l'avoue
,, point, on m'accusera de froideur &
,, d'indifférence, & ce seroit encore
,, pis. ,, Je convins avec Jackson qu'il
avoit raison, & lui demandai comment il comptoit se tirer d'affaire.
,, Ma foi, dit-il en se frottant le front,

„ je n'en fçais trop rien ; je voudrois
„ trouver quelque ami qui me rendît
„ fervice: ne connoîtriez - vous per-
„ fonne qui foit en état de me prêter
„ de l'argent pour un jour ou deux ? Je
„ l'affurai que je ne connoiffois per-
„ fonne à Londres, & que je n'y trou-
„ verois pas une guinée de crédit ,
„ quand bien même ma vie en dépen-
„ droit. Cela eft trifte, reprit Jackfon ;
„ je voudrois avoir quelque chofe à
„ mettre en gage ; mais diantre, vous
„ avez-là de beau linge ; (il touchoit
„ alors mes manchettes) combien avez
„ vous de chemifes de cette efpece ? Je
lui répondis que j'en avois fix garnies,
& fix qui ne l'étoient point. „ Mais
„ vous n'y penfez pas, me dit-il d'un
„ air étonné, à quoi bon tant de che-
„ mifes, le plus riche des Chirurgiens
„ de cette Ville n'en a que quatre ;
„ pour moi je n'en ai que deux, que
„ je porte alternativement. Il ne tient
„ qu'à vous d'avoir de l'argent fans vous
„ incommoder ; défaites-vous de votre
„ fuperflus ; autant que je puis m'y
„ connoître , chacune de ces chemifes

,, mifes vaut dix-huit fchelings comme
,, un denier, mettez-les en gage pour
,, la moitié du prix ; huit fois huit font
,, foixante-quatre, c'eft-à-dire trois li-
,, vres fterlings quatre fchelings. ,, Je
,, n'entrai point dans l'examen du cal-
,, cul de mon homme, qui malgré tous
,, fes difcours n'eut pas pour cette fois
,, le talent de me féduire. ,, Doucement
,, doucement, lui dis-je, M. Jackfon, ne
,, difpofez pas, s'il vous plaît, de mon
,, linge fans mon aveu ; payez-moi
,, d'abord la demi-couronne que vous
,, me devez, & nous parlerons après
,, cela d'autres chofes. Il me protefta
qu'il n'avoit pas davantage qu'un
fcheling dans fa poche, mais que
fi je voulois mettre pour lui mes chemifes en gage, il commenceroit par me
payer ce qu'il me devoit : cette impertinente propofition m'échauffa ; je lui
dis refolument qu'il falloit me payer,
& que je ne le quitterois point que
cela ne fût fait, quant à mes chemifes
que je n'en mettrois pas une en gage pour le tirer du gibet. Jackfon
prit la chofe en riant, enfuite il me

Tome I.   X

dit d'un ton séducteur qu'il étoit bien
dur pour lui que son meilleur ami
lui refusât une bagatelle qui le mettroit
en état de faire sa fortune & la mienne.
„ Comment ne rougissez-vous pas,
„ poursuivis-je, de me proposer de
„ mettre mes chemises en gage ? Que
„ n'y mettez-vous vous-même votre
„ épée, il n'est pas douteux que vous
„ en auriez davantage. Y pensez-vous,
„ me dit-il ? Pourrois-je après paroî-
„ tre décemment sans épée ? Sans cela,
„ croyez-vous que j'eusse balancé à
„ le faire. Jackson ne gagna rien, je
ne fus point touché de son scrupule,
& m'obstinai à garder mon linge,
& mon homme déterminé par mon
conseil me mit son épée entre les mains
& me montrant une maison dont
l'enseigne étoit aux *trois Renards*,
il me pria de l'y porter sans le nom-
mer. Je voulus bien lui rendre ce service ; j'entrai dans la boutique de l'u-
surier, je lui demandai deux guinées
à emprunter qui lui feroient rendues
dans un tems prescrit par celui à qui
elle appartenoit, & qui se nommoit

Thomas Villiams. ,, Deux guinées !
,, s'écria l'usurier en regardant l'épée.
,, Ho ! je la reconnois, elle a été ici
,, dix fois pour trente schelings. Com-
,, me je crois que la personne à qui
,, elle appartient la retirera dans peu,
,, je veux bien lui prêter les deux gui-
,, nées. Il me les donna en effet, &
je les portai sur le champ au cabaret
où j'avois laissé Jackson : je lui comp-
tai trente-sept schelings, & je retins
les cinq qu'il me devoit. Il compta son
argent. Comment, me dit-il, ,, est-
,, ce que l'on ne vous a pas donné
,, votre compte … Ah ! Je n'y pensois
,, pas. Vous avez apparemment rete-
,, nu les cinq schelings que je vous dois ?
,, Vous m'auriez fait plus de plaisir de
,, prendre la guinée toute entiere ;
,, car dès que j'entame une piéce, je
,, ne sçais ce qu'elle devient. Je le remerciai en lui disant qu'il suffisoit de
ce qui m'étoit dû, & que je ne voulois pas lui rien devoir, parce que je
ne sçavois comment je pourrois m'acquitter. ,, Que de façons, me dit-il.
,, doit-on entre amis en agir de la

,, forte? Est-ce que lorsqu'on est dans le
,, besoin, on doit se faire un scrupule
,, d'emprunter ? On restitue quand on
,, est en état de le faire. Allons allons
,, rendez-moi vos cinq schelings, &
,, acceptez cette demi-guinée que je
,, vous offre, & vous me la rendrez
,, quand vous pourrez ; point de scru-
,, pule, je ne vous en parlerai jamais.
J'hésitois à accepter cette offre généreuse, qui dans Jackson paroit
moins de l'envie d'obliger que de
celle de dépenser de l'argent. Je me
rendis enfin en l'assurant de la plus parfaite reconnoissance. Il voulut me mener au spectacle, après quoi nous nous
séparâmes : je retournai chez moi avec
une bien meilleure opinion sur le compte de ce jeune homme que je n'a-
vois le matin. Je racontai mon aventure à Strap qui m'en félicita. ,, Je
,, vous l'avois bien prédit, me dit-il,
,, que si c'étoit un Ecossois, nous n'a-
,, vions rien à craindre. Qui sçait si le
,, mariage ne peut pas nous faire notre
,, fortune à tous? Vous avez sans doute
,, entendu conter l'histoire d'un jeune

,, homme du païs qui, quoique garçon
,, Boulanger n'a pas laissé de faire en
,, cette ville une fortune considéra-
,, ble par un mariage de cette espé-
,, ce. Il va, dit-on, dans un beau &
,, bon carosse ; mais moi qui vous par-
,, le ... oh ! je ne veux rien dire, sinon
,, qu'hier matin étant à raser un Mon-
,, sieur chez lui, j'ai vû une jeune De-
,, moiselle extrêmement jolie, laquelle
,, a décoché tant d'œillades à quelqu'un
,, que je nommerai pas ... mon cœur
,, en a tellement été émû ... mais telle-
,, ment que la main m'en trembloit,
,, aussi j'ai eu le malheur d'entâmer
,, le nez du Monsieur que je rasois.
,, Ce qui l'a mit dans une si grande
,, colere contre moi, qu'il a voulu me
,, donner des coups de canne ; mais
,, cette aimable Demoiselle l'a appai-
,, sé. *Omen haud malum* ? Est-ce qu'un
,, garçon Perruquier ne vaut pas bien
,, un garçon Boulanger. Je soutiens
,, moi qu'il est beaucoup au-dessus. Le
,, Boulanger use de farine pour le ven-
,, tre, mais le Perruquier pour la tê-
,, te, *atqui* la tête est plus noble que

„ que le ventre, *ergo*, le Perruquier eſt
„ plus noble que le Boulanger. Qu'eſt-
„ ce en effet que le ventre ſans la tête :
„ on m'a dit outre cela que ce for-
„ tuné mitron ne ſçavoit ni lire ni écri-
„ re ; vous ſçavez que je ſcais tous les
„ deux , outre cela je ſçais le latin. J'ai
„ donc tout lieu d'eſpérer que … mais
„ je me tais; car vous vous imagine-
„ riez que j'ai de la vanité, je vous ré-
„ pons du contraire ; l'orgueil me dé-
„ plaît à la mort, je ne ſçache rien de
„ plus préſomptueux. Strap en diſant
„ cela tira de ſa poche un petit bout
„ de chandelle avec lequel il redreſſoit
„ ſon toupet ſur celui de ſa perruque.
Je ne m'étois pas encore apperçu du
ſoin qu'il commençoit à prendre de
ſon ajuſtement & de ſa figure. Je le
parcourois des yeux , & l'en félicitai
par un ſourire malin qu'il entendit à
merveille. Vous ne me croyez pas,
me dit-il. Mais vous verrez quelques
jours … Vous verrez … .

CHAPITRE XVII.

Examen de Roderik au collége des Chirurgiens. Dispute entre les Examinateurs. Déguisement de Jackson. Motif qui y donne lieu. Il est découvert. Il court risque d'être envoyé à Bridewell.* Partie nocturne de Roderik avec lui. Ils font menés par le Guet devant le Juge de Paix.

STRAP, qui sembloit n'exister que pour moi, me remit avant de fortir tout l'argent qu'il avoit gagné dans la femaine, ce qui me conferva ma demi-guinée entiére jufqu'au jour de l'examen. Je partis pour aller au collége des Chirurgiens fubir mon examen ; le cœur me palpitoit en chemin, j'y arrivai cependant, & me promenai pendant quelque tems fous le veftibule de la falle avec un grand nombre de jeunes poftulans comme moi.

* Maifon de force.

j'apperçus parmi eux Jackson. J'allai le joindre, & lui demandai des nouvelles de ses amours ; il me dit qu'il n'étoit pas plus avancé que lorsqu'il m'avoit vû, son ami n'étant pas encore revenu, & le payement de *hatam* étant rétardé, ce qui l'empêchoit de conclure son affaire. Je lui demandai quelle affaire l'amenoit au Collége, il me répondit qu'il vouloit mettre deux cordes à son arc, afin que si l'une lui manquoit, il pût se servir de l'autre, & qu'il comptoit mettre sur la brune ses talens à profit. Nous étions encore à parler ensemble lorsque nous vîmes sortir de la salle de l'examen un recipiendaire dont le visage étoit pâle comme la mort : il étoit outre cela tout en sueur. Il avoit le regard effaré comme s'il eût vû quelque phantôme : nous l'entourâmes aussi-tôt pour lui demander quelles étoient les formalités qu'il avoit essuyées ; il nous détailla les demandes & les réponses : nous en consultâmes successivement une douzaine d'autres qui nous firent le même plaisir. L'Huissier m'appella

à la fin d'un ton qui me fit trembler;
il me sembloit que j'entendisse la trom-
pette du jugement. J'entrai donc en
tremblant dans une vaste salle où je
vis une douzaine de visages graves
simétriquement arrangés autour d'une
grande table. Un des Examinateurs
m'ordonna de m'avancer d'un ton
si rauque, que j'en perdis presque tout
sentiment: il me demanda d'abord d'où
j'étois ; je lui répondis que j'étois
Ecossois. » Ecossois, reprit-il, aigre-
» ment, je m'en doutois bien. Nous
» ne voyons plus que de ces gens là. Il
» en vient tout autant ici nous ac-
» cabler qu'il y a eu autrefois de sau-
» terelles en Egypte. Dites-moi donc
» de quelle Province, de quelle Ville
» ou Village êtes-vous né. Je satisfis
» à ses questions. Combien, continua-
» t'il, avez-vous été de tems en ap-
» prentissage ; je répondis que j'y avois
» été trois ans. En vérité, en vérité,
» dit-il avec transport, je n'y conçois
» rien. Comment peut-on envoyer à
» l'examen de jeunes gens si neufs ? Il
» faut, ajoûta-t'il, en s'adressant à
Y

» moi, que vous foyez bien préfomp-
» tueux pour vous imaginer être fuffi-
» famment inftruit en fi peu de tems,
» pendant qu'un apprentif en Angle-
» terre avant d'ofer fe préfenter à
» l'examen eft obligé de donner fept
» années de fon tems. Vos Parens
» euffent bien mieux fait, s'ils vous
» avoient fait apprendre un bon mé-
» tier tel que celui de Tifferand ou
» Cordonnier ; mais leur fot orgueil
» a voulu vous faire un Monfieur à
» quelque prix que ce foit, fans re-
» fléchir que leur indigence ne leur
» permettoit pas de tirer parti de votre
» éducation. Cet exorde n'étoit point
du tout propre à me remettre ; il
m'intimidoit fi fort au contraire, que
je ne pouvois prefque plus me foutenir. Un gras & corpuleux Examinateur vis-à-vis duquel j'étois, &
qui tenoit devant lui une tête de
fquelette s'en étant apperçu, pria
Monfieur Snarler de me parler avec
un peu plus de douceur ; & s'adreffant
à moi, il me dit de prendre courage
& de ne rien craindre. Après m'avoir

donné le tems de me raſſurer, il m'in-
terrogea ſur l'opération du trépan ;
il fut très-ſatisfait de mes réponſes.
Celui des Examinateurs qui m'interro-
gea le ſecond, étoit un goguenard qui
me demanda ſi je n'avois jamais vu
faire une amputation, je lui dis qu'ouï.
C'eſt donc ſur quelque corps mort, re-
pliqu'a-t'il.»Si dans un combat par mer
,, on vous apportoit à panſer un hom-
,, me dont la tête fut ſéparée de ſon
,, corps, comment vous y prendriez-
,, vous ? Je réfléchis quelque tems, &
,, lui dis ›› que je ne connoiſſois guéres
,, d'auteurs qui traitaſſent d'un pareil
,, panſement. La ſimplicité de ma ré-
ponſe ou la malice de la queſtion
fit ſourire preſque tous les membres,
excepté Monſieur Snarler l'animal du
monde le plus taciturne. Le joyeux
Examinateur animé par le ſuccès de
ſa pointe voulut tenter fortune pour
un autre.,, Suppoſés, dit-il, qu'on vous
,, appellât pour un malade qui fut d'un
,, témpéramment pléctorique, & qu'il
,, eut reçû des contuſions par une

,, chûte, que feriez-vous ? Je répondis
,, que je le feignerois fur le champ :
,, Quoi, dit-il, avant que vous lui
,, euſſiez lié le bras. Cette belle ſaillie
n'eut pas le ſuccès dont l'auteur
s'étoit flatté : il ceſſa donc de m'in-
terroger, & me fit avancer vers celui qui étoit à côté de lui, lequel
me demanda d'un ton plein de
confiance de quelle méthode je me
ſervirois pour guérir les playes des
inteſtins. Je lui détaillé tous les moyens
indiqués par les meilleurs Auteurs
en Chirurgie : il m'écouta attentivement, & lorſque j'eus fini de parler :
,, Vous croyez, me dit-il, qu'en trai-
,, tant de la ſorte un bleſſé, vous l'em-
,, pêcheriez de mourir ? Je lui dis que
,, je le penſois effectivement. Avez-
,, vous vu, continua-t'il, beaucoup de
,, ces ſortes de panſemens réuſſir ?
,, Non, ſans doute, & vous n'en verrez
,, jamais. Apprenez de moi que toutes
,, les playes des inteſtins grandes ou
,, petites ſont mortelles. Pardonnez-
,, moi, mon confrere, dit le facétieux

„ Examinateur, j'ai une bonne auto-
„ rité pour vous prouver le contraire
„ Pardonnez-moi, vous-même, Mon-
„ fieur, repliqua l'autre, je n'ai que
„ faire d'autorité, *nullius in verba;* je n'en
„ crois la-deffus que mon expérience.
„ Mais, Monfieur, dit l'Antagonifte,
„ la raifon de la chofe .... Une figue !
„ Pour la raifon ! s'écria l'autre, je
„ me moque de la raifon moi, don-
„ nez-moi une démonftration palpa-
„ ble. L'épais Examinateur s'échauffa
auffi à fon tour, & foutint qu'on
ne pouvoit avancer avec un peu de
connoiffance de l'anatomie une pareille opinion. Cette apoftrophe piqua
tellement fon confrere qu'il fe leva
tout furieux & lui demanda, le poing
fous le nez, s'il ofoit douter de fes talens & de fon fçavoir. Tous les Examinateurs avoient deja pris parti pour
ou contre, & difputoient l'un contre
l'autre tous à la fois & fans s'entendre, lorfque le Préfident leur impofa
filence & me fit fortir. On me rappella un quart-d'heure après, on me
donna mon expédition toute fcellée ;

mais on m'ordonna en même tems
de payer cinq fchelings. Je mis ma
demi-guinée fur la table, & j'atten-
tendois qu'on me rendît la moitié de
ma piéce. Un des Examinateurs me
dit de m'en aller ; je lui dis le motif qui m'arrêtoit. Il tira cinq fchelings
& demi, & me dit d'un ton méprifant
que je ne ferois pas un véritable Ecoffois fi je m'en allois fans qu'on m'eût
rendu mon refte. Après cela je fus obligé de donner trois fchelings fix
fols à l'Huiffier, outre un fcheling
à une vieille femme qui balayoit la
falle. Cette dépenfe réduifit le fond
de ma bourfe à treize fols & demi. J'é-
tois prêt à fortir quand Jackfon vint
à moi dans l'équipage du monde le
plus grotefque, je n'eus pas le tems
de m'informer de lui des raifons qui
l'engageoient à cette métamorphofe.
Il m'avoit prié de l'attendre, & je le
fis autant par curiofité que pour ne pas
refufer un homme à qui j'avois quelques
obligations. Il fe préfentoit à l'examen pour obtenir un emploi de premier Chirurgien de vaiffeau, & pour

déterminer plus volontiers les Examinateurs à l'admettre. Il vouloit
captiver leurs suffrages autant par la
compaffion que par la capacité ; il
avoit donc couvert fes cheveux d'une
vieille & longue perruque rouffe &
platte., avec un chapeau qui reffembloit parfaitement à celui d'un Ramo-
neur. Il portoit un crépe noir dont
les deux bouts étoient paffés dans la
boutonniere d'un vieil habit tout dé-
chiré. Au lieu de bas de foye blancs
il avoit des guêtres de drap noir : il
s'étoit artiftement appliqué une barbe
artificielle, & fe contrefaifoit fi bien
le vifage & la voix, que j'eus beaucoup
de peine à le reconnoître : je lui demandai raifon de ce déguifement, il
me dit que le fuccès m'en inftruiroit.
On l'appella enfin fous un nom étran-
ger ; mais foit que la fingularité de fon
ajuftement excitât la curiofité des Examinateurs, ou que fes façons d'agir
& de répondre ne s'accordaffent point
avec fon habit, il fut reconnu pour
impofteur, & remis entre les mains de
l'Huiffier pour être conduit à Brid-

vell ; de forte qu'au lieu de le voir
fortir avec une Patente de premier
Chirurgien , je le vis environné par
un Garde comme un Prifonnier. Je
fus touché de fon état ; il m'apperçût
& plufieurs autres Chirurgiens de fa
connoiffance. „ Pour l'amour de Dieu,
nous dit-il, Meffieurs , rendez témoignage que je fuis John-Jackfon , &
que j'ai fervi en qualité de fecond
Chirurgien, fur le vaiffeau l'Elizabeth,
fans quoi l'on va me mener à Bridvell. L'Hermite le plus auftere n'auroit pû s'empêcher de rire de fa mine
& de fon aventure. Nous atteftâmes effectivement la vérité du fait, nous donnâmes une demi-couronne à l'Huiffier
qui le relâcha. Nous nous amufâmes
quelque tems à fes dépens ; il reprit
fa belle humeur, & fe mit à rire avec
nous de fon aventure, & nous dit
que puifqu'il avoit manqué fon coup,
il vouloit pour s'en punir dépenfer
tout fon argent avant de fe coucher
& nous régaler tous. Il étoit tard,
j'étois éloigné de mon quartier, &
j'ignorois mon chemin. Tout cela

me détermina à me mettre de la partie. Il nous conduifit chez un Cabaretier de fes amis ; nous y bûmes co-
pieufement, ce qui nous mit tous de
la meilleure humeur du monde, moi
furtout en qui le punche augmentoit
les défirs amoureux au lieu de les étein-
dre ; je dis donc que je ferois charmé d'avoir à cette heure une fille.
Jackfon fut ravi de ma propofition,
& me dit que nous ne nous féparerions
point fans être fatisfaits. Il paya l'écot.
Nous fortîmes en chantant & dan-
fant comme des infenfés, & notre
conducteur nous mena dans ces temples confacrés au culte libidineux de
la Déeffe d'Amat-honte, c'eft-à-dire,
au libertinage. Une des Veftales de ce
temple me parut mériter la préférence. Je me fentis dans la difpofition
de paffer avec elle le refte de la nuit.
Je lui fis part des impreffions qu'elle
avoit faite fur mon cœur. Elle y parut fenfible ; mais elle refufa de fe
rendre à mes défirs avant que j'euffe
tiré de ma bourfe des preuves autenti-
ques de la vérité de mes fentimens.

Le bas état de mes finances ne me
le permettoit pas : je renonçai coura-
geufement aux appas de ma belle,
dont je me vengeois ou croyois me
venger de fon indifférence par des traits
piquans que je lui décochois de tems
en tems; mais mon amour propre m'en
puniffoit *in petto*. Je ne pouvois
concevoir qu'une femme de ce cali-
bre eût pû réfifter au pouvoir de mes
charmes. Jackfon au contraire, qui
avoit repris fa forme ordinaire, c'eft-
à-dire, fon ajuftement de petit-Maître, étoit accablé de careffes par deux
ou trois Nymphes qu'il avoit pref-
qu'enyvrées de punche : malgré les
appas de ces belles, les vapeurs de
ce nectar dont nous avions ufé très-
amplement, nous affoupirent, & nous
dormîmes tous jufqu'au point du jour
que la grande Prêtreffe nous reveilla,
en préfentant le mémoire de la dépenfe à Jackfon. Il porta la main à
fa poche pour en tirer fa bourfe; mais
il ne la trouva plus. Il fut fi frappé
de cet accident, qu'il ne put dire un
feul mot. Mais après un inftant de

silence, il saisit de chaque main deux
Nymphes qui étoient à côté de lui,
& leur jura que si elles ne lui rendoient sa bourse, il les alloit traîner
au Juge de paix. La vieille Sagane
dit quelques mots à l'oreille d'une de
ses Vestales qui sortit ; & s'adressant
ensuite à nous, elle nous demanda
d'un ton vénérable de quoi il étoit
question. Jackson lui dit qu'on l'a-
voit volé ; & que si on balançoit
à lui restituer son argent, il alloit la
faire traîner avec toute sa sequelle à
Bridevell. Comment volé, s'écria
,, la Matrone! Dans ma maison voler !
,, Mais voyez un peu cet insolent,
,, Messieurs & Dames, je vous prens à
,, témoins comme on m'insulte; la garde entra dans le moment. ,, Messieurs,
,, dit-elle, en s'adressant au Sergent
,, qui la commandoit. Je vous charge
,, de cet impertinent qui vient ici
,, faire du bruit & attaquer ma réputa-
,, tion. Tout ce tapage avoit dissipé
le sommeil de la nuit & les vapeurs
bacchiques qui nous avoient la veille
obscurci l'imagination. J'étois tout

ſtupéfait. La Prêtreſſe que j'avois piqué par quelques propos un peu trop
ſincéres, prit occaſion de s'en venger
& nous accuſa d'avoir tous part à
cette inſulte ; elle engagea donc
la garde à s'aſſurer de nous. Nous
étions tous au déſeſpoir, excepté
Jackſon, qui s'étant trouvé pluſieurs
fois en pareil cas, n'en paroiſſoit nullement inquiét, & chargea à ſon tour
la garde de s'emparer de toute la digne communauté. On nous conduiſit à Round-Houſe * où Jackſon après
nous avoir exhorté tous à prendre
courage, dit au Sergent du guet qu'il
avoit été volé. Il nous promit de le
dire au Juge de paix. Oui oui, dit la
vieille Prêtreſſe, nous verrons de qui
le témoignage l'emportera. Le Sergent pour s'éclaircir des faits ſans être
interrompu, fit paſſer Jackſon dans
une autre chambre, & lui parla de
la ſorte : ,, Je vois bien que la plus
,, grande partie de votre Compagnie
,, n'eſt pas de ce païs-ci, & qu'on a
,, abuſé de votre bonne foi pour vous
,, tromper : c'eſt pourquoi je ſuis

* Corps de Garde du Guet.

„ fâché de vous voir compris dans
„ une affaire aufli fale. Je connois bien
„ cette femme : elle fait depuis long-
„ tems le métier ; & quoique dans le
„ voifinage on porte journellement
„ des plaintes contr'elle, elle fçait s'en
„ tirer à merveille. Elle eft d'ailleurs
„ protégée par le Juge à qui, elle &
„ toute fa fuite payent une contri-
„ bution reguliere pour l'attacher à
„ leurs intérêts, comme elle eft la pre-
„ miere plaignante, il eft certain qu'el-
„ le a le droit de parler la premie-
„ re. Il ne lui fera pas difficile de
„ trouver des gens qui jureront &
„ feront de faux fermens pour tout
„ ce qu'elle voudra, & fi vous ne vous
„ accommodez avant demain matin,
„ vous ferez bienheureux fi vous &
„ vôtre compagnie en êtes quittes
„ pour aller travailler pendant un mois
„ à Bridvell ; pourvû même qu'el-
„ le ne vous accufe point de viol
„ & de larcin. Auquel cas vous fe-
„ rez conduits à Nevgate pour y
„ être jugés à la premiere ceffion, &
„ peut-être condamnés à être pendus.

Cet avis fit tant d'impreſſion ſur l'eſprit de Jackſon, qu'il conſentit de décharger la Matrone, pourvû qu'elle
lui rendît ſa bourſe. Le Sergent lui
dit qu'au lieu de recouvrer ce qu'il
avoit perdu, il lui falloit ſonger à ſe
tirer d'affaire au moyen de quelqu'argent, & qu'il feroit ſi bien qu'il renvoyeroit les parties chez elles, au
moyen d'une décharge mutuelle. L'infortuné Jackſon ſortit après cela, &
me rendit compte de la converſation
qu'il avoit eue avec le Sergent, qu'il
avoit remercié de ſes bons avis. Ce
dernier qui réellement étoit un fort
honnête homme, & déſiroit ſincé-
rement nous tirer d'affaire, fit paſſer
à ſon tour notre partie adverſe dans
la chambre d'où ſortoit Jackſon, &
plaida ſi bien notre cauſe, qu'elle conſentit à nous décharger, à condition
néanmoins que nous payerons chacun pour trois Schelings de bierre.
Nous acceptâmes la propoſition avec
une joye inexprimable, & nous nous
mîmes à boire juſqu'au jour, en remer-
ciant le Ciel de nous avoir préſervés de

Bridwell, & de Nevgate. Je dépensai
donc jufqu'à mon dernier Scheling,&
je me difpofois à m'en aller chez moi,
lorfque le Sergent m'arrêta & me
dit qu'il ne pouvoit nous relâcher fans
l'aveu du Juge de paix ; cet inconvé-
nient me furprit & m'affligea. Je maudis cent fois l'heure où j'avois confenti
de fouper avec Jackfon. On nous conduifit donc fur les huit à neuf heures du
matin chez un Juge près de Covent-
Garden. Dès qu'il apperçut le Sergent
avec une troupe de prifonniers : ,, Bon
» jour, Monfieur, lui dit-il, voilà ce
» qu'on appelle un homme exact &
» diligent. Si tous les autres faifoient
» comme vous... mais qui font donc
» ces Coquins que vous m'ammenez-
» là ? » Après ce début obligeant, il
nous regarda tous les uns après les autres, & nous voyant un air confter-
né : » Oh je vois bien qui c'eft, dit-il,
» c'eft tout autant de voleurs & de
» coupe-jarets ? Vous les avez fans
,, doute trouvés en flagrant-délit en
» quelque maifon ? Hé vous voilà, ma
» bonne amie ! ma chere Madame,

» Haridan ! ces drôles - là vouloient
» donc vous voler? Cela n'est pas dou-
» teux, continua-t-il, en me regar-
» dant. Tenez, voilà un Coquin que
» je connois. Comment fripon, il n'y
» a que huit jours que tu es sorti de
» Bridwell , & tu recommence dé-
» ja ton train de vie, tu peux comp-
» ter que pour cette fois tu n'en sor-
» tiras qu'aux dépens des Chirur-
» giens. * J'assurai le Juge qu'il se
» trompoit, & qu'il ne m'avoit jamais
» vû de sa vie. Comment Coquin,
» dit-il, tu oses me répliquer? Crois-tu
» m'en imposer par ton baragouinage
» septentrional. Je suis au fait, on ne
» m'en impose pas si aisément que tu
» crois. Je sçais bien que tu ne viens pas
» de si loin : allons, Clerc, écrivez. »
après quoi, *mittimus*; son nom est
Patrick Gaghagam. Jackson prit la parole, & protesta que j'étois un jeune
homme nouvellement arrivé d'Ecosse,

---

* Ceci doit peut-être s'entendre de ce que les
Chirurgiens en Angleterre traitent avec les Cri-
minels, qui se vendent à eux pour leur servir
d'étude après leur supplice.

que

que j'étois un enfant de famille & m'appellois Roderick Random. Le Juge fut offensé de cette négative , qui ne faisoit pas honneur à sa mémoire , qu'il croyoit infaillible ; il regarda Jackson d'un œil severe , mit les poings sur ses côtés , & lui demanda en sécouant la tête, qui il étoit : ,, Il vous ,, sied bien , Monsieur , ajouta-t-il , de ,, mentir devant moi, & d'oser me bra- ,, ver jusque dans mes fonctions. Mais ,, laissez-moi faire , je vais vous en- ,, voyer en lieu de sûreté ; car malgré ,, votre bel habit, il n'est pas douteux ,, que vous êtes un gueux avéré. ,, Jackson pâlit à cette menace , & ne pût plus proférer une parole pour sa justification. Le Juge attribuant sa pâleur & son silence aux reproches de sa conscience , continua de lui parler de la sorte : ,, Maintenant que je suis ,, convaincu que vous êtes un vo- ,, leur , car cela se voit à votre mine , ,, je vais travailler à vous faire pendre, ,, & vous le serez tous , coquins , que ,, vous êtes , poursuivit-il , en élevant ,, la voix & s'adressant à nous. Quel

,, bonheur feroit-ce pour la Ville, fi
,, cela vous fût arrivé dès le premier
,, jour, que vous vous êtes mis à faire
,, votre déteftable métier ! Allons,
,, Clerc, écrivez tous les faits avoués
,, par ces drôles-là. Nous étions dans
une confternation générale , lorfque
le Capitaine du Guet engagea le Juge
à paffer dans une autre appartement.
Il l'inftruifit de la vérité de notre hiftoire ; le Juge rentra & s'adreffant à
nous d'un ton gai, nous dit obligeam-
ment de nous raffurer , ,, que ce qu'il
,, nous avoit dit, n'étoit que pour nous
,, engager à ne pas nous mettre à l'avenir
,, dans le même cas ; qu'il voyoit bien
,, que nous étions d'honnêtes gens ;
,, mais que c'étoit fa façon d'en ufer
,, avec les jeunes gens pour les em-
,, pêcher de tomber dans le défordre
,, & la débauche. ,, Le Juge crut envain nous en impofer , par ce langage , nous n'en fûmes pas moins per-
fuadés de fon étourderie & de fon mauvais difcernement. Il nous congédia
enfin , & ce dernier compliment me
foulagea fi fort , qu'il me fembloit

qu'on m'ôtoit une montagne de def-
fus l'eftomach.

CHAPITRE XVIII.

Roderik remet fes atteftations au
Bureau de la Marine. Réception
du Secrétaire. Inquiétude de
Strap. Combat entre un Maréchal
& lui. Harangue qu'il fait à Ro-
derik. Le Maître d'Ecole place
celui-ci chez un Apoticaire.

JE me ferois volontiers retiré chez
moi, pour me repofer ; mais mes
compagnons me dirent qu'il falloit
que mes atteftations fuffent remifes
au bureau de la Marine avant une
heure après-midi. Nous y allâmes
donc tous enfemble : nous donnâmes
nos lettres au premier Secrétaire, il
les ouvrit & les lut, je vis avec plaifir qu'on m'avoit jugé capable d'un
emploi de troifiéme Chirurgien d'un
vaiffeau du fecond rang. Le Secrétaire
Z ij

enliaffa toutes nos lettres ; un d'eux
lui demanda s'il n'y avoit point quelqu'emploi de vaquant , il répondit
brufquement que non ; j'ofai lui demander s'il n'y en auroit pas bientôr,
il me regarda avec dédain, fourit amérement me tourna le dos fans me
répondre , & nous fit tous fortir de
la falle. En conférant les uns avec les
autres, chacun de nous dit qu'il étoit
protégé par un des Commiffaires &
que tous en particulier avoient été af-
furés par leurs Patrons, qu'ils auroient
le premier emploi vacant ; mais pas
un d'eux n'y eut compté, s'il n'eût été
en érat de faire au Secrétaire un préfent affez confidérable , qu'il partageoit fécrettement avec fes Supérieurs;
c'eft pourquoi chacun d'eux s'étoit
muni d'argent dans cette intention.
Un d'eux me demanda combien je
comptois donner pour ma part, cette
queftion me chagrinoit , je répondis
en balbutïant que je n'étois pas encore bien déterminé là-deffus ; mais malheureufement je n'étois que trop fûr
de mon fait , je n'avois pas feulement

de quoi dîner. Je m'en retournai donc
chez moi maudiffant mon mauvais
deftin, ainfi que la mémoire de mon
grand-pere & l'avarice de mes parens,
qui m'expofoient au mépris & aux
infultes de tout le monde. J'arrivai
au logis ; mon Hôte me vit avec un
vrai plaifir, & ma préfence calma fes
inquiétudes. Il craignoit qu'il ne me
fût arrivé quelque accident. Strap étoit
venu le matin pour me voir, ayant
appris que j'avois découché ; il alla demander permiffion à fon maître de
fortir, & fe mit à courir toute la ville
qu'il connoiffoit moins que moi afin
de me découvrir. Je ne dis point à
mon Hôte le vrai motif de mon abfence ; mais qu'ayant rencontré au
College des Chirurgiens un de mes
amis, qui m'avoit engagé à coucher
avec lui, j'avois été fi fort incommo-
dé des punaifes que je n'avois pû dormir & que j'allois me repofer. Je fus
effectivement me coucher, & priai mon
Hôte de me faire éveiller fi Strap arrivoit. Il vint effectivement fur les quatre heures après midi, entra dans ma

chambre & m'éveilla lui-même ; mais
il étoit dans un état méconnoissable. Ce
bon ami étoit allé me chercher au College des Chirurgiens ; il étoit de-là passé
au bureau de la Marine , où personne
n'avoit pû lui donner de mes nouvelles,
delà il étoit allé à la Bourse , dans l'es-
pérance de me trouver à la promenade
des Ecossois. Ensuite il s'imagina de demander de mes nouvelles à tous ceux
qu'il trouvoit dans les rues ; il essuioit
patiemment les railleries & les invectives que l'absurdité de sa question lui
attiroit. Un garçon Maréchal l'ayant
vû arrêter un portefaix pour lui faire la
même demande qu'aux autres , ce qui
lui avoit attiré un *va te faire pendre*
des plus brusques , il l'appella & lui
demanda si la personne qu'il cherchoit
n'étoit pas un Ecossois ? Strap lui répondit avec empressement qu'oui, &
qu'il avoit un habit brun avec des pans
bien longs. » C'est lui, reprit le Maré-
» chal , il n'y a pas plus d'une demie
» heure que je l'ai vû passer. En vérité
» reprit Strap , en lui claquant dans
» la main , le Ciel vous récompense

» d'une si bonne nouvelle, j'en suis
» ravi, de quel côté est-il allé? Du
» côté de Tiburn *, repartit l'autre,
» & dans une charette; si vous allez
» vîte, vous y arriverez assez-tôt pour
» le voir pendre. » Cette impertinence piqua mon ami; il dit à l'autre, que
s'il avoit du cœur, il se batteroit avec
lui pour un sol. Non non, dit l'autre,
en se dépouillant, je ne veux pas
de ton argent; vous autres Ecossois
vous n'en avez gueres, ainsi nous nous
battrons pour rien. La populace forma dans l'instant un cercle autour
d'eux. Strap voyant qu'il ne pouvoit
se retirer avec honneur sans combat-
tre, se dépouilla à son tour, jetta ses
habits dans la place, sans s'embarrasser de qu'ils deviendroient; il commen-
mença le combat avec plus de vigueur
que d'adresse : le Maréchal au contraire reçut tranquillement ses attaques,
& se tint sur la défensive, jusqu'à ce que
voyant mon camarade presque épuisé
de fatigues, il l'attaqua à son tour avec
tant de force & d'agilité, qu'il le ter-

* C'est comme ici la place de Gréve.

raſſa deux ou trois fois ſur le pavé.
Strap fut obligé d'avoüer qu'il étoit
battu. La victoire étant ainſi décidée,
les deux champiòns ſe propoſerent
d'aller boire ; mais quand mon cama-
ràde voulut reprendre ſes habits, il fut
fort étonné de n'y plus trouver ſa chemiſe, ſon col & ſa perruque qu'on avoit
emporté ; on en auroit peut-être fait
autant de ſon habit & de ſa veſte, s'ils
en euſſent valu la peine : il fut donc
obligé de ſe retirer ſans chemiſe, &
d'eſſuyer la riſée de tous les aſſiſtans.

Lorſqu'il arriva chez moi, il étoit
encore tout couvert de ſang & de boue;
mais malgré ſon malheur, la joye qu'il
eût de me revoir ſain & ſauf, le lui
fit oublier. Il faillit de m'étouffer en
m'embraſſant ; je lui donnai une de
mes chemiſes avec un bonnet de laine à la place de ſon chapeau & de ſa
perruque, je lui contai mon aventure
nocturne ; il en fut indigné, & me dit
encore une bonne fois que *Londres
étoit la ville du Diable.*

Comme nous n'avions dîné ni l'un
ni l'autre, je me levai; & Strap entendant

dant paſſer une laitiere deſcendit, acheta une chopine de lait avec deux petits pains dont il me régala ; il me donna enſuite la moitié de ſon argent, & deſcendit pour emprunter un chapeau & une vieille perruque au Maître de langues : pendant qu'il étoit ſorti, je me mis à réflechir ſur mon état, & ſur les moyens de m'en tirer ; je me reprochois d'être à charge à un pauvre garçon qui ſe privoit de tout pour ma ſubſiſtance : mon amour propre ſouffroit infiniment d'être réduit à une pareille reſſource ; & comme je n'avois rien à eſpérer au bureau de la Marine, je pris la réſolution, quelque choſe qu'il dût m'en arriver, de m'engager dans les Gardes à pied. Ce parti tout extravagant qu'il étoit, me parut le plus louable ; je comptois ſur ma bravoure, & je me flattois qu'elle m'obtiendroit des grades dans le ſervice. J'étois tout occupé de projets militaires, lorſque Strap rentra ; le maître de langues lui avoit fait préſent de cette perruque antique qu'il portoit le jour que nous le vîmes pour la

Tome I. A a

premiere fois ; il lui avoit aussi donné
son vieux chapeau. Strap ne jugea pourtant pas à propos de s'en servir tel
qu'il étoit pendant le jour ; avec ses
ciseaux il supprima une partie du chapeau , aussi bien que du toupet de la
perruque, & les réduisit l'un & l'autre
à une grandeur convenable : tandis
qu'il s'amusoit à cet ouvrage, il se mit
à converser avec moi de la sorte:
» Ecoutez-moi, mon cher Monsieur
» Random, vous êtes un enfant de fa-
» mille, & ce qu'il y a de mieux, c'est
» que vous sçavez quelque chose , ce
» qui n'est pas ordinaire aux Gentils-
» hommes comme vous. Votre état
» ne fait aucun tort à votre qualité ;
» car il n'est personne qui ne vous re-
» connoisse à votre air pour un jeune
» homme de condition ; pour moi, je
» ne suis que le fils d'un pauvre Cor-
» donnier, fort honnête homme, ma
» mere étoit adroite & laborieuse. Elle
» auroit, comme vous sçavez , pû
» faire une fort bonne maison , si elle
» n'eût été malheureusement pour elle
» un peu sujette à la boisson ; mais cha-

» cun a ſes défauts, *humanum eſt er-*
» *rare*. Mon pere m'a fait un pauvre
» garçon barbier ; mais pour cela je
» ne ſuis pas tout-à-fait ſot & mal
» tourné. J'entens le latin & quelque
» peu le grec. Vous êtes d'une famille
» diſtinguée ; je ne ſois moi qu'un pau-
„ vre diable de roturier, cela n'empê-
„ che pas que je ne ſois en état de
„ vous obliger, & j'y ſuis porté de
„ tout mon cœur. On penſe à vous
„ à ma conſidération ; & voici donc ce
„ que j'ai à vous dire : le maître de
„ langues qui eſt de mes parens...
„ Mais vous ne ſçavez peut-être pas
„ comment il l'eſt ; puiſque vous en
„ êtes curieux, je m'en vais vous l'ap-
„ prendre. Sa mere eſt niece de la
„ ſœur de ma grande-mere... non ce
„ n'eſt pas cela, elle eſt fille du frere
„ de mon grand-pere qui... non non,
„ ce n'eſt pas encore cela, tant y a
„ qu'il eſt mon couſin au ſeptiéme
„ dégré. „ L'impatience où j'étois
d'apprendre cette bonne nouvelle dont
Strap me flatoit, fit que je le bruſ-
quai ! Hé que diable, lui dis-je, finiſſez

A a ij

tout ce préambule inutile, parlez-moi
de cette bonne nouvelle qui me re-
garde, & oubliez pour un inftant votre coufinage avec le maître de langues. Strap fut interdit du ton brufque
avec lequel je lui parlois. ,, Hé quoi,
,, me dit-il, n'eft-il permis qu'aux Gen-
,, tilshommes d'aimer & de refpecter
,, leurs parens ? Depuis un tems vous
,, me parlez avec tant de hauteur que
,, ce vieux ivrogne de fous-maître nom-
,, mé Perwinkle , à qui nous avons
,, joué tant de tours , lorfque nous
,, étions à l'école. Eft-ce que vous ne
,, m'aimez plus ? vous auriez bien
,, tort , il faut donc vous fatisfaire ,
,, rien n'eft plus infupportable que le
,, doute : *dubio procul dubio nihil du-*
,, *bius.* Mon ami, non mon parent,
,, ou pour mieux dire , tous les deux,
,, le maître de langues , en un mot ,
,, qui fçait combien je vous aime , &
,, à qui j'ai fait foigneufement votre
,, éloge , a réfolu de vous apprendre
,, la prononciation angloife , fans la-
,, quelle il dit , que quelques talens que
,, vous ayez, vous ne pouvez jamais

„ parvenir. Il a indépendamment par-
„ lé de vous à un Apoticaire François
„ qui a besoin d'un garçon de bouti-
„ que, & sur sa recommandation vous
„ aurez quinze livres sterlings par an,
„ le lit & la table aussi long-tems que
„ vous voudrez y rester. „ Cette nouvelle m'intéressoit trop pour la recevoir avec indifférence ; je me jettai au
col de Strap & le priai de me mener
chez son ami, de peur qu'en retardant
plus long-tems, je ne perdisse la place
qu'on me destinoit. Nous allâmes donc
ensemble chez le maître de langues,
que nous ne trouvâmes point chez
lui ; mais on nous dit qu'il étoit avec
une compagnie dans un cabaret voisin.
Nous y courûmes ; il y buvoit avec
l'Apoticaire, auquel il me proposoit :
nous le fîmes venir avant que d'entrer ; il me parut charmé de mon impatience. „ *Ah Christ!* me dit-il, avouez
„ que cette nouvelle vous a bien fait
„ du plaisir. Je parie que vous ne vous
„ êtes pas donné le tems de descendre
„ l'escalier, & que vous êtes sorti par
„ la fenêtre ? n'avez-vous point heurté

A a iij

,, dans votre chemin quelque vendeuſe
,, d'huitre ou quelques porteurs d'eau.
,, C'eſt une grande faveur du Ciel que
,, vous ne vous ſoyez point caſſé la
,, tête contre quelque borne. Je crois,
,, par ma foi, que vous m'auriez trou-
,, vé dans les lieux de ma maiſon les
,, plus ſecrets, même *in penetralia*;
,, bien m'en a pris de n'être pas au lit
,, avec ma femme ; malgré le reſpect
,, dû au devoir conjugal, vous auriez
,, ſans doute forcé ſerrure & vérouils,
,, pour m'y relancer. Le fripon qu'il
,, eſt m'auroit déterré dans l'antre mê-
,, me de Cacus, il auroit pénétré juſ-
,, ques dans le *Sancti Sanctorum*. Al-
,, lons rejouiſſez-vous, votre homme
,, eſt ici, je vais vous préſenter ſur le
,, champ. Nous entrâmes dans le Caffé,
,, nous nous mîmes à une table à la-
,, quelle il y avoit quatre ou cinq hom-
,, mes qui fumoient & buvoient en-
,, ſemble. M. Anodin, dit le maî-
,, tre d'Ecole, en s'adreſſant à l'un
,, d'eux, voici le jeune homme dont
,, je vous ai parlé. L'Apoticaire, à qui
l'on me préſentoit, étoit un vieux gri-

ſon dont le front n'avoit tout au plus qu'un doigt de largeur , ſon néz étoit recourbé du côté gauche , deux gros os en ſaillie ſervoient de récipient à deux petits yeux gris & chaſſieux , deux grandes giffles comme celles d'un ſinge , lui pendoient des deux côtés de la face, & il ne pouvoit prononcer une parole qu'en grimaçant d'une façon tout-à-fait riſible ; il me regarda quelque tems. Oh , oh moi ſuis fort con-
» tent, M. Concordance , dit-il , en
» s'adreſſant au maître de langues ,
» venez-vous en demain chez moi.
» Moi veux donner à déjeuner pour
» remercier. Buvez un coup , jeune
» homme & venez-vous en demain
» matin, voir moi avec M. Concor-
» dance. Je le promis & me retirai en lui faiſant une profonde réverence. J'entendis qu'il diſoit derriere moi, ma foi ce garçon eſt joli, moi trouver lui bien fait. Pendant que je demeurois chez M. Crab, je m'étois amuſé à étudier la langue françoiſe. J'avois lû tous les livres de Pharmacie en cette langue , & je l'entendois aſſez bien

A a iiij

pour ne rien perdre d'une conversation. Je résolus cependant de n'en rien
faire paroître, afin que lui & sa famille,
qui étoient apparemment du même
pays, ne se défiant point de moi, je
puffe entrer fans qu'ils le sçuffent dans
tous leurs secrets, & apprendre des
chofes qui pourroient m'amuser beaucoup ou m'être de quelque avantage.
Le lendemain M. Concordance me
conduisit chez l'Apoticaire ; nous con-
clumes notre marché : il donna sur le
champ des ordres pour m'arranger une
chambre ; mais avant que de rien faire
le maître de langues me conduisit chez
fon Tailleur, & me fit faire à crédit un
habit complet, à condition que je le
payeois, dès que j'aurois reçu la premiere moitié de mes gages qui commençoient à courir dès ce jour-là. Il
me fit avoir aux mêmes conditions un
chapeau neuf, de forte qu'au bout de
huit jours j'étois habillé fort proprement. Strap apporta mes hardes &
mon linge dans la chambre qu'on m'a-
voit destinée, & dont il est bon que
je fasse la description. Elle étoit fort

obſcure, quoiquelle fût au deuxiéme
étage, elle étoit meublée d'un tabouret dépaillé, d'un chalit vermoulu couvert d'une paillaſſe pourrie, d'un pot
de chambre de terre ſans anſe & d'une
bouteille au lieu de chandelier, une
piece triangulaire de verre étamé ap-
pliquée contre la muraille avec des
pointes, me ſervoit de miroir : elle
avoit cependant été mieux arrangée;
mais on en avoit pris la plus grande
partie des meubles pour loger dans le
grenier le Domeſtique d'un Capitaine.

CHAPITRE XIX.

*Caractere de M. Anodin. Portrait
de ſa femme & de ſa fille. Chro-
nique de cette famille. Rivalité
des deux femmes. Mépriſe de Roderik. Terrible conſéquence qui en
réſulte.*

LE lendemain comme j'étois à travailler dans la boutique, une Demoiſelle fort ſémillante, proprement

habillée, y entra fous prétexte d'avoir
befoin de quelque chofe. Je m'apperçus qu'elle m'obfervoit fcrupuleufe-
ment. De mon côté je l'examinois en
deffous , je furpris un regard dédaigneux , dont il lui plût de m'honorer.
Je pris dès lors la réfolution de vivre
froidement avec elle ; pendant le dîner, les fervantes avec qui j'étois obligé de manger à la cuifine , m'appri-
rent que c'étoit la fille unique de mon
maître, qu'elle avoit lieu d'efpérer une
fortune confidérable , & que cet
avantage, autant que fa beauté , lui
avoient acquis un grand nombre d'a-
dorateurs, qu'elle auroit pû fe marier
deux fois avantageufement , fi fon
pere eût été moins avare ; mais qu'il
avoit juré de ne fe pas défaire tant qu'il
vivroit d'un feul fcheling en fa faveur ;
ce qui faifoit que cette fille n'avoit pas
tout le refpect qu'il avoit droit d'en exiger ; qu'outre cela elle avoit une haine
mortelle pour tous les gens du pays de
fon pere & que fa mere qui étoit Angloife , lui fuggeroit cette antipathie.
Je compris par leurs difcours que Ma-

dame *portoit*, *comme on dit*, *la culotte*, qu'elle étoit d'un esprit revêche, & que ceux qui dépendoient d'elle, n'étoient pas à leur aise. Cette femme aimoit le plaisir & la fleurette, elle étoit conséquemment jalouse de sa fille, à qui ses charmes & sa jeunesse obtenoient la préférence. Elle ne pouvoit cependant s'en passer, parce qu'elle étoit le mobile de toutes les parties de plaisir qu'on lui proposoit ; mais pour la punir d'être plus aimable qu'elle, elle s'étoit aussi opposée à son mariage, au moins il y avoit lieu de le présumer, puisque si elle eût pensé autrement, assurément le mariage de sa fille se fût conclu en dépit du pere qu'elle dirigeoit à sa fantaisie. M. Anodin se taisoit ; mais le bon homme n'en pensoit pas moins, je lui voyois faire de tems en tems au dos de sa femme des gestes d'indignation, & des grimaces qui me faisoient connoître qu'il étoit jaloux sans oser le paroître ouvertement. Je partageois sa disgrace, on me traitoit comme son valet ; c'est-à-dire, que l'on avoit pour

moi bien moins d'égards encore que
pour lui. A peine en fix jours de tems
la mere & la fille daignerent-elles
m'honorer d'une feule parole. Les fervantes me dirent que la fille fur-tout
avoit conçu pour moi le plus parfait
mépris, & qu'elle a dit hautement la
veille, qu'elle ne concevoit pas comment fon pere pouvoit s'accommoder
d'un ruftau tel que moi. Je fus piqué de
ces propos, ma vanité me perfuadoit
qu'il étoit injufte ; je le crus encore mieux le Dimanche fuivant, lorfque le Tailleur m'apporta mon habit neuf, je ne l'eus pas plûtôt mis
que les agrémens de ma perfonne
augmenterent à mes yeux de moitié.
J'allai paffer la plus grande partie du
jour avec Strap & quelques-uns de fes
amis à la promenade, & je rentrois
fur la brune ; lorfque je rencontrai nés
à nés à la porte du logis Mademoifelle
Anodin, qui ne me reconnoiffant
point dans mon nouvel ajuftement,
me gratifia d'une ample révérence. Je
lui répondis par deux autres des plus
profondes, & je fermai la porte fur

nous. Elle reconnut alors fa méprife, elle en rougit ; comme le paffage de la porte étoit extrêmement étroit, & qu'il me falloit poliment lui céder l'honneur du pas, j'eus le tems de la fixer pendant qu'elle s'efforçoit brufquement de paffer en marmotant entre fes dents, qu'elle étoit *une fotte créature*. Depuis ce moment elle ne paffa pas un jour fans venir dans la boutique ; je lui voyois faire cent minauderies, les unes plus impertinentes que les autres, qui me firent foupçonner qu'elle ne me regardoit plus comme une conquête indigne d'elle ; mais j'étois haut & vindicatif, le fouvenir des façons dédaigneufes qu'elle avoit eûes pour moi me raffuroient contre le pouvoir de fes charmes. Je réfiftai conftamment à fes agaceries & ne lui donnai jamais la fatisfaction de s'appercevoir que j'y fiffe aucune attention. Cette indifférence, infultante pour une perfonne de fon caractere, fit bientôt évanouir toutes les idées qu'elle avoit conçûes en ma faveur, la rage & le dépit leur fuccéderent ; elle

ne tarda pas à me donner toutes les
marques de reſſentiment que ſa malice
pût lui ſuggerer. Elle avoit trouvé
moyen de m'aſſujettir aux occupations
les plus baſſes du ménage. Un jour er-
tr'autres elle m'ordonna d'aller battre
l'habit de mon maître. Je le refuſai, il
s'enſuivit une diſcuſſion aſſez vive, je
ne cédai point, elle en pleura de rage.
Sa mere entra dans ces éclairciſſemens.
Je lui fit part du motif de notre querelle. Elle décida en ma faveur. Je
n'étois pas aſſez vain pour m'imaginer que ce fût par quelque conſidération d'eſtime ou d'amitié que la mere
prenoit mon parti. Ce n'étoit pas non
plus l'équité, mais ſeulement l'envie
de mortifier ſa fille qui n'en étoit point
la dupe, & ſe vengea des déciſions de
ſa mere, en lui diſant : » Qu'il y avoit
» des gens au monde qui avoient trop
» d'interêt à ne pas rendre juſtice pour
» qu'on pût eſpérer de l'obtenir d'eux ;
» mais qu'on n'étoit point aveugle,
» qu'on pénétroit bien les motifs de
» leur conduite, que quelqu'un ſur-tout,
» que l'on ne nommoit pas, y avoit
» plus de part que perſonne.

Ce mot de quelqu'un me rendit curieux, & me fit fouhaiter de fçavoir fur qui tomboit le reproche. J'en fus bientôt informé : la mere avoit pour un certain Capitaine nommé M. Odonnell, & qui logeoit dans fa maifon, à peu près le même penchant que fa fille : l'une ou l'autre envioient fa conquête & la défiroient fans partage. Le Capitaine, peut-être faute de goût pour l'une ou l'autre, fe partageoit à toutes deux ; en falloit-il plus pour mettre la diffenfion entr'elles ? Mon Maître cependant m'aimoit beaucoup ; je lui entendois de tems en tems dire en françois qu'il étoit ravi de m'avoir. Il avoit beaucoup de pratiques ; mais dont la plûpart étoit des François refugiés qui n'étant pas riches ne pouvoient pas le payer bien graffement. Il eft vrai cependant qu'ils ne faifoient pas grande dépenfe en drogues. Perfonne à Londres ne fçavoit mieux les contrefaire que lui, & je l'ai vû plus de cent fois accepter fans héfiter des ordonnances, quoiqu'il n'eût pas dans fa boutique une seule des drogues qui devoient y entrer. Il faisoit des yeux d'Ecrevisse avec des écailles d'Huitres, de l'huile d'amende douce avec de l'huile commune, du sirop balsamique avec du sirop de sucre, de l'eau de *Capivi* avec de la thérebentine; en un mot il sçavoit faire les compositions les plus couteuses (si elles eussent été fidèlelement exécutées) avec les drogues les moins cheres & les plus communes. La cochenille surtout & l'huile de gerofle lui étoient extrêmement utiles dans ses compositions. Entre tous ses secrets, il en avoit un pour les maladies veneriennes, qui ne laissa pas que de lui rapporter beaucoup d'argent. Aussi m'en cacha-t'il toujours soigneusement la composition. Je n'y perdis cependant pas beaucoup; car les trois quarts de ceux qui en avoit usé furent obligés de recourir quelque tems après aux remedes ordinaires, & de s'en rapporter pour leur guérison à des Chirurgiens, moins habiles que Monsieur Anodin, mais plus soumis aux principes que l'expérience justifioit.

Ses

Ses mauvais succès ne le rebuterent
point ; il sembloit au contraire être
plus persuadé de la bonté de son spé-
cifique à mesure qu'il réussissoit moins.
Je crois qu'il se seroit fait plûtôt Turc
que d'admettre le moindre doute
contre l'infaillibité de son reméde. M.
Anodin, qui, comme nous l'avons
dit, n'aimoit point la dépense, con-
damnoit l'usage de la viande, & tâ-
choit en vain de persuader qu'on ne
devoit vivre que de légumes & de vé-
gétaux ; mais il ne put faire de pro-
sélites dans sa maison, son hypotése fut
toujours combattue par sa femme &
sa fille, qui ne voulurent pas sur la foi
de Monsieur Anodin, adopter la doctrine de Pytagore ; d'ailleurs un des plaisirs des plus vifs que ma Maîtresse & sa
fille pussent goûter, c'étoit de le con-
trequarrer à tous propos. Madame
Anodin surtout se fût reprochée le
moindre égard qu'elle auroit eu pour
lui, & méprisoit si fort le *qu'en dira-t-
on*, qu'elle prévenoit le Capitaine Odo-
nell, & lui proposoit des parties auxquelles il se prêtoit par complaisan-

ce pour pouvoir se conserver l'avantage de voir la fille de plus près : celle-ci
cependant ne pouvoit se persuader que
son amant ne lui fût pas infidele quelque chose qu'il lui dît, pour l'en dissua-
der ; sa mere l'éloignoit d'elle assez
souvent , & se procuroit avec le Capitaine des têtes à têtes qui lui étoient
fort suspects. Quant aux sentimens
du cœur , je crois qu'elle avoit tort ;
mais des raisons d'interêt eussent
justifié dans un esprit moins jaloux ,
la complaisance du Capitaine pour
Madame Anodin. Je m'étois apperçu qu'Odonnell ne pouvoit la souffrir , & qu'il ne se prêtoit à ses parties
de plaisir , que parce qu'elle seule en faisoit la dépense, & que d'ailleurs elle faisoit galamment des additions fréquentes à son équipage. Un jour que M. A-
nodin étoit sorti,& que sa fille par l'ordre de sa mere , étoit allée rendre quelques visites , Madame Anodin m'envoya chercher un carosse de loua-
ge , & partit avec le Capitaine pour
aller se promener vers Covent-Garden.
La fille revint , soupa seule , & fut se

coucher à son heure ordinaire , en
laissant échaper bien des marques de
dépit dont je concevois parfaitement
le motif. Mon maître rentra sur les
dix heures du soir , & me demanda
si sa femme étoit de retour ; je lui répondis qu'elle étoit sortie tout l'après
midi & qu'elle n'étoit pas encore ren-
trée. Le pauvre Apoticaire entra dans
une furieuse colere : « comment mor-
» bleu, me dit-il, avec emportement,
» mon femme n'est pas ici ! Oh parbleu nous voir un peu cela. Un domestique entra dans ce moment, &
présenta à M. Anodin une Ordon-
nance. Il en mélangeoit les ingrédiens
dans un mortier de verre, lorsqu'il demanda en même tems si sa femme
étoit sortie seule. Je n'eus pas achevé
de lui dire , que le Capitaine étoit
avec elle , qu'en frappant un grand
coup avec le pillon, il mit le mortier
de verre en poudre , en jurant , & grimaçant comme la tête d'un manche
de viole. J'étois prêt d'éclater de rire
à cause de ses grimaces , lorsque j'entendis, heureusement pour moi, frap-

per à la porte. Je l'ouvris, c'étoit ma
maîtreſſe qui ſauta gaiement de caroſſe dans la boutique, & s'adreſſant à
ſon mari. » Je parie, mon cher, lui
» dit-elle, que tu me croyois perdue.
» M. le Capitaine a eu la bonté de
» me payer la Comédie. Oh, moi
» vous crois. La Comedie, repliqua le
» mari, moi parbleu, crois vous avoir la
» bien jolie Comedie. Dieu vous beniſſe,
» pourſuivit-elle, que voulez - vous
» donc dire ? Morbleu vous ignorer-
» t-il, reprit M. Anodin, vous le ſça-
» vez bien trop; mais ferai voir à vous, ſi
» moi eſt fait pour porter cornes. Moi
» ventrebleu, je ferois...parbleu votre
» Capitaine, il eſt un . . . . Le Capitaine qui étoit à la porte occupé à payer
le Fiâcre de l'argent de Madame Anodin, interrompit le mari, d'une voix
terrible : » Qu'eſt-ce que je ſuis lui dit-
» il ? M. Anodin changeant de ton,
» le ſalua très - affectueuſement ; ah,
» vous être-là M. le Capitaine, lui dit-
» il, ſerviteur. Vous fort galant hom-
» me. Moi à vous obligé pour ma
» femme. . . & ma femme diablement

» obligeante fans doute , continua-
» t-il, à voix baffe en tournant la tête,
» & s'adreffant à moi. Ecoutes, mon
» cher Anodin, lui dit le Capitaine,
» je fuis homme d'honneur & tu fçais
» trop bien ton monde, à ce que je
» penfe , pour trouver mauvais que
» j'aie fait une politeffe à Madame. »
L'Apoticaire féduit par un compliment fi flatteur , répondit à la françoi-
fe, qu'il étoit au contraire enchanté
de l'honneur , qu'il avoit bien voulu
faire à fon époufe ; s'étant calmé de
de la forte , chacun fut fe coucher.
Le lendemain j'apperçûs à travers les
vîtres d'une cloifon qui féparoit la
boutique de la falle, le Capitaine qui
s'entretenoit amoureufement avec
Mademoifelle Anodin , qui de fon
côté paroiffoit lui répondre avec beaucoup d'émotion. Mais le Capitaine
l'eût bientôt appaifée, & leur réconciliation fût fcellée réciproquement
par les plus tendres careffes. Quelque
foin que je me donnaffe, je ne pus jamais découvrir de plus grandes privautés entr'eux ; mais une occafion fingu-

liere me découvrit clairement leur commerce. J'avois fçu triompher des fcrupules de l'une des fervantes du logis, & pendant l'abfence de fa compagne qui étoit allée voir fon pere malade à Richmont, je jouiffois des fruits de ma conquête. Une nuit donc, que comme à l'ordinaire, je m'étois levé pour monter au grenier y goûter les faveurs de l'amour dans les bras de ma maîtreffe, je trouvai la porte ouverte, j'en fus ravi ; j'allai droit à fon lit, & je jouiffois déja par anticipation des plaifirs que j'allois chercher ; mais ô perfidie ! elle étoit dans les bras d'un amant, qui fans doute étoit le domeftique du Capitaine. Je fortis indigné dans le deffein d'aller me recoucher ; mais j'étois fi fort préoccupé de mon aventure, qu'au lieu d'entrer dans ma chambre, j'entrai dans celle de ma jeune maîtreffe ; je ne m'appercus de ma méprife que lorfque je fus auprès de fon lit. Elle étoit éveillée & m'avoit entendu. Je ne pouvois donc me retirer fans me découvrir. „ Ne „ faites point de bruit, me dit-elle,

» croyant fans doute parler au Capi-
» taine, marchez doucement de peur
» que ce grand butord d'Ecoffois qui
» eft dans la chambre voifine ne vous
» entende. Il ne me fut pas difficile
de comprendre le motif d'un avis fi
prudent. Je pouvois fort bien profiter
de l'occafion qui paroiffoit fe préfenter, en conféquence fans autre cérémonie je me mis au lit, on m'y reçut
auffi-bien que fi ce n'eût pas été moi.
Pour bien des raifons je n'ofois proférer une feule parole : » Mon cher Ca-
› pitaine, me difoit-elle, vous êtes
» bien taciturne. Je lui confeillois le
plus bas qu'il m'étoit poffible en adou-
ciffant ma voix, de fe taire, à caufe
de l'Ecoffois, ce qui lui donna lieu de
s'étendre fur mon chapitre, & de
m'honorer d'un panégyrique qui ne
tournoit point du tout à l'avantage
de mon amour propre : je fus fur le
point d'interrompre plufieurs fois le
dialogue, & de me découvrir ; mais
j'aimai mieux chercher à m'en venger. Elle m'apprit qu'elle n'étoit plus
en état de cacher les effets de fon

Tome I.

commerce amoureux avec le Capitaine. Elle me prioit, croyant toujours parler à lui, de conclure au
plûtôt le mariage qu'elle espéroit. Je
méditois ma réponse, lorsque j'entendis tomber quelque chose sur le
plancher de ma chambre. Je me levai sur le champ. J'allai me ranger au
coin de la porte, je vis un homme
qui tâtonnoit tout au-tour & qui la
cherchoit pour sortir. Je me rangeai
de côté pour lui livrer passage; il
descendit l'escalier le plus vîte qu'il
pût. Je compris aisément que c'étoit
le Capitaine, qui ayant trouvé ma
porte ouverte, par une erreur très-
heureuse pour moi, étoit entré dans
ma chambre, croyant entrer dans
l'appartement de sa maîtresse, où
j'avois occupé sa place, & qu'il ne
s'étoit apperçu de sa méprise qu'en
faisant tomber mon tabouret sur le
carreau, & que craignant que ce bruit
ne le fît découvrir, il renonçoit prudemment pour cette nuit à satisfaire
ses désirs. Je ne retournai point à l'appartement de ma belle. Je rentrai au
contraire

contraire dans ma chambre, dont je fermai les verrouils, & je m'endormis l'idée rempli de mon bonheur : mon histoire cependant ne put être ignorée longtems; les éclaircissemens la découvrirent dès le lendemain. Le Capitaine s'excusoit sur sa méprise de ce qu'il avoit manqué son rendez-vous. On peut aisement conjecturer quel fut le chagrin des deux amans, lorsqu'ils ne purent plus douter que j'étois informé de leur secret, Mademoiselle Anodin, qui par la façon dont elle m'avoit traité, présumoit que je tirerois avantage de cette decouverte, étoit sur-tout dans une inquiétude extrême. Le Capitaine de son côté ne put se persuader que j'eusse joui des faveurs de sa maîtresse par surprise & sans son aveu. Je fus convaincu quelque-tems après de son incrédulité sur cet article. Le même jour, Mademoiselle Anodin vint dans la boutique fixa les yeux sur moi, & se mit à pleurer amérement ; mais sa douleur ne me fit aucune impression ; les épithetes désobligeantes dont elle m'avoit ac-

Tome I.   D d

cablé la nuit derniere, m'avoient for-
tifié le cœur. Ce fut alors que je
me vengeai pleinement de fes mépris
& que je les lui rendis au centuple. Elle
commença dès cet inftant à me traiter
avec plus d'égards qu'à l'ordinaire, fçachant bien qu'il ne tenoit qu'à moi de
la déshonorer ; elle étoit obligée de
me ménager. Mon fort en devint
beaucoup plus doux, je ne me fentis
point cependant tenté de réiterér mon
entreprife nocturne, quoique j'euffe
pû me flatter d'en être bien reçu , je
fis d'autres connoiffances dans la Ville,
car je me défaifois petit-à-petit de mes
airs campagnards, je m'apperçus enfin, qu'on me regardoit déja comme
un fort joli garçon Apoticaire.

CHAPITRE XX.

Roderik est attaqué la nuit, il est
dangereusement blessé. Il découvre
que son assassin est le Capitaine
Odonnell. Moyens dont il se sert
pour s'eu venger. Le Capitaine
disparoît, après avoir volé jusqu'à
son domestique. Intrigue de Ran-
dom avec une Coquette ; il échapt
heureusement à ses artifices.

JE venois de visiter un malade dans
la rue de *Chelsea*, il étoit environ minuit, lorsque je fus attaqué par
un homme, que je n'eus pas assez le
tems d'envisager pour le reconnoître ;
il me porta sur la tête un grand coup qui
me fit tomber sans sentiment. Je fus
laissé pour mort avec trois coups d'é-
pée dans le corps. Dès que j'eus repris
connoissance, je me mis à crier si fort,
que je fis sortir tout le monde d'un
cabaret voisin. On accourut à mon

secours, & l'on me conduifit dans le
cabaret. Quelqu'un alla chercher un
Chirurgien qui panfa mes plaies, &
m'affura qu'elles n'étoient pas mortelles. L'affaffin m'avoit porté un coup
d'épée fur le ventre qui avoit gliffé entre les mufcles & la peau ; le fecond,
m'étoit paffé le long des côtes ; & le
troifiéme, qu'on avoit eu envie, fans
doute, de me donner pour le coup
de grace , puifqu'on me l'avoit tiré
près du cœur, avoit heureufement rencontré l'os de ma poitrine fur lequel
la pointe de l'épée s'étoit caffée, &
étoit demeurée fichée jufqu'au moment
où le chirurgien me l'ôta. Plus je ré-
flechiffois fur cet accident , moins je
pouvois m'imaginer que ce fût un voleur qui m'eût traité de la forte, on
ne m'avoit point fouillé , puifque je
trouvai tout mon argent. Je n'avois
rien perdu non plus de mes habits ; je
me déterminai donc à penfer qu'on
m'avoit pris pour un autre , ou que
j'avois quelque ennemi fecret. Dans le
fecond cas, je ne pouvois foupçonner
que le Capitaine Odonnell, & la fille

de mon maître. Je cachai cependant
soigneusement mes soupçons pour
m'en éclaircir mieux s'il étoit possible :
je me fis porter au logis vers les dix
heures du matin, je rencontrai chemin
faisant le Capitaine qui me reconnut
& me laissa voir tout le trouble d'un
homme qui se sentoit coupable, & qui
se reprochoit d'avoir manqué son coup.
J'arrivai cependant ; je contai mon
aventure, mon maître en parut since-
rement touché. Le Chirurgien l'ayant
assuré que mes blessures n'étoient pas
dangereuses, il usa pour cette fois de
son autorité, & me fit porter dans
mon lit, quoique sa femme s'y oppo-
fât formellement ; elle vouloit chari-
tablement me faire porter à l'Hôpital, où, disoit-elle, je serois beaucoup mieux soigné que dans sa maison.

J'avois à cœur de me venger du Capitaine Odonnell & de sa maîtresse
que je soupçonnois de plus en plus.
Cependant Mademoiselle Anodin, qui
n'étoit pas à la maison, lorsque j'y arrivai, vint deux heures après me voir
dans ma chambre. Elle me dit qu'elle

étoit bien fâchée de l'accident qui m'é-
toit arrivé, & me demanda en même
tems, si je soupçonnois quelqu'un :
je la regardai fixement, en lui disant
que oui ; mais je ne vis en elle aucune
altération qui justifiât mes conjectures.
» Si cela est, me dit-elle, que n'obte-
» nez-vous un ordre pour le faire pren-
» dre. Cela ne coûte pas grande chose,
» & si vous n'avez pas d'argent je vous
» en prêterai. Ce offre de service m'é-
tonna & dissipa en même tems tous
les soupçons que j'avois conçus contre elle. Je fus même sur le point
d'absoudre le Capitaine dans mon
esprit. Je résolus de m'éclaircir exactement avant de me venger ; je
remerciai Mademoiselle Anodin de
ses offres, & lui dis, » Que je ne vou-
» lois rien entreprendre que je ne fusse
» bien sûr de mon fait ; que tout ce
» que je sçavois de mon aventure ;
» c'est que c'étoit un militaire qui
» m'avoit maltraité de la sorte, &
» qu'autant que je pouvois me le per-
» suader, son visage ne m'étoit pas in-
» connu ; mais que je ne pouvois pru-

» demment & en sûreté de conscience
» accuſer nommément perſonne. Je
parlois de la ſorte pour perſuader à
Mademoiſelle Anodin que je ne ſoup-
çonnois aucunement le Capitaine,
afin qu'il ne cherchât point à s'évader
ſi je découvrois que c'étoit infailliblement lui qui avoit fait le coup. Au
bout de huit jours, comme mes plaies
étoient à moitié guéries , je deſcen-
dis à la boutique , ce qui diſpenſa
M. Anodin de prendre un autre garçon en ma place. La premiere recher-
che que je fis pour m'éclaircir, ſi c'é-
toit en effet le Capitaine dont j'avois
à me venger , fut d'entrer dans ſa
chambre pendant qu'il étoit occupé
dans un autre endroit de la maiſon. Je
tirai ſon épée , j'en trouvai la pointe
caſſée, je comparai celle qui m'étoit
reſtée dans le corps avec le reſte de ſa
lame , elle s'y rapportoit exactement.

Je n'eus plus aucun lieu de douter
de la vérité du fait. Il ne me reſtoit plus
qu'à imaginer de quelle façon je me
vengerois du ſcélérat. Je fus huit jours
à méditer là-deſſus. Je projettrois quel-

quefois de le traiter comme il m'avoit traité lui-même ; mais bien-tôt le fcrupule fuccédoit à la réfolution , & je me reprochois d'avoir voulu imiter fa lâcheté. Je crus devoir lui demander ouvertement fatisfaction ; mais outre l'incertitude de l'évenement , c'étoit en ufer trop noblement avec un coquin. Je pris le milieu entre ces deux partis. J'engageai Strap à me feconder avec deux de fes amis fur lefquels il pouvoit compter. Nous convînmes de nous déguifer tous quatre, de nous rendre dans un lieu indiqué,& d'attirer le Capitaine dans une ambufcade , en lui adreffant la lettre fuivante.

MONSIEUR,

» A juger par les apparences , je » crois vous faire plaifir que de vous » apprendre que mon mari eft allé à » *Bayshot*, pour voir un malade : il ne ,, reviendra que demain au foir, fi vous ,, avez quelque chofe à me dire , vous ,, ne pouvez faifir une meilleure oc- ,, cafion. ,,

Votre , &c.

Cette lettre étoit signée du nom de la femme d'un Apoticaire qui demeuroit à Chelsea. J'en avois souvent entendu parler à Odonnell avec admiration, comme d'une femme dont il avoit tenté la conquête, & dont il souhaitoit ardemment l'absence du mari pour pouvoir s'entretenir librement avec elle. La lettre le surprit & l'enchanta; il partit sur le champ pour en porter lui-même la réponse; mais il nous rencontra dans l'endroit même où il m'avoit si fort maltraité. Nous étions masqués, & tombâmes tous quatre en même tems sur lui, & nous étant saisi de son épée, nous le dépouillâmes tout nud, après quoi nous l'étrillâmes vigoureusement avec des orties & de gros chardons. L'expédition dura un quart d'heure malgré ses pleurs & ses supplications, nous ne le quittâmes que quand nous fûmes bien las de le fustiger. Nous emportâmes ensuite ses habits pour les cacher derriere une haie, le laissâmes tout nud au milieu du grand chemin imaginer le moyen de rentrer décemment à la maison. J'eus la précaution de m'y rendre avant lui. A peine étois-je rentré que quelqu'un vint me dire qu'il avoit été pris par le guet, & emmené au corps de garde, d'où il envoya chercher des habits. Le lendemain matin il revint à la maison dans une chaise à porteurs, enveloppé dans une couverture, parce que l'état dans lequel il étoit, ne lui permettoit pas de s'habiller.

Madame Anodin & sa fille se disputerent l'honneur de le soigner. Jamais on n'eut plus d'attentions & d'égards, pour un malade. Il y avoit long-tems que mon maître souhaitoit une pareille aventure au Capitaine ; il ne pût cacher le plaisir que lui faisoit celle-ci, & me fit part de sa satisfaction en tirant la langue & clignant les yeux en même tems, qu'il m'ordonnoit de préparer de l'onguent pour le guérir. Quant à moi je ne jettois point les yeux sur le malade sans trésaillir de joye ; mais outre le plaisir de l'avoir écorché tout vif, j'eus encore celui de le voir timpaniser dans les nouvelles,

e qui lui fût cependant de quelque
vantage, car ceux qui avoient trouvé
es habits, les lui renvoyerent fidéle-
nent, à l'exception de quelques let-
tes, parmi lesquelles étoit celle
ue j'avois fait écrire au nom de l'A-
oticaire. Le Capitaine étoit un Egre-
n, qui étoit beaucoup mieux muni
e ces sortes de missives que de lettres
e change. Un bel esprit femelle de
ondres se les étoit appropriées : elle
avoit joint une texture de son inven-
ion & les avoit fait imprimer. Cet
venement me causa quelques remords;
craignois que l'indiscrétion de l'Au-
eur ne troubla un ménage ; mais
eureusement l'Apoticaire de *Chelsea*
rit bien la chose. Il avoit intenté pro-
ès en réparation à l'Imprimeur, &
ns soupçonner sa femme, il n'accu-
oit que la malignité de l'Auteur, qui
rudemment avoit disparu. Madame
Anodin & sa fille ne furent pas aussi
rédules que le bon Apoticaire : dès
ue les lettres parurent, elles cesserent
avoir pour le malade les mêmes soins
u'auparavant ; il s'en apperçut, &

jugea bien ce qui occafionnoit ce chan-
gement à fon préjudice ; il prit le parti
de fe taire , fçachant bien qu'il n'avoit
aucun droit de fe plaindre , il s'en prit
feulement à mon Maître , à l'honneur duquel il vouloit attenter ; parce
qu'il fçut que c'étoit lui qui avoit inféré
l'hiftoire de fa flagellation dans la ga-
zette ; il avoit fait abfolument peau
neuve , & fe croyant fuffifamment ré-
tabli , jugeant d'ailleurs qu'il ne pouvoit refter plus long - tems dans la
Ville , il délogeât de nuit , fans tam-
bours ni trompettes , après avoir volé
tout le monde dans la maifon , fans
oublier fon domeftique , à qui il prit
tout ce qu'il avoit , excepté fes habits ,
qu'il eût peut-être emportés , comme
le refte, s'ils en euffent valu la peine. M.
Anodin pour fûreté de fon dû , s'em-
para d'un vieux coffre qu'il avoit laiffé
dans fa chambre. Il ne doutoit nullement que ce coffre qui étoit fermé &
très-pefant ne contînt affez d'effets
pour l'indemnifer de ce qu'Odonnel
lui devoit pour fon loyer ; mais un
mois s'étant paffé , fans en recevoir de

nouvelles, il ne put réfiſter à l'impa-
ience de ſçavoir ce que le coffre con-
enoit. Il m'ordonna de le briſer en ſa
préſence, ce que je fis avec le pilon
le notre grand mortier ; mais nous n'y
rouvâmes, au grand regret de M. Ano-
lin, qu'un monceau de pierres.

A peu-près dans ce tems, Strap vint
ne dire qu'un Seigneur lui avoit propoſé de le ſuivre dans les pays étrangers, en qualité de Valet-de-Chambre ;
mais que ne pouvant ſe déterminer à
ne quitter, il n'avoit pas encore ac-
epté cette propoſition, quoiqu'elle
ût fort avantageuſe. J'étois extrême-
nent touché de l'amitié de Strap, &
cependant je le payai dans ce cas d'ingratitude. Que les hommes ſont per-
vers ! il n'eſt point de cœur à couvert
le ce vice. J'avois fait de nouveaux
amis dont l'extérieur & la condition
lattoient ma vanité. Je commençois
à rougir indignement de ma liaiſon
avec un garçon barbier ; mais je ſentois en même tems, que j'euſſe été un
monſtre, ſi je lui euſſe rien fait paroître de mes ſentimens à ſon égard. Je

fus très-fatisfait de la nouvelle qu'il
m'apprenoit , non pas parce qu'elle
étoit avantageufe pour lui, mais parce
qu'elle m'autorifoit, fous prétexte de
vouloir fon bien , à le preffer de s'é-
loigner de moi ; j'infiftai tant , qu'à la
fin il fe rendit , & huit jours après il
partit ; je le conduifis à quelque dif-
tance hors de la ville , nous nous fé-
parâmes , il m'embraffa mille fois en
verfant un torrent de larmes. Je fus
extrêmement attendri de mon côté ,
& me voulus fincérement du mal en ce
moment d'avoir fouhaité fon départ.

Je fus cependant bientôt confolé
de la perte d'un fi fidele ami ; il me
connoiffoit trop bien , & fa préfence
me rappelloit trop fouvent un fouvenir humiliant. Dès qu'il fut parti, je me
donnai des airs plus leftes & plus cavaliers. J'appris à danfer d'un François
que j'avois guéri d'une maladie fecrette.
J'allois aux Spectacles les Fêtes & les
Dimanches ; & je devins le bel efprit
d'un cabaret à biere où l'on m'écou-
toit comme un oracle ; un fuffrage
univerfel m'avoit établi l'arbitre de

toutes difcuffions. Je fis auffi connoiffance avec une jeune Dame, de qui
j'obtins enfin à force de follicitations
une promeffe de mariage ; cette jeune
perfonne qui fe difoit veuve, paffoit pour une riche douairiere. Je re-
mercois le Ciel de ma fortune, &
j'étois fur le point de conclure ; mais
un heureux hazard m'en empêcha. Un
jour que j'allois rendre vifite à ma prétendue, je trouvai la porte de fon appartement ouverte, fa fuivante étoit
fortie ; au point où nous en étions, je
me crus difpenfé de la cérémonie, &
fans m'embarraffer d'être annoncé,
j'entrai fans façon dans fa chambre.
Que vis-je ô Ciel ! la perfide étoit
entre les bras d'un galant. J'eus affez
de prudence pour me retirer, fans lui
dire un feul mot. Je remerciai cent
fois ma planette de l'heureufe découverte qu'elle m'avoit fait faire, & je
pris dès lors la réfolution de ne me
marier qu'à bonnes enfeignes.

CHAPITRE XXI.

Gavky loge chez M. Anodin. Strap le tire d'une mauvaise affaire. Le Gentilhomme épouse la fille de l'Apoticaire ; l'un & l'autre conspirent contre Roderik , & l'accusent d'avoir volé son Maître. Il est chassé honteusement. Extrémité à laquelle il est réduit. Rencontre de Roderik & de la femme qu'il vouloit épouser. Il la trouve dans la derniere misere & la soulage.

APRE's le départ du Capitaine Odonnell, M. Anodin loua son Appartement à Gavky , lequel avoit obtenu une Lieutenance dans les troupes ; il avoit un air si fier & si déterminé , que je m'imaginai que depuis que nous n'avions plus de commerce ensemble , il avoit acquis du courage. Je craignis pour lors qu'il ne se ressouvînt des démêlés que nous avions

eu

eu en Ecoſſe, & qu'il ne cherchât à
réparer en Angleterre là honte de ſa
conduite paſſée ; mais heureuſement
pour moi je me trompois. Il fit ſem-
blant de ne me pas connoître, quant à
moi je ne me ſoucios point non plus
de relier connoiſſance; mais pour peu
que j'euſſe douté que ce fût lui, j'en
aurois été convaincu par une aventure
qui lui arriva quelques jours après.
Comme je m'en revenois un ſoir de
porter quelques remedes à un malade,
je vis deux hommes que trois ſoldats
du Guet conduiſoient en priſon ; ils
étoient couverts de boue, l'un ſe plaignoit d'avoir perdu ſon chapeau, l'autre ſa tabatiere : un des deux avoit l'ac-
cent Ecoſſois, & ſupplioit, en pleurant, les Archers de le laiſſer aller : il
leur offroit une guinée pour prix de
ſa liberté ; mais les Archers le refu-
ſoient, en lui diſant qu'il avoit bleſſé un
de leurs camarades & qu'il falloit voir
quelles en ſeroient les ſuites. Je ne pus
réſiſter aux mouvemens de compaſſion que m'inſpiroient le malheur d'un
compatriote. Je crus mon honneur

Tome I. E e

intéressé à partager sa peine, ou bien à le tirer d'affaire. Je portois un fort bâton, j'en appliquai un coup si furieux sur la tête de l'Archer qui tenoit l'Ecossois, que je l'étendis par terre; mais le lâche ne se vit pas plûtôt libre qu'il s'enfuit. J'attaquai cependant si vigoureusement les deux autres Archers, que je les obligeai de lâcher prise. Ce ne fut pas sans avoir reçu un coup terrible qui faillit de me tirer un œil, que j'avois mis mes ennemis en fuite à l'aide du domestique de Gawky. Nous ne jugeâmes pas à propos d'attendre qu'ils eussent trouvé main forte, & nous nous retirâmes de notre côté le plus vîte que nous pûmes. Je dis que j'avois été attaqué; on m'apprit que M. Gawky avoit eu le même sort, & mon maître m'ordonna de lui préparer un clistere émoliant avec une potion corroborative pour rassurer ses sens, qui paroissoient extrêmement émus de cet accident, & qu'il alloit le saigner pour la même cause. Je fus informé plus particulierement un instant après de l'histoire de Gawky. Je l'appris par son

domeſtique, qui rentra ſans perruque
& ſans chapeau. Je le reconnus pour
celui des deux priſonniers qui s'étoient
battu avec moi contre les Archers, &
je ne doutai plus que ſon maître ne
fût celui que j'avois délivré , & qui
s'étoit ſi lâchement enfui. Je maudis
l'inſtant où je m'étois expoſé ſi étour-
diment pour un homme qui le méritoit ſi peu. Il eut cependant l'effron-
terie le lendemain de vanter la bravoure avec laquelle il s'étoit défendu
contre les Archers. Madame & Mademoiſelle Anodin l'accuſoient de témérité , & ne ceſſoient de blâmer ſon
courage. Toutes ſes fanfaronades me
révolterent. Je contai l'hiſtoire telle
qu'elle étoit. Je prouvai par les contuſions que j'avois au viſage, la part que
j'avois à l'aventure, & reprochai vivement à Gawky ſon ingratitude & ſa
lâcheté : mes reproches le ſurprirent
ſi fort & lui inſpirerent tant de con-
fuſion, qu'il ne put proférer une parole pour ſa juſtification. Toute la
compagnie ſe regardoit ſans dire mot.
Madame Anodin rompit cependant

le filence pour me réprimander de la
façon peu mefurée dont j'avois traité
M. le Lieutenant, qui à fon tour s'é-
tant remis de fon trouble, dit froidement qu'il me pardonnoit mon indifcrétion, & que je le prenois apparemment pour un autre ; mais il m'en-
joignit d'un ton impérieux de ne plus
parler fur fon compte, fans être bien
sûr de mon fait. Mademoifelle Anodin exalta de fon mieux la générofité
que M. le Lieutenant avoit de me
pardonner une apoftrophe deshonorante.

Les louanges qu'elle lui prodi-
guoit étoient débitées avec trop de
chaleur, pour que je ne m'apperçuffe
pas qu'elles étoient intéreffées. Je me
promis de m'obferver à l'avenir ; mais
Monfieur Anodin auffi-bien que moi,
foit par pénétration, foit par jalou-
fie, n'étoit point de l'avis de fa femme ; j'avois quitté la table & j'étois
dans la boutique : M. Anodin m'avoit
fuivi pour y prendre quelque chofe, il
me regarda en fouriant. » Mon pauvre
Roderik, me dit-il, vous avoir trop
» de franchife & pas affez de la pru-

» dence. Ma femme & ma fille n'ont
» peut être pas tort de prendre le parti
» de M. l'Officier ; mais il eft toujours
» pour moi un fanfaron. M. Anodin
parloit jufte. Sa femme & fa fille par
leurs careffes & leurs complimens fe
ménageoient, l'une, un locataire
pécunieux & porté à la dépenfe, &
l'autre fe mittonnoit un époux dont
elle avoit grand befoin pour les cau-
fes dont nous avons parlé ci-deffus.
En effet, les apparences de fon commerce avec le Capitaine Odonnell
commençoient à devenir trop éviden-
tes pour pouvoir les cacher encore
long-tems ; elle fit tant & fi bien,
qu'elle détermina le brave Gawky à
l'époufer. Ils fortirent un jour enfemble fous prétexte d'aller à la Comédie;
& s'en furent à la flotte, où ils furent mariés, & de-là, ils allerent con-
fommer le mariage chez un Baigneur. * Ils revinrent le lendemain
matin demander le confentement du

* Les Baigneurs en Angleterre font auffi com-
plaifans que les Traiteurs de nos Guinguettes, ou
nos Loueurs de Chambres garnies.

pere & de la mere , qui dans l'état des choses ne se firent point tirer l'oreille pour le leur accorder. M. Anodin s'estimoit au contraire heureux de ce que sa fille eût épousé un parti si considérable , sans qu'il lui en coutât un sol pour sa dot. La mere de son côté étoit ravie de n'avoir plus une rivale qui la gênoit , & qui dans le cas de la concurrence, l'emportoit ordinairement sur elle : quant à moi je gagnois presque autant que les autres à cette affaire ; puisque je m'étois vengé d'un faquin par avancement d'hoirie. Je goûtois à longs traits le plaisir de l'avoir coeffé , même avant son mariage ; mais ce plaisir ne fut pas de longue durée. Gawky m'en vouloit intérieurement de ce que je l'avois démasqué , ce qui lui fit projetter de me perdre ; il communiqua son dessein à sa femme , qui ne balança point à l'adopter. Elle avoit trop de raisons de me haïr , pour ne s'y pas prêter ; ma présence lui reprochoit sans cesse son déshonneur. Elle complotta avec son digne époux

de me faire périr , même ignomi-
nieufement , s'il étoit poffible.

Mon Maître s'étoit apperçu plufieurs fois qu'il lui manquot dans fa
boutique des drogues dont je ne pus
lui rendre compte , n'en ayant fait
aucun ufage ; il me demandoit
au refte ce qu'elles étoient deve-
nues ; ces pertes fe renouvellerent fi
fouvent , qu'enfin il perdit patience ,
me demanda ma clef , & me dit
qu'il vouloit abfolument voir dans
mon coffre , s'il étoit vrai que je ne
l'euffe pas volé. Ce propos me fit rougir & m'interdit. La rage m'arracha
des pleurs qu'il prit pour l'aveu de ma
faute. Je lui donnai cependant ma
clef, & lui dis qu'il pouvoit fe fatisfaire
à l'inftant même, mais qu'affurément il
ne feroit pas auffi aifé de me fatisfaire
moi, quand une fois il feroit convaincu
de mon innocence. Eh bien , dit-il ,
en prenant ma clef, nous verrons :
je le fuivis dans ma chambre avec toute
fa famille. Il ouvrit mon coffre ; mais
de quelle horreur ne fus-je pas faifi, lorfqu'effectivement j'y vis avec lui qu'on

y avoit mis toutes les drogues qu'on
me foupçonnoit de lui avoir volées.
,, Ah,ah vraiment,oui j'avois tort par-
» bleu, vous un fort honnête homme,
» me dit M. Anodin , oui nous avoir
» grand tort affurément de vous foup-
» çonner , vous bien raifon avoir
» de faire vos pleurs ? J'étois ftupéfait
& ne fçavois que répondre. Chacun
des affiftans donnoit fon avis & tiroit
des conjectures. Les Servantes feules
étoient fenfibles à mon malheur ; el-
fe retirerent en difant, que cela étoit
bien malheureux , & qu'elles n'auroient jamais crû cela de moi. Madame Anodin prit de-là occafion de
chapitrer fon mari fur fon trop de
confiance. Madame Gawky , appuya
le fentiment de fa mere , en difant,
qu'elle n'avoit jamais eu bonne opinion de moi, qu'il falloit me remettre entre les mains de la Juftice &
me faire mener à Newgate. Le lâche
Gawky pour feconder les intentions de
fa femme, alloit partir fur le champ ;
mais M. Anodin , qui prévoyoit les
frais de la procédure qu'il faudroit faire

re contre moi , rappella fon gendre avant qu'il eût le tems de defcendre l'efcalier. » Reftez mon fils , lui dit- » il, reftez ; ce drôle avoit mérité bien » d'être fait pendre : oh oui bien ; » mais il faut efpérer que le Ciel lui » fera grace de converfion. Moi je me » fâcherois d'être caufe de la mort de » lui. M. & Madame Gawky combat- tirent avec chaleur fa réfolution , lui objecterent cent fois l'intérêt de la fociété , qui exigeoit , difoient - ils, qu'on me déférât à la Juftice , pour prévenir les crimes, que je, pourrois commettre dans la fuite ; mais ils ne gagnerent rien. M. Anodin fentoit alors pour moi quelqu'intérêt qui lui parloit en ma faveur, & l'empê- choit de fe rendre : » Malheureux , » me dit-il, fortez de la maifon à moi , » & priez Dieu qu'il vous change. J'étois revenu de mon étonnement, la fureur & l'indignation me ren- dirent la parole : » vous avez raifon » de me croire coupable, dis-je à M. » Anodin, les apparences font con- » tre moi ; mais malheur aux fcélé-

Tome I.   E e

» rats, qui vous en impofent & qui
» me traitent avec tant de noirceur.
» Je fuis la victime de la haîne de ce
» miférable, (ajoutai-je en montrant
Gawky) ; c'eft lui fûrement qui a mis
» vos drogues dans mon coffre pour me
» perdre d'honneur & me faire périr ;
» mais apprenez combien un pareil
» Accufateur doit vous être fufpect,
» il me connoît dès mon enfance.
» Nous avons prefque toujours vécu
» dans les mêmes lieux, il a eu la lâ-
» cheté de ne point répondre à un
» cartel que je lui avois envoyé ; la
» conduite infame qu'il a tenu dans
» l'aventure qui lui eft arrivée depuis
» peu, & dont il ne s'eft tiré que par
» mon fecours, eft encore une anec-
» dote, qui lui reproche fa turpitude.
» Un témoin tel que moi le gêne ; il
» n'a pas affez de courage pour s'en
» défaire en brave homme. Il veut fe
» débarraffer de moi par la plus hor-
» rible perfidie, & vous Madame,
» ajoutai-je, en m'adreffant à fa fem-
» me, eft-il poffible qu'avec toutes les
» raifons que vous avez d e me ména-

» ger, vous ofiez vous prêter, à ces
» iniquités. Je ne veux pas cependant
» déclarer les raifons qui m'ont ac-
» quife votre haîne, mais à condition
» que vous ne me porterez point à la
« derniere extrêmité. La façon équi-
voque dont j'attaquai Madame Gawky, excita fa rage au dernier point.
» Miférable, me dit-elle, en me cra-
» chant au vifage. Crois-tu te juftifier
en récriminant ? que peux-tu dire ;
» & qui penfes-tu qui foit affez dépour-
» vû de bon fens pour ajouter foi aux
» calomnies d'un fcélérat tel que toi.
» Tenez mon pere, continua-t-elle,
» en s'adreffant à M. Anodin ; je vous
» jure que fi vous ne livrez ce voleur
„ à la Juftice, je ne refterai pas un
„ jour fous le même toît avec vous.
Gawky me dit alors d'un ton ar o-
gant, qu'il méprifoit les injures que
je lui avois dites perfonnellement ;
mais que fi j'étois affez hardi que d'attaquer l'honneur de fa femme, il m'é-
gorgeroit auffi-tôt. Scélérat, lui dis-je,
„ puiffai-je te trouver en lieu de te faire
„ repentir de tes indignités, j'aurois

,, bien-tôt délivré le monde d'un monf-
,, tre tel que toi.... Mais qu'eft-il be-
,, foin d'attendre, continuai-je ,, en
,, me faififfant d'une vieille bouteille,
,, qui étoit auprès de moi , il faut que
,, je t'écrafe , & me faffe moi-mê-
,, me juftice. Gawky s'enfuit à cet afpect. M. Anodin fortit auffi-tôt avec
tant de précipitation , qu'en defcen-
dant l'efcalier , il fe laiffa tomber fur
fon gendre , qu'il renverfa ; tous deux
roulerent l'un fur l'autre jufqu'au bas.
J'avois l'air fi terrible & fi déterminé
que Madame Anodin s'évanouit de
frayeur , & que fa fille qui étoit pâle
comme la mort crut qu'elle alloit devenir l'objet de ma vengeance. ,, Quoi
,, donc , M. Roderik , voudriez - vous
,, me tuer ? Non pas lui dis-je , il fau-
,, droit être auffi lâche que votre époux ;
,, mais je vous abandonne à vos
,, remords. Je la quittai en difant cela.

Comme je defcendois , je rencontrai au milieu de l'efcalier M. Anodin & fon gendre qui le fuivoit , l'un
armé du pilon de fon mortier , & l'autre de fon épée ; ce dernier s'adreffant

,, à moi, infame me dit-il, tu as donc
,, tué ma chere femme, coquin, me
,, dit l'Apoticaire, où eſt ma fille. Vo-
,, tre fille peut vous aſſurer du con-
,, traire, lui dis-je, elle eſt au haut de
,, l'eſcalier, je ne lui ai fait aucun mal ;
,, mais dans quelque tems d'ici vous
,, verrez comment elle méritoit votre
,, confiance, & combien elle avoit
,, de raiſons de me hair & de m'accu-
,, ſer. Madame Gawky qui m'entendoit, craignant que je ne pouſſaſſe
trop loin la converſation. Laiſſez,
,, laiſſez paſſer tranquillement ce co-
,, quin, dit-elle, qu'il s'aille faire pen-
,, dre ailleurs. M. Anodin & ſon gendre me livrerent le paſſage ; mais le
premier n'avoit pas laiſſé tomber mes
dernieres paroles Je crus reconnoître
ſur ſon viſage qu'il avoit envie d'entrer
en éclairciſſement. Mais Gawky l'en-
traîna dans ſon appartement. Pour
moi je ſortis la rage & le déſeſpoir
dans le cœur ſans avoir pû donner la
moindre idée de mon innocence.

En ſortant de chez l'Apoticaire, j'allai
tout droit chez M. Concordance pour

lui conter mon hiſtoire, l'engager à
protéger mon innocence, & le prier
de me conſeiller ſur le parti que j'a-
vois à prendre. Mais malheureuſemnt
pour moi, il étoit allé à la campagne,
d'où il ne devoit revenir que dans deux
ou trois jours;en attendant ſon retour,
j'allai pour conſulter quelques amis
que je m'étois faits dans le voiſinage
pendant que je demeurois chez lui;
mais je vis avec la derniere douleur
que tout le monde étoit inſtruit déja
de mon hiſtoire, mais d'une façon ſi
deshonorante pour moi, que perſonne
ne voulut ſeulement m'écouter. Je
m'étois ménagé quelque argent, qui
m'étoit extrêmement utile dans l'affreuſe ſituation où j'étois réduit; j'euſſe cependant donné de bon cœur juſqu'au dernier ſol pour réparer le tort
qu'on avoit fait à ma réputation. Outre ma diſgrace, j'avois encore le malheur d'être attaqué d'une de ces maladies honteuſes qui puniſſent ſi bien
les hommes des vices de leur tempé-
rament.

J'avois perdu le ſeul ami ſur la
compaſſion duquel j'aurois pû com-

pter. Ce fut pour lors que je me reſ-
ſouvins de mon ingratitude à ſon égard,
& qu'en vain je me reprochai l'empreſſement que j'avois eu de l'éloigner de
moi. J'avois fait emporter mes hardes
dans l'Auberge où j'avois déja logé en
arrivant à Londres, j'y reſtai deux jours
en attendant le retour de M. Concordance par le crédit duquel je me flattois de trouver bientôt à me placer.
Quand je ſçus qu'il étoit de retour j'allai pour le voir ; mais par malheur,
M. Anodin m'avoit prévenu, je trouvai le Maitre d'Ecole ſi fort indiſpoſé
contre moi , qu'à peine voulut-
il m'entendre juſqu'au bout. Bon bon
» me dit-il , en ſecouant la tête, voilà
» de beaux contes. O Chriſt, faut-il que
» j'aye eu le malheur de m'intéreſſer
» pour vous , cela m'apprend à vivre
» pour la ſuite. Non je ne me
» fierois pas à préſent à mon propre
» frere , quand le Prophete Daniel ré-
» ſuſciteroit d'entre les morts, il n'ob-
» tiendroit pas ma confiance. Je me
» défierois , je crois, de l'Ange de vérité.
« Vous vous repentiriez de votre
E iiij

» injuste prévention , lui dis - je ;
» si vous vouliez un peu réfléchir sur
» les circonstances de mon histoire ;
» mais je me flatte que je viendrai à
» bout de vous convaincre. Je le sou-
» haite , repartit M. Concordance ;
» mais en attendant, je vous prie de ne
» point penser à moi. Vous sentez bien
» que si j'avois quelque commerce avec
» vous on ne manqueroit pas de m'ac-
» cuser d'être complice , tout le mon-
» de me montreroit au doigt, & je
» passerois pour votre receleur. Les
propos du Maître d'Ecole m'impa-
tientoient trop pour que je pusse les
écouter plus long-tems. Je sortis donc
de chez lui plus affligé & plus furieux
que jamais. J'allai louer une chambre
près de St Gilles à 9 sols par semaine ;
je songeai d'abord à me guérir. Je ven-
dis dans cette intention trois de mes
chemises pour acheter les drogues dont
j'avois besoin.

On juge bien de la façon dont j'é-
tois logé pour mes 9 sols. J'étois tout
le jour dans un misérable taudis où je
méditois sans cesse sur les moyens de

fortir d'embarras. Un jour que j'étois
abforbé dans les réflexions les plus affli-
geantes, j'entendis faire un grand cri
dans une chambre voifine de la mienne. J'y courus auffi-tôt, & je vis fur
un miférable grabat une jeune perfonne qui ne donnoit aucun figne de vie.
Je lui portai au néz une bouteille d'eau
de fenteur, elle commença à reprendre fes fens, elle ouvrit les yeux ; mais
ô Ciel ! quel fut mon étonnement,
lorfque je reconnus en elle cette femme infidelle que j'avois tant aimée &
que j'avois été fur le point d'époufer ;
fon malheureux état me toucha de
compaffion, & je fentis malgré moi
renaître dans mon cœur toute la tendreffe que j'avois eue pour elle. Je l'embraffai; elle me reconnut fur le champ,
& me ferra entre fes bras en verfant
un torrent de larmes. Je ne pus m'empêcher d'y joindre les miennes. Elles
fixa fur moi des regards attendris &
prononça d'une voix expirante ces paroles, qui me percerent le cœur :

» Ceffez de vous intéreffer pour moi,
» mon cher Random, je ne mérite pas

» vos bontés. J'ai formé contre vous
» des deſſeins honteux dont je rougis
» encore ſur le point d'expirer. Laiſſez-
» moi, mon cher Monſieur, laiſſez-
» moi les expier par la mort la plus
» horrible. Je n'ai pas encore long-
» tems à l'attendre. J'exhortai cette
femme à prendre courage, je lui
dis que j'oubliois pour jamais tous
les ſujets de reproche que j'avois
contre elle, & que j'exigeois de ſa
reconnoiſſance, qu'elle partageât le
peu d'argent que j'avois en ma poſſeſſion ; je l'interrogeai enſuite ſur
ſon évanouiſſement & ſur les cauſes
de ſa maladie, afin d'y apporter re-
mede : elle fut extrêmement touchée
de ce que je lui diſois ; elle me ſerra
la main tendrement & la baiſa : » Vous
» êtes trop généreux, me dit-elle, vos
» bontés me font regreter la vie que
» je vais perdre ſans pouvoir vous en
» marquer ma reconnoiſſance. Je pé-
» ris, helas faute de nourriture. »

A ces mots, cette malheureuſe
fille ferma les yeux & s'évanouit; ſon
état eût attendri le cœur le plus farou-

che. Quel effet ne devoit-il pas faire
sur moi, qui naturellement suis tendre
& compatissant ? J'envoyai au plutôt
l'hôtesse chercher de l'eau de canelle,
& me servis de tous les moyens que
je sçavois & que je pus imaginer pour
soulager cette belle infortunée ; je par-
vins enfin à la faire revenir , je lui fis
avaler une ou deux cuillerées d'eau de
canelle pour lui retablir l'estomac : je
lui fis faire une rotie avec d'excellent
vin vieux , ce qui lui fit beaucoup de
bien & la fortifia considérablement.
Elle m'apprit alors que c'étoit le premier aliment qu'elle eut pris depuis
trois jours. Je lui marquai quelque envie de sçavoir quelles étoient les causes de son malheur. Elle m'avoua que
la misere l'avoit forcée de se prosti-
tuer , mais qu'elle étoit bien punie de
s'être abandonnée à cet excès , puisqu'elle étoit infectée de la maladie la
plus honteuse & la plus terrible , ce qui
l'avoit obligée de louer une petite
chambre pour y travailler à sa guérison,
qu'elle étoit malheureusement pour
elle tombée entre les mains d'un Mé-

dècin qui l'avoit amufée par fes charla-
tanneries & l'avoit abandonnée après
avoir épuifé totalement fa bourfe, que
depuis trois jours elle languiffoit entre
la vie & la mort, n'ayant pour tout
bien que les haillons que je lui voyois
fur elle, ayant été obligée de vendre
& d'engager tous fes habits, foit pour
payer fon Hôteffe, foit pour fatisfaire
à l'avidité du Charlatan.

L'état de cette fille exigeoit un
prompt fecours : je lui propofai donc
de venir loger dans ma chambre pour
épargner le loyer de la fienne, & que
comme j'étois à peu près dans le même cas qu'elle, je travaillerois à fa
guérifon en même tems qu'à la mienne. Elle accepta mes offres avec les
témoignages de la plus fincere reconnoiffance, & dans l'état fâcheux auquel j'étois réduit j'eus la confolation
de trouver en elle une compagne aimable par les fentimens, par l'efprit
& par les talens. Je ne pus m'empêcher de lui dire un jour que j'étois
furpris qu'avec tant d'attraits, de mérite & d'éducation qu'elle en avoit,

elle eût pû se résoudre à mener une vie
si contraire à ses sentimens. » Helas,
» me dit-elle, en soupirant, ce sont
» ces mêmes avantages qui sont causes
» de mes malheurs. Cette réponse me
frapa ; je la pressai instamment de
m'instruire des particularités qui y don-
noient lieu. Elle le fit en ces termes.

CHAPITRE XXII.

Histoire de Mademoiselle Williams.

» JE suis fille d'un Marchand de cette
» Ville, qui dans son commerce
» avoit essuyé tant de traverses, que las
» de les réparer , & s'ennuyant des
» caprices de la fortune, il mit ordre à
» ses affaires ; content d'un bien mé-
» diocre qu'il avoit préservé du nauf-
» frage, il se retira pour en jouir au
» fond d'une Province dans une petite
» terre qu'il possédoit. Je n'avois gue-
» res , que huit ans lorsqu'il prit ce
» parti. Il me laissa à Londres entre
» les mains d'une tante qui étoit une

„ célébre Presbytérienne, & qui par la
„ sévérité de sa doctrine, me dégoûta
„ de la lecture de ses livres de piété, sur
„ lesquels elle me faisoit méditer sans
„ relâche. J'acquerois des agrémens
„ avec l'âge, & j'avois lié connoissance
„ avec beaucoup de jeunes personnes
„ de mon sexe : une d'entr'elles qui se
„ piquoit de bel esprit , me plaignoit
„ journellement de la contrainte à la-
„ quelle j'étois réduite par le cagotisme
„ & la foiblesse de ma tante. Elle me
„ fit entendre qu'à mon âge, il étoit
„ tems de secouer les préjugés de l'en-
„ fance que je devois suivre son exem-
„ ple & m'accoutumer à penser par
„ moi-même. Elle me conseilla de lire
„ *schaftsbury, Hobbs, Collins* , &
„ tous les autres Auteurs dont les idées
„ étoient opposées à celles qu'on m'a-
„ voit inculquées ; elle m'assura que
„ par la comparaison des unes aux au-
„ tres, je serois bien-tôt en état de pro-
„ duire moi-même un nouveau système.
   „ Cet espoir flattoit ma vanité ,
„ je suivis son avis ou plutôt mon goût;
„ car j'étois extrêmement prévenue

„ contre tout ce j'avois lu jufqu'alors: je
„ m'attachai donc avec ardeur à mes
„ nouvelles méditations, fi bien qu'en
„ peu de tems je devins un efpece d'ef-
„ prit fort. J'étois toute fiere de mon
„ érudition, & la fis valoir avec tant
„ de fuccès, qu'on m'honoroit du titre
„ de Philofophe ; j'eus le talent de
„ faire adopter mes décifions par quel-
„ ques perfonnes ; mais leur conver-
„ fion ne flattoit point affez mavanité.
„ Je comptois fi fort fur ma doctrine,
„ que je crus pouvoir tenter celle
„ de ma tante : Je fus trompée dans
„ mes conjectures. Mes opinions lui
„ infpirerent tant d'horreur pour moi
„ qu'elle écrivit fur le champ à mon
„ pere pour l'engager à me rappeller
„ auprès de lui, & cela pour la fureté
„ de ma confcience. Il fe rendit aux
„ inftances de ma tante, & je fus obli-
„ gée d'aller le trouver en Province.
„ J'avois quinze ans pour lors, il me
„ demanda compte de mes opinions
„ qui ne lui parurent pas fi condamna-
„ ble qu'à ma tante, & dans lefquelles
„ il me laiffa la liberté de vivre. Ce fut

„peut-être ce qui me fit perdre une par-
„tie de l'attachement que j'avois pour
„elle. Comme j'étois privéedans ma re-
„traite, de mes compagnies ordinaires
„& des plaisirs dont je jouissois assez
„frequemment à la Ville, je devins
„mélancolique ; mais enfin je m'ac-
„coutumai peu à peu à la solitude,
„dont je charmois les ennuis par la
„lecture de quelques livres amusans,
„lorsque mes occupations me le per-
„mettoient, car ma mere étant mor-
„te depuis trois ans, mon pere à mon
„arrivée me chargea du soin de notre
„ménage. Comme j'avoisbeaucoup d'i-
„magination, je m'amusois à faire des
„vers & des Romans, qui dans la pro-
„vince étoient généralement goûtés
„& m'avoient acquis la réputation
„d'un mérite extraordinaire, je m'a-
„musois les matins à lire dans un petit
„bois voisin de la maisonde mon pere,
„& que le grand chemin traversoit
„Un jour que j'étois extrême-
„ment préoccupée de ma lecture ; un
„Cavalier m'ayant apperçue, descen-
„dit de cheval, & vint à moi en di-
„sant

„ fant qu'il vouloit m'embraffer ; il me
„ prit alors entre fes bras , & garda fi
„ peu de mefures, que je me mis à crier
„ de toutes mes forces. J'euffe été peut-
„ être la victime de la brutalité de cet
„ infolent , fi un autre Cavalier qu'un
„ heureux hazard conduifit dans cet
„ endroit , indigné de l'infolence du
„ premier , ne fût accouru à mon fe-
„ cours. L'homme qui m'infultoit ,
„ outré de ce que l'autre lui faifoit
„ manquer fa proye, piqué d'ailleurs
„ des reproches de mon protecteur ,
„ courut à fon cheval , prit un de fes
„ piftolets, qu'il tira contre lui. Heu-
„ reufement il ne l'atteignit point.
„ L'autre , pour fe venger, lui porta
„ fur la tête avec le manche de fon
„ fouet un coup fi violent , qu'il le
„ terraffa & fe faifit de l'autre piftolet ,
„ dont il appuya le bout fur la poitri-
„ ne de fon adverfaire , le menaçant
„ de le tuer, s'il ne me demandoit par-
„ don : il le fit , après quoi j'engageai
„ mon défenfeur à le laiffer aller.
„ Ce généreux Cavalier me reconduifit
„ enfuite chez mon pere , qui le remer-

Tome I.   F f

,, cia beaucoup, quand je lui eus con-
,, té mon aventure : l'obligation que
,, j'avois à cet Officier (car c'en étoit
,, un) m'infpira pour lui quelque chofe
,, de plus que de la reconnoiffance. Sa
,, taille étoit parfaite, il avoit les yeux
,, extrêmement vifs, quoique modef-
,, tes, il avoit le néz aquilin, la bou-
,, che vermeille, les dents blanches,
,, le vifage plein & coloré, le fourire
,, agréable, de longs cheveux châtains,
,, noués galamment lui battoient la
,, ceinture. En un mot, pour abreger
fon portrait, il vous reffembloit parfaitement ; je ne vous dis point cela pour
vous flatter ; mais affurément il n'eft
perfonne qui ne vous prit pour fon
frere. Il nous apprit dans la converfation qu'il étoit fils d'un riche Gentilhomme du voifinage ; je lifois dans fes
yeux que j'avois fait fur fon cœur l'impreffion la plus vive. Une pareille conquête flattoit mon amour propre ; il
fortit enfin pour retourner chez lui,
après avoir promis à mon pere, qui
l'en pria de nous venir voir, le plus fouvent qu'il lui feroit poffible. Mon

Aventure ne me fortoit point de la tête. J'en étois occupée toutes les nuits, elle reffembloit fi fort à une hiftoire de roman, qu'elle rappelloit à ma mémoire toutes celles que j'avois lues en ma vie. Je rêvois quelquefois que j'étois Oriane ou Marphife, & que mon défenfeur étoit le brave Amadis ou le généreux Orondate. Je voyois fans ceffe mon amant à mes pieds m'exprimer fon amour en défefperé ; je m'imaginois de tems en tems être en croupe fur fon Palefroi, & que je voyageois pudiquement avec lui par monts & par vaux. Ces idées folles me fuivoient même pendant le jour, je cherchois envain à les diffiper ; la préfence de mon amant qui venoit fouvent nous rendre vifite, les entretenoit ; je ne pus réfifter à leurs impreffions, non plus qu'aux marques de tendreffe & d'eftime qu'il me fit paroître. Jamais je n'avois vû d'homme auffi fpirituel & plus féduifant, il exaltoit fouvent mes charmes pour avoir lieu de me parler de mon efprit ; quelle eft la jeune perfonne du fexe

qui puiſſe défendre ſon cœur de pareilles attaques ? L'amour propre
plaide trop bien en faveur de l'amant
pour qu'il perde ſa cauſe.

Léotharis (c'étoit le nom de mon
amant) obtint ſans peine l'aveu
du penchant qu'il m'avoit inſpiré ;
& profitant un jour de l'abſence de
mon pere, il me fit voir des tranſports ſi vifs & qui me paroiſſoient ſi
ſinceres, que je ne pus plus longtems
me refuſer à ſes déſirs. Le perfide, hélas ! triompha de toute ma vertu ;
jeune & ſans expérience, je ne pouvois m'imaginer que Léotharis, en me
promettant de m'épouſer, ne ſouhai-
tât pas ardemment de me tenir parole ; ſon pere s'oppoſoit à notre
union, mais il falloit, diſoit-il, l'y
déterminer par les ſuites de ma complaiſance. Ah ! qu'un amant aimé per-
ſuade aiſément un menſonge, le perfide me trompoit, & je me ſerois re-
proché comme un crime, d'oſer l'en
ſoupçonner !

Voilà, mon cher M. Random, quel
fut le fruit de ces charmes, de cet

esprit & de cette éducation que vous admirez encore en moi ; si j'eusse été moins belle , je n'eusse pas fait la conquête d'un perfide ; si j'eusse été une idiote , les charmes de ma conversation ne l'eussent pas rendu encore plus avide de ma conquête ; si j'eusse manqué de jugement & de principes , j'eusse été comme la plûpart des femmes une coquette capricieuse, que les apparences d'un mérite distingué n'auroient pas séduite ; incapable également de réflexion & de sentiment, jalouse de la conquête de tous les hommes ensemble , je n'aurois pas prêté l'oreille assez longtems aux fleurettes d'un seul pour en être séduite.

Je m'abandonnai donc aux transports de mon amant ; ils étoient si vifs, que je ne réflechis pas un seul instant sur les conséquences qui en pouvoient résulter ; mais peu à peu les visites de Léotharis devinrent moins fréquentes ; ses caresses me parurent moins passionnées, mon cœur l'accusa de froideur ; j'en conçus mille alarmes , & mes pleurs l'instruisirent

de mes foupçons. L'interêt de ma réputation m'allarma, je preffai mon
amant de diffiper mes craintes en m'é-
poufant comme il me l'avoit promis.
Il feignit un jour de fe rendre à ma
follicitation, & me quitta dans le
deffein, difoit-il, de chercher un Eccléfiaftique qui fût affez complaifant
pour entrer dans nos vûes & qui vou-
lût bien nous unir. C'étoit une défaite, l'ingrat fortit de chez moi pour
la derniere fois, il n'y reparut plus. Je
fus pendant huit jours dans la derniere
impatience, tantôt je me plaïgnois au
Ciel de fa trahifon, tantôt j'inventois
moi-même des excufes en fa faveur,
pour diffiper l'horreur de mes foupçons. J'appris enfin par un Gentilhomme qui vint nous rendre vifite,
que le traitre alloit partir pour Londres avec la femme que fon pere lui
deftinoit, pour laquelle il alloit acheter des habits de nôces. Je me trouvois pour comble de difgrace enceinte;
cette nouvelle me mit au défefpoir, &
je ne pouvois envifager fans horreur
la mauvaife opinion que l'on auroit

de moi ; les chagrins d'un pere tendre & complaifant qui m'avoit toujours accablé de bontés , & qui fur le dé- clin de fes ans , n'auroit pas la force de foutenir le déshonneur de ma conduite. Je croyois déja le voir au tombeau , la honte & le chagrin dé- chiroient mon ame , je formai mille projets de vengeance contre le traitre qui m'avoit abufée , l'accablement fuc- cédoit à ma rage ; je pleurois vaine- ment ma faute , & dans d'autres inf- tans l'efpérance venoit encore me calmer. Je me faifois fans cefle le por- trait de mon amant , je me rappellois toutes les belles qualités qui m'avoient féduite en lui , & je l'excufois de fon abfence fur la contrainte à laquelle il étoit réduit par l'entêtement d'un pere opiniâtre , qui vouloit le porter à con- clure un mariage contre fon gré.

Je me flatois qu'il trouveroit moyen de s'échaper pour venir me donner fa foi ; mais hélas ! la nouvelle de fon mariage fe répandit dans tous le Pays ; que devins-je lorfqu'elle parvint juf- qu'à moi ? Je me ferois donné la mort

fur le champ, fi l'envie de me venger
de ce fourbe ne m'eût fait fufpendre
les effets de mon défefpoir. Quelques
foins que je priffe de me cacher à mon
pere, je vis bien qu'il s'étoit apperçu
de mon état ; ce pere compatiffant
renfermoit fa douleur en lui-même, il
ne m'en parloit point & faifoit de fon
mieux pour diffiper mon chagrin, fes
tendres foins & fa douleur que je voyois
bien qu'il cherchoit à me dérober ne
firent qu'augmenter ma rage contre
l'auteur de ma peine. Je réfolus abfolument d'en tirer vengeance ; je quittai la maifon de mon malheureux pere
pendant la nuit. J'arrivai à la pointe du
jour à une petite Ville où l'on prenoit
le Caroffe de Londres ; j'entrai dans
la voiture , & j'arrivai dans cette Ville
fans avoir proféré une feule parole.
J'étois fi fort préoccupée du projet de
ma vengeance, que je ne m'apperçus
point qu'il y eût quelqu'un avec moi
dans la voiture. Dès que je fus arrivée
je pris un logement dans le quartier
le plus ifolé de la Ville ; je changeai
de nom , & ne m'attachai plus qu'à
trouver

trouver la Maifon de mon impofteur ;
je la découvris enfin, les tranfports qui
m'agitoient étoient trop violens pour
me donner le tems de bien concerter
le projet de ma vengeance. J'allai à la
Maifon de Léotharis, à qui je demandai
à parler. Un Domeftique me demanda
mon nom, je refufai de le lui dire, & le
priai de m'annoncer comme une perfonne qui avoit à traiter avec fon Maître d'une affaire de la derniere conféquence. On me fit entrer dans un appartement jufqu'à ce qu'il fût aver-
tit ; j'y demeurai environ un quart
d'heure fans que mon Traitre parût ;
on vint me dire enfin qu'il étoit en
compagnie & qu'il ne pouvoit voir
perfonne. Je ne pus contenir plus
longtems ma fureur ; je tirai un poi-
gnard que j'avois caché fous ma robe,
& montant l'efcalier avec précipitation : » Je veux le voir ce perfide,
» m'écriai-je, & lui plonger ce poi-
» gnard dans le cœur. " Tous les Domeftiques accoururent à ce bruit, ils
me faifirent & me défarmerent, je ten-
tai vainement de m'arracher de leurs

mains. Comment vous exprimer la rage
dont je fus transportée lorsque je vis paroître mon barbare amant avec sa jeune
épouse? Je perdis tout sentiment ; on
profita de mon évanouissement pour
me transporter dans une chambre
haute & isolée. Lorsque j'eus recou-
vert l'usage de la raison, j'essuyai mille
questions impertinentes, de la part
d'une vieille femme, sur mon état &
sur ma condition.

Je ne lui répondois point, elle m'apprit que mon emportement avoit
étrangement surpris tous les parens
de Léotharis qui en avoient été témoins ; & que sur les questions qu'ils
lui avoient faites à mon sujet, il leur
avoit constamment répondu que j'é-
tois folle & qu'il falloit m'enfermer à
Bedlam * ; mais que sa femme s'étoit
persuadée quelque chose de plus dans
cette affaire, & que ses soupçons lui
avoient fait tant d'impression qu'elle
étoit allée se mettre au lit, en ordon-
nant à ses Domestiques d'avoir soin de
moi. Sans entrer dans aucun détail

* C'est l'Hôpital des Foux à Londres.

avec la vieille, je la priai de me faire
venir une Chaife à Porteurs pour me
faire conduire chez moi ; elle refufa
de le faire avant d'avoir obtenu le confentement de fon Maître qui le lui
donna ; on m'emporta dans un
état que je ne puis décrire. Le défefpoir d'avoir manqué mon coup me
caufa une fiévre fi violente, que j'en
fis une fauffe couche. Je n'avois cependant rien perdu de mon reffentiment contre Léotharis. Malgré cet
évenement qui fembloit me tirer de
peine, ma douleur étant plus tran-
quille me laiffoit auffi la liberté de méditer davantage fur la façon dont je
punirois mon perfide. J'étois occupée
des idées les plus cruelles, lorfqu'on
vint me dire qu'un jeune homme demandoit à me voir, qu'il avoit quelque chofe de la derniere conféquen e
à me communiquer, & que ce qu'il
avoit à m'apprendre, ne pouvoit que
me flater beaucoup ; j'étois extrêmement émue, & je me confultois fur la
réponfe que je devois faire lorfque je
vis entrer dans ma chambre un Ca-

valier d'une figure aimable & d'une
taille avantageuse ; il s'excusa d'abord
de la liberté qu'il prenoit d'entrer sans
être introduit , sur l'impatience qu'il
avoit de me voir & de m'entretenir.
Je l'examinois avec soin & ne sçavois
que lui répondre ; je lui demandai , en
hésitant , quelle affaire il avoit à me
communiquer ; il me dit qu'elle exigeoit le secret & qu'il ne pouvoit en
faire part qu'à moi seule : Je priai donc
l'Hôtesse de se retirer ; l'Inconnu me
surprit beaucoup en me disant qu'il
étoit instruit des moindres circonstances de mon histoire par Léotharis lui-
même , dont la conduite, à mon égard,
lui inspiroit tant d'horreur pour ce perfide , qu'il venoit m'offrir son bras
pour le punir ; que d'ailleurs il lui en
vouloit pour une insulte personnelle
qu'il en avoit reçue ; mais que le premier motif qui l'y déterminoit étoit
l'interêt de ma vengeance , dont il
étoit disposé à se charger , pourvû
que je voulusse lui prouver par le don
de mon cœur , que je l'acceptois pour
défenseur.

Dans les dispositions où j'étois , que

pouvoit-on me propofer de plus agréable? Je crus voir dans l'Inconnu un
Protecteur généreux que le Ciel me
fufcitoit pour le charger de la meilleure caufe du monde, & il me promit de me défaire de Léotharis cette
nuit même. Je lui donnai réciproquement parole qu'après coup il pouvoit
difpofer de moi felon fa volonté ; il
fortit en jurant qu'il alloit de ce pas
prendre les mefures néceffaires pour
que Léotharis ne lui pût échapper. Sur
les deux heures après minuit il vint
frapper à ma porte : je lui ouvris, il
étoit tout couvert de fang, & tenoit
encore fon épée à la main. ,, C'en eft
,, fait, me dit-il d'un ton fort ému,
,, vous êtes vengée. " Il ajouta qu'il
n'avoit aucun reproche à fe faire par
la façon dont il l'avoit tué ; qu'il avoit
envoyé un Cartel à Léotharis, auquel
il avoit répondu, qu'étant fur le champ
de bataille il lui avoit demandé raifon
de fa conduite à mon égard, & qu'a-
près une minute de combat il l'avoit
laiffé baigné dans fon fang, percé de
ttois coups d'épée. J'embraffai mon

Défenseur, je m'informai avec avidité
de toutes les particulari·és du combat,
dont je lui fis plufieurs fois recommen-
cer le récit. La douceur naturelle à mon
fexe ne pouvoit m'empêcher d'y prendre plaifir, & le défir de la vengeance
fembloit avoir familiarifé mon ame
avec les images les plus cruelles. C'é-
toit avec joye que mes yeux contem-
ploient le fang dont l'épée & les habits
de mon Vengeur étoient teints ; mais
j'aimois furtout à me peindre Léotharis mourant & demandant au Ciel pardon de fa perfidie à mon égard. Cette
pudeur, ces fentimens que je n'avois
facrifiés qu'avec peine à l'amour, je
les facrifiai fans prefque aucune ré-
fiftance au plaifir d'être vengée. *Horatio* (c'eft ainfi que j'appellerai mon
Vengeur) exigea de moi le prix de fa
victoire, il l'obtint comme fi ma reconnoiffance eût dû le récompenfer
d'un crime par un autre ; ce dernier ne fut pas plûtôt commis, que
mon ivreffe commença à fe diffiper. Les remords s'éleverent dans mon
cœur, & le fommeil, au lieu de les ap-

paſſer, ne fit que les accroître ; mille
ſonges plus affreux les uns que les autres, m'agiterent pendant toute la
nuit ; je voyois Léotharis le viſage
couvert des horreurs de la mort & baigné dans ſon ſang, me reprochant
mon injuſtice & ma barbarie, & pro-
teſtant de ſon innocence. Il ſe juſti-
fioit d'un ton ſi patétique, que je ne
pus réſiſter à cette impreſſion ; je me
réveillai en faiſant un grand cri, mon
nouvel Amant m'en demanda la raiſon, je la lui dis ; il me tint cent diſcours plus inſinuans les uns que les autres pour me calmer, & parvint encore à me perſuader qu'il n'avoit rien
fait que de juſte. Je me rendormis, le
même ſonge vint encore occuper mes
eſprits ; je paſſai le reſte de la nuit dans
une agitation affreuſe ; je conçus une
telle horreur pour Horatio, que le lendemain matin je ne pouvois le regarder
ſans frémir ; il s'apperçut de mon trouble, & ſentit bien qu'elle en étoit la
cauſe, il voulut le calmer : » Eſperez-
» encore, me dit-il, puiſque vous re-
» grettez votre Ingrat, peut-être n'eſt-

H h iiij

» il point mort, je l'ai laiſſé bleſſé &
» ſans connoiſſance ſur le lieu du com-
» bat, mais peut-être ſes plaies ne
» ſont-elles pas mortelles. « A ces
mots, je lui dis avec tranſport de ſe
lever, mais qu'il y alloit de ſa vie à reparoître devant moi, s'il ne m'apportoit des preuves convainquantes
que Léotharis vivoit encore; que j'é-
tois réſolue, s'il étoit mort, de le venger de moi-même en me livrant à la
Juſtice. » Je n'ai rien fait, me dit-il,
» que par amour pour vous; je n'ai rien
» à me reprocher par rapport à la fa-
» çon dont je vous ai vengée d'un per-
» ſide, puiſque je l'ai fait en homme
» d'honneur; cependant vous me
» traitez comme un lâche aſſaſſin, com-
» me un ſcélerat mercenaire que l'on
» ne veut plus voir dès qu'il eſt payé
» du crime qu'il a commis. Que ſçai-je
» encore ſi Léotharis reſpire, ſi vous
» ne regarderez pas comme un crime
» de ne l'avoir point tué tout-à-fait &
» de n'avoir ſatisfait qu'à moitié votre
» vengeance. « Je lui jurai qu'il m'en
feroit plus cher, & que loin de le mé-

prifer, je ne verrois jamais en lui qu'un Vainqueur généreux & non un affaffin. » Hé bien Madame, hé bien, » repartit Horatio, il faut vous fatis- » faire & m'expofer à tout pour vous » prouver que je vous adore, heureux » fi votre Amant n'a point perdu tous » les principes d'honneur ; je vais aller » m'informer du fort de Léotharis, » me préfenter même à fes yeux, duf- » fai-je me perdre par cette démarche, » vous ne douterez point de ce que » vous pouvez fur moi. « Il fortit en difant cela. Quand je fus feule je m'a- bandonnai à mes réflexions : avec quelle horreur ne vis-je pas combien j'étois coupable, je ne me regardois plus que comme une meurtriere ! L'ombre de mon Amant étoit tou- jours préfente à mes yeux, je n'envi- fageois point de termes à ma douleur ; mais au bout de deux heures Horatio revint, & diffipa mes remords & mes craintes par une lettre qui contenoit ce qui fuit :

» Toute cruelle que vous avez été, » Madame, à l'égard d'un homme qui

,, vous a aimé, je suis encore touché
,, de la triste résolution que vous avez
,, prise, conservez votre vie & votre
,, liberté ! Les coups que j'ai reçus
,, d'Horatio ne font point mortels,
,, aimez-le puisqu'il vous aime, & fai-
,, tes en sorte d'oublier un homme assez
,, généreux pour ne vouloir point se
,, souvenir que vous avez attenté tous
,, deux à ses jours. ,,

LEOTHARIS.

Je connoissois l'écriture, cette lettre me causa des transports de joye
inexprimables, je faisois mille caresses
à Horatio, pouvois-je soupçonner
qu'il me trompoit ? Mes caresses cependant étoient moins le fruit du penchant que j'avois pour lui, que l'ex-
pression du plaisir que je ressentois en
apprenant que mon premier Amant
vivoit encore ; mais ma joye ne fut
pas de longue durée. L'inquiétude où
j'avois été pour Léotharis n'avoit point
détruit mes autres chagrins, elle n'a-
voit fait que les suspendre, en absor-
bant, pour ainsi dire, mon ame toute
entiere : dès que cette inquiétude fut
dissipée, mille autres chagrins reparu-

rent. Cette lettre qui m'avoit fait tant de
plaisir & que je relisois sans cesse , me
replongea dans un cruel abbattement :
Elle contenoit des reproches de l'homme que je cherissois le plus au monde ,
tout perfide qu'il étoit. Elle me rappelloit les douceurs de notre engagement ; quel triste souvenir que celui
des plaisirs qui ont causé notre perte !

Horatio cependant faisoit de son
mieux pour m'égayer , il me procuroit
la compagnie de quelques-unes de ces
femmes qui , quoiqu'elles ne se livrent
pas aux désirs du premier venu , vivent
cependant de leurs appas. Leurs
sentimens étoient si peu conformes
aux miens que leur société ne pouvoit
que m'être à charge , elle me devint
cependant insensiblement agréable par
la privation où j'étois de toute autre.
Horatio seroit peut - être parvenu à
dissiper mon chagrin , si un hazard
malheureux ne fût venu troubler la
sécurité dans laquelle je commençois
à vivre : Pardonnez si le souvenir me
coûte encore des larmes , elles sont
bien légitimes ! Une des mes amies ,
en feuilletant quelques papiers , m'en

fit voir un imprimé qui renfermoit ce
que je vais vous dire.

A V I S.

„ Une Jeune Demoiselle du Comté
„ de . . . eſt diſparüe de la Maiſon de
„ ſon pere vers la fin de Septembre,
„ pour quelques chagrins dont on
„ ignore la cauſe ; on n'a point encore
„ entendu de ſes nouvelles. On prie
„ ceux qui pourront en donner, de
„ vouloir bien s'adreſſer à M.....
„ rue . . . ils ſeront bien récompenſés.
„ Si cette Demoiſelle veut retourner
„ chez ſon pere qui eſt inconſolable
„ de ſa perte, elle peut s'attendre d'en
„ être bien reçue, quelque raiſon qu'il
„ ait de ſe plaindre d'elle. C'eſt le ſeul
„ moyen qu'elle puiſſe employer pour
„ conſerver les jours d'un pere infor-
„ tuné, prêt d'entrer au tombeau, ac-
„ cablé du poids de ſon chagrin, de ſes
„ ans & de ſes infirmités "

Ce billet ne regardoit que moi ; une
remontrance ſi tendre & ſi patétique
fit ſur mon cœur l'impreſſion la plus
vive. J'étois dans la diſpoſition d'imiter
l'Enfant prodigue, j'écrivis d'abord à
quelques perſonnes pour m'informer

fi. mon pere étoit toujours dans les mêmes dispositions ; mais hélas ! on m'apprit que sa douleur avoit fini ses jours, & qu'il avoit disposé de son bien en faveur d'un ami pour marque de son ressentiment envers moi. Quelle affreuse nouvelle pour mon cœur, je m'accusai de la mort de mon pere, je ne cessois de la pleurer ! J'évitois toutes les compagnies pour passer mon tems à gémir sur mes fautes & sur mes infortunes. Mes connoissances m'abandonnerent de leur côté, Horatio qui ne me voyoit plus que les larmes aux yeux, ayant enfin reconnu qu'il ne devoit mes faveurs qu'au besoin que j'avois de son secours, prit son parti, c'est-à-dire, qu'il cessa tout d'un coup de revenir chez moi. J'appris quelques jours après qu'il m'eut abandonnée, que l'histoire de son combat avec Léotharis étoit faite à plaisir, qu'ils ne s'étoient jamais battus, & qu'ils étoient convenus ensemble de me jouer de la sorte, l'un pour échaper à mon ressentiment, & l'autre pour me séduire. Je fulminai, je versai des larmes, enfin le désespoir & la nécessité triompherent totalement

des principes de vertu que j'avois
puifés dans mon éducation ; j'étois dejà
refolue de tout faire pour me tirer de
la mifere à laquelle j'étois réduite ,
lorfqu'une vieille femme , fous prétexte
de vouloir me confoler, vint me rendre
vifite. Elle s'étendit beaucoup fur ma
beauté , profera mille invectives contre le traître qui m'avoit abandonnée ,
& me fit entendre , que dans l'état où
j'étois , il falloit ufer de toutes mes re-
fources , que j'étois maîtreffe de ma
fortune fi je voulois profiter de tous
mes avantages. J'avalois le poifon à
longs traits : j'encourageai la vieille à
s'expliquer plus clairement ; elle m'offrit de demeurer chez elle , où j'aurois
une cour nombreufe de Galants , dont
le moins riche pouvoit me faire vivre
à mon aife: mais à condition que je par-
tagerois avec elle les profits de ma prof-
titution. Cruelle indigence ! de quelles
vertus ne triomphes-tu-pas ! J'allai
loger avec elle ; & fuivant fon avis , je
pris pour mieux faire des dupes , un air
de candeur & de fimplicité qui me
réuffit effectivement à merveille. Ma
premiere conquête fut un Confeiller ,

qui me crut si novice après huit jours
de visites régulieres , qu'il offrit de
me servir de protecteur ; il me ques-
tionna sur mon état , & après le lui
avoir exposé , il me présenta dix guinées que j'acceptai , & desquelles il
fallut faire le partage , ce qui me dé-
plut infiniment.

CHAPITRE XXIII.

Mademoiselle Williams est interrompue
par l'arrivée d'un Commissaire & de
plusieurs Archers qui la prennent pour
une autre & la menent en Prison. Ro-
derik l'y suit. L'Exempt reconnoit son
erreur & la répare. Suite & fin de
l'Histoire de Mademoiselle Williams
Elle embrasse un nouveau genre de
vie.

L'Infortunée Mademoiselle Williams parloit encore lorsqu'elle
fut interrompue par de grands coups
qu'on frappoit à la porte. Je l'ouvris &
Tome I.

vis entrer trois ou quatre Archers conduits par un Commissaire, qui s'adressant à elle, lui commanda de le suivre
en Prison, en vertu d'un ordre dont il
étoit Porteur. Pendant qu'il lui parloit, les Archers l'avoient déjà saisie,
& commençoient à la tirailler indignement. La brutalité de ces Coquins
m'enflamma de courroux, je me saisis
d'un manche à balai, & sans faire
attention au nombre, je me disposois
à les charger, lorsque Mademoiselle
Williams m'arrêta ; elle me dit avec
une fermeté qui me surprit, qu'elle
me prioit de ne point user de violence,
que ma témérité lui seroit inutile &
me seroit préjudiciable. Elle s'adressa
ensuite au Commissaire, & lui demanda à voir l'ordre ; après l'avoir lû,
elle lui dit qu'elle n'étoit point là personne dont il étoit question, que ce
n'étoit point son nom dont il étoit
mention, qu'ainsi ils prissent garde à
ce qu'ils alloient faire : » Bon, bon, dit
» le Commissaire, je consens à payer les
» dommages & intérêts si je me trom-
» pe ; je suis sûr de mon fait, vous

avez

„ avez oublié votre nom , mais nous
„ allons vous mettre en lieu où vous
„ aurez le tems de vous en rappeller le
„ souvenir. Où voulez-vous aller, vou-
„ lez-vous demeurer chez moi, ou lo-
„ ger en Prifon? * " Si je dois-être em-
menée , répondit Mlle Villiams ,
conduifez-moi chez vous par préfe-
rence. „ Hé bien , dit le Commiffaire ,
„ il faut me payer votre penfion-d'a-
„ vance , vous pouvez compter que
„ vous ferez traitée comme une Prin-
„ ceffe. " Mlle Villiams lui dit qu'elle
n'avoit point d'argent. „ En ce cas ,
„ dit le Commiffaire , allons en Pri-
„ fon, car je ne fais point de crédit. "
Il ordonna enfuite à l'un des Archers
d'amener un Caroffe ; il permit à Mademoifelle Villiams de me dire quelque chofe en particulier, fur la priere
qu'elle lui fit de lui accorder cette grace.

* A Londres lorfqu'on eft arrêté pour dettes,
ou pour quelqu'autre caufe légere, on peut opter
de payer une fomme prefcrite à celui qui vous
arrête, pour demeurer chez lui comme Prifonnier , jufqu'à ce que la Partie adverfe foit appaifée, ou bien d'être conduit à la Prifon commune, lorfqu'onn'eft pas en état de payer la penfion.

Elle me dit de ne point m'inquietter,
& qu'elle seroit bientôt hors de ce mauvais pas, & que cette avanture tour-
neroit peut être même à son profit. On
vint avertir que le Carosse attendoit,
j'obtins la permission d'accompagner
Mlle Villiams en Prison. Quand
nous y fûmes arrivés le Commissaire
descendit le premier, il montra l'ordre
au Geolier ; ce dernier n'eût pas plûtôt
jetté les yeux dessus: ,, oh oh, c'est *Eli-*
,, *sabeth Cary* ? Eh viens-donc ma
,, vieille pratique, je suis ravi de tout
,, mon cœur de te revoir. " Il vint en
disant cela donner la main à Mlle
Villiams, qu'il n'eut pas plûtôt envi-
sagée, que se tournant vers le Commissaire, que diantre m'amenez-vous
donc là, lui dit-il, ce n'est pas elle ? Moi
,, je soutiens que si, dit le Commissai-
,, re, c'est bien *Elisabeth Cary* elle-même. ,, C'est elle comme c'est ma grand-
mere, repartit le Geolier. Mlle Villiams dit alors au Commissaire, que
s'il eût bien voulu l'en croire, il n'auroit pas commis cette méprise, mais
qu'il apprendroit à ses dépens à ne
point arrêter mal-à-propos une hon-

nête fille. Parbleu nous verrons cela, dit le Commiſſaire, il faut me prouver la vérité de ce que vous dites. Il nous conduiſit en diſant cela dans la Chambre du Geolier, & fit apporter une bouteille de vin. Mademoiſelle Villiams me donna alors l'adreſſe de deux de ſes amies pour les engager à venir atteſter la vérité du fait. J'allai les chercher avec le caroſſe. Heureuſement je les trouvai toutes deux ; je leur contai l'avanture de Mlle Villiams ; elles en furent enchantées, & goûterent par avance le plaiſir de chagriner un de leurs ennemis déclarés. Car il y a tout autant d'anthipatie entre M ˢ. les Commiſſaires & les filles publiques, qu'entre les chiens & les chats. Elles embraſſerent cordialement la Priſonniere : ,, Eh ! ,, depuis quand ma chere *Nancy Villiams* es-tu donc ici, lui dirent-elles, & quelle en eſt la raiſon. Mademoiſelle Villiams leur détailla les circonſtances de ſon aventure : Elles s'offrirent d'affirmer pour elle devant le Juge de Paix, qu'elle n'étoit point la perſonne dont il étoit queſtion dans l'ordre. Le

Commiſſaire qui pour lors étoit convaincu de ſa mépriſe , voulut leur épargner cette peine. ,, Mesdames , leur dit-
,, il , il n'y a pas grand mal à tout cela ,
,, quittons-nous bons amis; pour réparer
,, ma ſotiſe je vous offre encore une
,, bonne bouteille de vin. "Cette propoſition fut rejettée des trois Compagnes.
Mademoiſelle Villiams lui demanda
s'il s'imaginoit de bonne foi qu'il en ſeroit quitte pour quelques verres de mauvais vin. ,, Le Geolier prit là-deſſus la
,, parole , & proteſta que ſon vin étoit le
,, meilleur qu'on pût trouver dans la
,, Ville. Tant mieux pour vous , répartit
,, Mademoiſelle Villiams : mais fût-il le
,, meilleur vin de Champagne , il ne me
,, feroit pas oublier le tort qu'on vient de
,, faire à ma réputation , qui ne m'eſt pas
,, moins chere que ma ſanté , à laquelle
,, le ſaiſiſſement que je viens d'éprouver
,, ne peut être que préjudiciable. Hé
,, quoi donc ! perſonne quelqu'innocent
,, qu'il fût ne ſeroit donc à couvert d'al-
,, ler en Priſon ? S'il eſt permis à M . les
,, Commiſſaires d'empriſonner indiſtinc-
,, tement tout le monde , quel riſque ne
,, courroit-on pas à leur déplaire , s'ils en

„ étoient quittes pour avouer qu'ils se
„ sont mépris ? Mais heureusement la
sagesse du Gouvernement a prévenu
leur malice. M. *Vautour* (c'étoit le nom
du Commissaire) voyant bien qu'il
avoit affaire à des personnes instruites
de l'étendue de ses fonctions , se mit à
réfléchir en frottant son front , & en jurant très-énergiquement contre notre
vieille coquine d'Hôtesse , qui , disoit-
il , l'avoit trompé. Après bien des dis-
cussions inutiles , on s'en rapporta à la
décision du Geolier , qui fit encore apporter quelques bouteilles de vin , &
prononça que le Commissaire payeroit
tout l'écot , la dépense du Fiacre ,
& donneroit à la Plaignante deux
guinées pour indemnité. *Vautour*
souscrivit à la sentence , & paya sur le
champ deux guinées à Mademoiselle
Villiams , qui donna à chacune de ses
amies une demie guinée pour prix de
leur témoignage , & mit l'autre dans
sa bourse. Nous nous retirâmes ensuite
tous quatre , laissant le Commissaire
très-mortifié de sa sotise & encore plus
de la réparation , quoiqu'en Justice ré-

glée elle eût dû lui coûter beaucoup plus. La guinée que Mlle Villiams venoit de gagner fi heureufement, nous vint fort à propos ; j'avois déja vendu fix de mes chemifes pour nous aider à fubfifter ; il ne me reftoit plus que les habits que j'avois fur moi. Comme nous avions tout à craindre de la mauvaife volonté de notre Hôteffe, nous allâmes nous loger ailleurs dès le lendemain, dans l'intention de ne paroître l'une & l'autre que lorfque nous ferions parfaitement guéris. Je priai Mademoifelle Villiams de m'achever fon Hiftoire, elle s'en acquita comme il fuit :

Suite de l'Hiftoire de Mademoifelle Villiams.

Je m'étois trop bien tirée de mon rôle de novice pour ne le jouer qu'une fois. La conquête du Confeiller fut fuivie de celle de cinq autres dupes ; cependant peu à peu ma reputation s'étendit, & je perdis le titre de Veftale. Ma Gouvernante jugea pour lors à propos de me quitter &

d'aller se pourvoir de marchandises un peu moins achalandées ; cela m'obligea de quitter mon logement , j'en pris un autre près de *Charing-cross*, à deux guinées par semaine. J'ouvris ma porte à tous les adorateurs pecunieux, que la fortune m'adressoit ; mais comme je n'avois pas le talent de les fixer, chacun d'eux souhaitant d'être l'unique possesseur de mes charmes , & ne les mettant pas à un assez haut prix pour cela , je fus obligée encore une fois de changer de domicile , le prix de mes faveurs baissoit à mesure que le nombre de mes galans augmentoit. La noblesse m'avoit abandonnée, j'étois réduite au tiers état : pour m'achalander davantage, j'avois même été contrainte de me servir de l'entremise de quelques garçons cabaretiers qui m'adressoient des pratiques : obligée de payer grassement la protection de mes entremetteurs, quelle horreur n'avois-je pas pour l'état affreux auquel j'étois réduite ? Les compagnies qu'ils m'envoyoient , étoient ordinairement composées de libertins ou de brutaux échauffés par le vin & par

la fureur de leur emportement. Avec
combien de répugnance & de chagrin
ne me voyois-je pas forcée à me prêter
pour un vil intérêt à l'infame lubricité
de gens ivres , & qui peut-être alloient
porter dans mon sein un poison affreux que je craignois plus que la
mort ? Je sentois trop la rigueur de
mon destin pour paroître accorder
de bonne grace , ce que je n'accordois
que par nécessité.

J'étois toujours triste & mélancolique , ce qui m'attiroit quelquefois de
mauvais traitemens , & fit déserter en
peu de tems tous les galans que mes
Emissaires m'avoient acquis. Je me
trouvai dénuée de tout secours , il me
fallut vendre ma montre , mes boucles
d'oreilles & quelques autres bijoux pour
m'aider à subsister. Un soir que je méditois profondément sur les causes de
ma misere , un Baigneur qui me pro-
tégeoit conjointement avec les Cabaretiers , m'envoya une chaise-à-porteur
avec ordre de venir sur le champ chez
lui. Je m'ajustai de mon mieux , & partis aussi-tôt ; on me fit monter dans
une

une chambre où je trouvai un Officier qui m'attendoit, difoit-il, pour fouper avec moi. Nous foupâmes en effet tête-à-tête; le vin de Champagne ne fut pas épargné; il affoupit pour quelque tems la mélancolie qui me dévoroit; & fi je ne m'endormis pas dans les bras du plaifir, ce fut du moins fans être déchirée par ces réflexions accablantes qui me fuivoient partout, que je me livrai au fommeil.

Mais que devins-je le matin, lorfque ne trouvant plus l'Officier à mes côtés, je m'apperçus que non-feulement il m'avoit volée, mais qu'il avoit encore emporté les couverts & les flambeaux d'argent du Baigneur. Au cri perçant que je jettai, ce dernier accourut, & la première chofe qu'il fit, fut de m'accufer d'être d'intelligence avec le voleur. J'eus beau protef-

ter que j'étois innocente, il me fit
arrêter. Je fus conduite devant le
Juge qui, prenant ma confusion
pour un aveu de ma faute, me con-
damna, après un interrogatoire
très-superficiel, à être conduite à
Bridwel.

Rien n'est comparable à l'état
affreux où je me trouvai dès que
je fus entrée dans ce lieu d'humi-
liation. Quoiqu'à mes yeux mêmes ma conduite ne fût pas irré-
prochable, la différence qu'il y
avoit de mes compagnes d'infortune
à moi, étoit trop grande pour que
je ne la sentisse pas. Elles étoient
toutes renfermées pour des crimes
réels; c'étoit au contraire sur une
fausse imputation que j'étois con-
damnée. Pour les fautes que j'avois
à me reprocher, je ne pouvois les
voir que telles qu'elles étoient,
c'est-à-dire, que comme des fautes
commises plutôt contre nous mê-

mes , que contre les autres, qui
dès-lors ne doivent trouver leur
punition que dans les malheurs
qu'elles amenent ; mais qui ne mé-
ritent point l'animadverſion publique. L'horreur de mon ſort
s'augmenta par l'idée de celui
dont avoit joui ma premiere jeu-
neſſe , & dont m'avoit privé la
perfidie de Léotharis. La paſſion
me l'avoit fait haïr , la raiſon me
le fit déteſter , & mon malheur
m'éclairant ſur toute l'indignité
de ſa conduite , je ne pouvois concevoir comment reſtoit impuni
un crime dont je payois ſi cher les
funeſtes conſéquences. Vous à
qui je ne ſonge encore à préſent ,
qu'en répendant des larmes , vous
à qui je ne ſongerai jamais que
pour en verſer , Pere tendre , pere
infortuné , dont je devois ſoulager
la vieilleſſe & de qui j'ai abregé les
jours , votre ſouvenir vint auſſi ſe

préfenter à la mémoire de votre
malheureufe fille. Votre fouvenir
fes regrets vous auroient pleinement vengé, fi quelque chofe pouvoit affez venger la tendreffe offen-
fée d'un pere !

Mademoifelle Williams s'arrêta
en cet endroit pour effuyer fes
pleurs. C'étoit la nature qui les faifoit couler , & la nature fe fait entendre à tous les hommes ; auffi en
faifi-je toute l'expreffion , auffi me
fentis-je attendri au point de mêler
mes larmes aux fiennes. Elle s'en
apperçut. O généreux Random ,
me dit-elle, en tournant fur moi
des yeux encore humides, » quoi
» c'eft vous que je vois? C'eft pour
» une fille qui a voulu vous trom-
» per que vous daignez vous atten-
» drir? Ah ! cachez-moi votre fen-
» fibilité , elle augmenteroit ma
» confufion.

Je la confolai le mieux qu'il me
fut poffible, & l'engageai à conti-

huer son récit, qu'elle reprit ainsi.

S'il n'y avoit eû que la captivité à souffrir, je l'eusse soufferte patiemment ; mais les traitemens cruels qu'on me faisoit éprouver chaque jour, me réduisirent bien-tôt au désespoir, & je résolus de me donner la mort. J'attachai une corde au plancher & j'allois m'élancer avec elle, lorsqu'on me surprit. Au lieu de m'aider de conseils & de remontrances, au lieu d'adoucir la rigueur de mon sort, on me chargea de coups. Je restai quelque tems sans connoissance, & je ne revins à moi que pour tomber dans un délire si furieux que je m'arrachois moi-même à belles dents la chair des bras & des jambes & de toutes les parties du corps où je pouvois me mordre ; je me brisois la tête contre le mur & le pavé, & l'on fut obligé pendant trois jours de me garder à vûe. Au bout de ce tems ma frénefie fe calma ; mais une mélancolie , plus dangéreufe en ce qu'elle étoit plus fombre & plus réfléchie lui fuccéda , & je réfolus de me laiffer mourir de faim. L'air ftupide avec lequel je regardois ceux qui m'environnoient, les inquiétoit , à ce qu'il me parut ; lorfque ma réfolution fut entierement prife , je rompis tout-à-coup le filence , & leur parlant avec une fermeté dont je ne me ferois jamais crûe capable! « Barbares , leur dis- » je, fi c'eft pour m'empêcher de » mourir que vous vous tenez à » mes côtés , vous pouvez me dé- » livrer de votre vûe qui m'eft » odieufe, auffi-bien tous vos foins » feront inutiles. Loin de mettre » obftacle à la réfolution que j'ai » prife de finir mes jours , votre » préfence en hâtera l'exécution. » La vie ne peut plus être un bien » pour moi dès-qu'il faut le parta-

» ger avec des monſtres tels que
» vous. »

Mon corps couvert de playes
preſque partout, mes yeux éteins
d'accablement, ma voix foible &
tremblante par la quantité de ſang
que j'avois perdu, formoient le
tableau le plus propre à exciter la
pitié. Et cependant, le croirez-
vous, Random ? des hommes ne
rougirent point de ne répondre à
un diſcours qui montroit toute l'af-
fliction de mon ame, que par un
ſourire moqueur, & qu'en me diſant que l'on en avoit ſçu réduire
de plus réſolues que moi.

L'indifférence avec laquelle je
les entendis, ne pouvoit venir que
de celle que j'avois priſe pour la
vie & qui s'augmentoit de plus en
plus. Quand mes ſurveillans eurent pénétré mon deſſein, ils mi-
rent tout en uſage pour en détourner l'exécution; mais ce fut inuti-

lement ; leurs promeſſes n'eurent
pas plus d'effet que leurs menaces.
Deux jours s'étoient déja paſſés
depuis que je perſiſtois opiniâtré-
ment à refuſer toute nourriture ,
lorſqu'on vint m'annoncer que j'é-
tois libre ; le ſcelerat qui avoit
cauſé ma détention ayant été pris,
& m'ayant entierement déchargée
dans ſon interrogatoire. Je ne di-
rois pas aiſément quel fut l'état de
mon ame à cette nouvelle. Semblable à un homme que l'on rap-
pelle , lorſqu'il eſt déja loin, pour
venir chercher quelque choſe de
précieux qu'il a oublié ; c'eſt avec
plaiſir qu'il s'entend rappeller ,
mais il eſt fâché d'être ſi éloigné;
de même je revenois à la vie avec
joie & avec peine tout-à-la fois. Je
ne ſongeois pas même à profiter de
ma liberté , lorſqu'un événement
que vous aurez peine à croire , me
fit précipiter ma ſortie. Celui , je

puis dire de tous mes bourreaux,
qui m'avoit traité le plus inhumai-
nement, vint me complimenter. «
Mademoiselle, me dit-il, d'un
» air respectueux, & qu'il auroit
» voulu faire passer pour vrai, je
» me suis toujours bien douté que
» vous étiez innocente, & je ne
» pouvois comprendre comment
» l'on vous retenoit ici : S'il n'a-
» voit dépendu que de moi, vous
» ne vous seriez pas apperçue de
» votre captivité : La fin de ce
» compliment fut de me demander
» s'il n'y avoit rien pour boire à ma
» santé. Ce dernier trait me fut
plus sensible que tout ce que j'avois
souffert, & l'indignation que je
ressentis me tenant lieu de force,
je sortis comme un éclair, & m'é-
loignai en gémissant, d'un lieu où
l'on prostituoit aussi cruellement
l'humanité.

J'avois fait rencontre dans la
prison d'une nommée Madame

Coupler, que j'avois connue dans
le tems de mon commerce avec
Oratio, & elle m'avoit indiqué
quelques reſſources; je m'en aidai.
A ſa ſortie elle me propoſa de venir demeurer avec elle; je m'é-
tourdis de nouveau par néceſſité
ſur l'état que j'allois reprendre &
j'acceptai ſa propoſition.

La méſintelligence ſe mit bien-
tôt entre nous deux. Comme j'a-
vois la voix belle & que d'ailleurs
l'éducation que j'ai reçûe, me rendoit plus aimable qu'elle, j'enle-
vai en peu de tems les conquêtes
de Madame Coupler. Piquée de ne
plus recevoir de bienfaits que par
contre-coup, elle inſinua à tous
ceux à qui je pouvois plaire, que
j'étois dans un état dangéreux, &
qu'il y avoit tout à craindre pour
leur ſanté dans mon commerce.
Bien-tôt tous ceux qui me courti-
ſoient, ſe retirérent & je m'apperçus
de même bien-tôt de leur retraite.

Ma détestable rivale peu satisfaite de
cette vengeance, s'en prépara une
seconde. J'étois sans argent, elle
m'offrit de me faire crédit pendant
un mois ou deux, & lorsqu'elle se fût
ménagée le plaisir odieux de m'ac-
cabler le plus cruellement, elle me
fit un jour une querelle des plus
bizarre. Je lui répliquai vivement;
elle saisit ce prétexte de rupture,
& comme je lui devois dix livres
sterlings, elle obtint un ordre &
faute de payement, je fus arrêtée
dans sa maison.

Heureusement pour moi un
Lieutenant de Vaisseau qui entra
comme on m'alloit mener en prison, paya ce que je devois & me
fit présent de cinq guinées. Je lui
marquai ma reconnoissance en des
termes si vifs, que malgré ce qu'on
put lui dire, il s'attacha à moi.
Nous vécûmes parfaitement bien
ensemble jusqu'au moment où son
devoir vint me l'arracher. Il se rem-

barqua , & j'appris peu de tems
après , avec le plus cuisant chagrin
qu'il étoit péri dans une tempête.

La perte de mon bienfaiteur
m'exposant à retomber dans l'état
duquel il m'avoit tirée, je cherchai
à mettre à profit ce qui me restoit de
ses bienfaits. Je louai une maison
dans un quartier inconnu , par les
conseils d'une vieille amie , & je
m'y donnai pour une riche héri-
tiere nouvellement arrivée de Province , & qui venoit à Londres
pour terminer quelques affaires
d'intérêts. Un jeune homme de
famille, maître de ses actions, me
rechercha: Je consentis à lui donner la main. Tout étoit convenu
& le jour du mariage arrêté, lorsqu'il me demanda la permission de
me présenter un de ses amis. Je ne
pûs la lui refuser. Mais quel fut
mon étonnement , lorsque je reconnus le perfide Oratio qui changea de couleur à mon aspect. Il eut

cependant affez de préfence d'efprit pour me dire en m'embraffant
de ne rien craindre, & qu'il ne me
nuiroit pas. Mais je ne me fiai point
à fa parole, & je délogeai dès le
lendemain. Ce fut dans l'endroit
où j'allai m'établir enfuite que vous
me connûtes, j'en délogeai pareil-
lement dans la crainte où j'étois
que vous ne publiaffiez mon aventure. Je fuis tombée depuis par dé-
grés dans la derniere mifere ; vous
fçavez le refte Random : Attaqué
de la plus trifte maladie, fans argent, fans reffource ; fi je ne fuis
pas morte, c'eft à vous que je dois
la vie, à vous que j'ai voulu tromper.

Voilà ma vie, continua Mademoifelle Williams, je ne vous en ai
pas caché la moindre circonftance.
Il n'en eft cependant aucune dont
je ne paroiffe avoir à rougir ; mais
je me fuis flattée que vous me ju-
geriez moins fur des actions qui

souvent ne dépendent pas de nous,
que sur mes sentimens : Ils font tels
que je vous les ai laissés voir. Parlez ; ai-je perdu votre estime ?

Il regnoit trop de candeur dans
le récit de Mademoiselle Williams,
pour que je doutasse un moment
de sa sincérité ; je l'assurai donc de
toute mon estime, & de la part que
je prenois à ses malheurs, dans
les termes les plus propres à le lui
persuader. Comme la situation où
je me trouvois n'étoit guéres dif-
férente de la sienne, la conformité apparente de nos états m'en fit
faire la comparaison, & je me trouvai beaucoup moins à plaindre
qu'elle. J'étois malheureux depuis
ma naissance, & conséquemment
plus fait à la misere. Mademoiselle
Williams avoit goûté les douceurs
de la prospérité ; elle avoit vécu
jusqu'au moment où elle avoit été
séduite sous les yeux d'un pere aussi
tendre que complaisant ; il est vrai

que l'éducation qu'elle avoit reçûe,
lui faisoit trouver dans la force de
son esprit des ressources dont toute autre qu'elle eût été privée ; mais
cette même vivacité d'esprit lui
faisoit envisager ses malheurs sous
un point de vûe plus cruel.

Je la soignai avec tant d'attention & de succès, qu'au bout de
deux mois nous fûmes parfaitement rétablis l'un & l'autre. Alors
Mademoiselle Williams me donna un nouveau sujet de l'estimer,
en me proposant un projet dont
elle regardoit, disoit-elle, la réus-
site comme la faveur la plus signa-
lée que le Ciel pût lui faire. C'é-
toit d'acheter un habit de paysane,
d'aller prendre une voiture à quelques lieües de Londres & d'y rentrer comme une fille de la campagne qui venoit pour se mettre en
service. J'applaudis à la résolution
de Mademoiselle Williams qui,
quelques jours après fut retenue en

qualité de sommeliere par une de ces deux femmes qui avoient témoigné que l'ordre en vertu duquel on l'avoit enlevée, ne la regardoit point. Cette femme dont les attraits avoient captivé un riche Commerçant de la ville, en avoit obtenu pour prix de ses faveurs, une certaine quantité de vins qu'elle vouloit faire débiter. Comme elle ne le pouvoit pas par elle-même, ou plutôt qu'elle regardoit au-dessous d'elle de le faire, Mademoiselle Williams lui offrit ses services qui furent acceptés. Elle eût mieux aimé ne tenir à personne qui eût rapport à son ancien état, mais il lui falloit une prompte ressource pour se mettre à portée d'exécuter son projet, n'ayant pas de quoi se pourvoir du petit équipage rustique qui lui étoit nécessaire pour le faire réussir.

Fin du premier Volume.

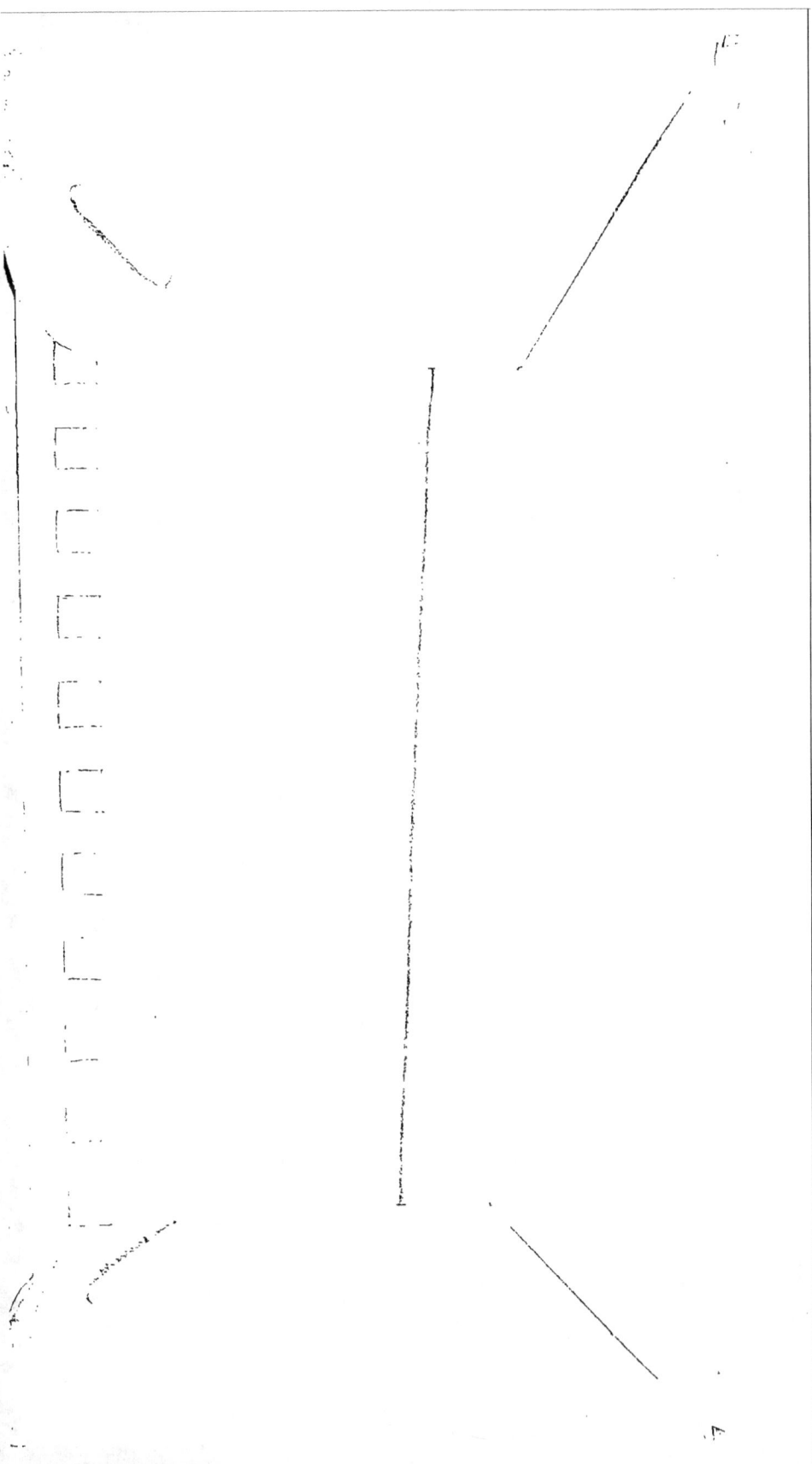

www.ingramcontent.com/pod-product-compliance
Lightning Source LLC
Chambersburg PA
CBHW050736030726
47505CB00002B/286